Isabella Bossi Fedrigotti

Zwei Schwestern aus gutem Hause

Isabella Bossi Fedrigotti

Zwei Schwestern aus gutem Hause

Roman

Aus dem Italienischen
von Sigrid Vagt

Piper
München Zürich

Die Originalausgabe erschien 1991 unter dem Titel
»Di buona famiglia« bei Longanesi & C. in Mailand

ISBN 3-492-03255-9
2. Auflage, 11.–13. Tausend 1994

Gesetzt aus der Palatino-Antiqua
Gesamtherstellung: Clausen & Bosse, Leck
Printed in Germany

Für Ettore

Clara

Du hast dich überlebt. Du mit deinem Haus, deinen Zimmern, den Betten und den Photographien, die du wie Bilder eines persönlichen Friedhofs um dich versammelt hältst. Überbleibsel aus einer anderen Welt sind auch deine Kleider und die Schuhe, immer in der gleichen altmodischen Form, ähnlich wie die vorigen und die vorvorigen. Keine ist mehr so frisiert wie du: weder die alten Frauen aus den Dörfern mit ihren vielen Haarnadeln, mit denen sie die wenigen Haare eines dünnen Zopfes halten, noch die Damen aus der Stadt mit ihren kurzen, zurückgekämmten Strähnen, die steif sind wie ein Hahnenkamm. Du bist unzeitgemäß mit deiner Wellenfrisur, die schon aus der Mode war, bevor du anfingst, sie zu tragen.

Du hast dich überlebt, denn du findest dich nicht mit deinen Jahren ab und stehst noch immer vor dem Spiegel, betrachtest dich und findest dich alt, doch manchmal bist du nicht ganz unzufrieden mit dir. Du legst Puder auf – zuviel, weil du nicht mehr so gut siehst –, benutzt Lippenstift, wenn jemand erwartet wird, und Haarspray, der das Wunder vollbringt, die Haare in Ordnung zu halten, auch wenn du im Garten, mit dem Kopf nach unten, Unkraut jätest oder Salat pflückst. Einmal die Woche kommt jemand, der für diese Arbeit bezahlt wird, aber er ist nachlässig, und außerdem ist eine Woche für den Salat eine lange Zeit. Die frischen, knakkigen Blätter magst du immer noch gern. Du fällst aus dem Rahmen, denn in deinem Alter müßte man mit allem abgeschlossen haben und nur noch warten, müßte Ordnung in sein Leben bringen, Verfügungen über dies und jenes treffen, auf Bilder und Möbel die Namen derjenigen schreiben, die sie bekommen sollen, und alles in einem Heft vermerken, damit es keinen Streit gibt, wenn du nicht mehr bist. Vielleicht solltest du etwas mehr mit der Familie zusammensein, denn du wirst sie nicht mehr lange haben, und es ist nicht schön, wenn sie dich als eine schrullige Alte in Erinnerung behalten.

Du weißt genau, daß sie sich manchmal deinetwegen schämen, sie hätten dich gern heiter, weise und würdig. Sie hätten gern, daß du glücklich bist, wenn sie mit Pralinen zu dir zu Besuch kommen, die du noch nie gemocht hast – aber was bringt man einer alten Frau als Geschenk mit? Sie möchten, daß du für die Stunden, die sie mit dir verbringen, und für ihre Aufmerksamkeiten dankbar bist. Und daß du dir klarmachst, daß es ein Vergnügen, aber auch eine Anstrengung für sie ist, dich drei-, viermal im Jahr ins Restaurant auszuführen, wobei du dann diese altmodischen Hütchen aufsetzt, die du selbst bei Tisch nicht abnehmen willst. Jedesmal suchst du dir einen guten Weißwein aus – denn die Aromen kannst du noch schmecken – und weißt genau, daß sie einen Fruchtsaft oder Mineralwasser passender fänden. Du ißt zwei erste Gänge und dann das Dessert oder den zweiten Gang vor dem ersten oder auch einen Salat und zwei Desserts, wie du gerade Lust hast, und weißt, daß sie innerlich seufzen.

Sie lächeln, aber du meinst zu sehen – oder ist es eine Täuschung deines alten Kopfes? –, daß sie den Mund etwas verziehen und aus Nervosität leicht mit den Augenlidern zucken. Wenn sie beim Kellner die Bestellung aufgeben, machen sie nachsichtige Bemerkungen über den Appetit alter Leute oder über die besondere Persönlichkeit der Tante, um seiner Verwunderung über die Suppe nach dem Fisch oder dem Fleisch zuvorzukommen. Hinterher zündest du dir eine Zigarette an – eine Marotte, die du dir erst in den letzten Jahren zugelegt hast, um nicht von der Welt zu gehen, ohne auch dieses Vergnügen gekostet zu haben –, und sie finden es extravagant und unnötig. Wenn du ihnen wegen eines allzu gierigen Blicks auf eine der Nippsachen, die du im Haus hast, oder wegen eines Satzes, der dir schlecht in den Ohren geklungen hat, böse bist, bestellst du auch noch ein Gläschen Grappa. So können sie dann nach dem Besuch im Wegfahren sagen: »Nicht nur, daß sie Wein trinkt, jetzt auch noch Grappa!«

Nachher bist du über deine Boshaftigkeit nicht froh, und wenn du wieder zu Hause bist, wirst du sogar melancholisch und weißt nicht, ob deshalb, weil du dich schämst oder weil du wieder einmal Grund hast, über dein Leben nachzudenken. Du müßtest mit den Gefühlen, mit Wut und Trotz, Rache und Bosheit, abgeschlossen haben. Auch mit der Anhänglichkeit an das Haus, das Grün, den Garten, die Berge im Hintergrund und an den Fluß, der breit und schmutzig ist, aber für deine kurzsichtigen Augen immer derselbe, und du übersiehst die kleinen Häuschen – willst sie nicht sehen –, die um die Bergdörfer herum entstanden sind, in denen du schon seit einer ganzen Weile niemanden mehr besuchst, weil du nie hast Auto fahren wollen und es zu Fuß nicht mehr schaffst. Mit dem Bus magst du nicht fahren, du hast keine Lust, daß man dich die ganze Fahrt über beobachtet. »Wohin fährt die Alte wohl? Sieh mal, wie verlottert sie aussieht. Wer wohl mal alles bekommt, wenn sie nicht mehr lebt?« Dir ist, als hättest du das Gerede der Leute im Ohr und ihren Geruch in der Nase; du fährst lieber nicht. Sicher, »sie« könnten dich hinfahren, bevor sie jene drei-, viermal im Jahr mit dir ins Restaurant gehen oder auch statt dessen. Aber schließlich, was sollte man mit ihnen anfangen, wenn man in einer Küche sitzt und über alte Geschichten plaudert, sich an Krankheiten und Verstorbene erinnert und seufzt? Es wäre ihnen lästig, mit hineinzukommen, weil der abgestandene Geruch nach Röcken und Holzpantinen ihnen unangenehm wäre, und ein Gläschen oder eine Tasse Kaffee würden sie erst recht nicht mögen. Sie müßten unten auf der Straße bleiben und zwischen den Häusern umhergehen, aber es gäbe für sie nichts zu sehen. Sie wären fehl am Platz, zu elegant für die Dörfer, die Leute würden aus allen Fenstern nach ihnen schauen; statt stolz zu sein und zu erzählen, »sehen Sie mal, wer zu mir zu Besuch gekommen ist«, würdest du dich für ihr zwangloses Benehmen und ihre städtische Sprechweise schämen. Sie können keinen Dialekt mehr sprechen, oder wenn doch, dann tun sie so, als hätten sie ihn vergessen. Aber du bist alt und siehst immer nur schwarz.

Wenn sie zu Besuch kommen, bringen sie die Kinder mit, damit du gerührt bist. Sie haben ihnen eingetrichtert: »Liebe Tante, ich hab' dich gern. Guten Tag. Guten Abend. Danke. Wie schön! Schenkst du mir dies, schenkst du mir das?« Du schenkst ihnen dies und das; manchmal, bei einem Löffel, einer Vase, einem Buch, einem Aschenbecher, sagst du nein. »Das brauche ich noch«, sagst du, so gelassen wie möglich, denn du willst nicht als gallige Alte erscheinen, die sich an die Dinge klammert, die sie bald wird loslassen müssen. Dann sind sie verlegen, die erwachsenen Eltern. Sie protestieren: »Aber nicht die Tante anbetteln, bitte!« Sie begreifen, daß es sich nicht gehört, einer alten Frau die Sachen, die ihr lieb sind, wegzunehmen, da sie sowieso bald alles bekommen werden. Aber auch du schämst dich, denn tatsächlich bist du eine gallige Alte, die sich an ihre Sachen klammert. Natürlich könntest du auf einen Löffel, eine Vase oder einen Aschenbecher verzichten, aber es ärgert dich, daß sie jedesmal einen weiteren kleinen Versuch machen, sich alles zu nehmen, und aus Trotz willst du es ihnen dann nicht geben. »Sie schicken die Kinder vor«, denkst du, weil sie irgendeine Laune von dir fürchten oder daß du das Testament ändern und einen entfernteren Neffen vorziehen könntest.

Dann tut es dir wieder leid, daß du so schlecht von ihnen denkst. Du schenkst ihnen also den Löffel, gezwungenermaßen sozusagen. Du zeigst dich fröhlich und konziliant, rückst noch eine Überraschung heraus und spielst die Großtante, wie sie es erwarten. Übrigens ist es immer besser, wenn sie die Kinder mitbringen, auch wenn diese fragen, anfassen, dies und jenes haben wollen. Wenigstens gibt es dann keine Verlegenheit, wie wenn sie allein kommen und man Konversation machen, sich nach Neuigkeiten erkundigen, sich für ihre Arbeit, ihren Zeitvertreib und ihre sonstigen Angelegenheiten interessieren muß. Die Frauen geben vor, dein Haus zu bewundern, oder bewundern es auch tatsächlich, aber stets mit gierigem Blick – so scheint es dir –, und zeigen, daß sie den Stil der Möbel oder die Epoche der Bilder erkennen. Sie berühren die Rahmen, streifen kennerhaft über die Sachen, drehen die Teller um, um das Markenzeichen zu sehen. Sie rufen mit verhaltener Stimme nach ihren Männern: »Sieh mal, dieses Aquarell!« oder »Schau mal, die schönen Salzfäßchen!«, als wären sie in einem Museum. Noch vor wenigen Jahren hätten sie deinen alten Plunder verachtet und alles weggeworfen, wenn es nach ihnen gegangen wäre; aber jetzt hat die Mode gewechselt, sie haben begriffen, daß sich in ihren glatten, farblosen Wohnungen einer deiner Schränke oder eine Kommode oder der Spiegel mit dem vergoldeten Rahmen gut machen würden. Du spürst, daß sie im stillen ihre Berechnungen anstellen, ihre Wohnung einrichten; nur mühsam halten sie die Frage zurück: »Werde ich das bekommen?« Aber du verstehst es trotzdem. Absichtlich machst du nicht sauber und räumst nicht auf, bevor sie kommen, damit ihnen die Lust vergeht, durch die Zimmer zu laufen; damit sie wenigstens nicht ins Schlafzimmer gehen und prüfend die Photos betrachten, sich die Bücher auf deinem Nachttisch ansehen oder sie gar aufschlagen, um zu kontrollieren, wie weit du gekommen bist.

Wenn sie da sind, kommt dir dein Haus nicht mehr wie dein eigenes vor; du weißt, daß sie deine Manie belächeln, die Brotkrümel auf die Fensterbank zu streuen oder wenig zu heizen, weil du in der Hitze erstickst, oder das Licht so spät wie möglich anzuschalten, weil du die Abendstimmung gern hast. Sie denken, du seist knickerig, dabei machst du es so, weil du daran gewöhnt bist; aber du hast keine Lust, es zu erklären, du läßt sie lächeln.

Wenn sie fortgehen, bist du wieder froh, gegen Ende des Besuchs hellt sich deine Stimmung auf, und das läßt sich nur schwer verbergen. Es ist auch schon vorgekommen, daß dir beim Abschied eine Träne entschlüpft ist – und dann wissen sie nicht, wo sie hinsehen sollen –, aber du weinst über deine Einsamkeit, über dein Alter, über dein Leben, das nicht schön gewesen ist, du weinst nicht ihretwegen. Du begleitest sie bis zur Straße hinunter, winkst dann, solange du das Auto noch sehen kannst, und weißt, daß sie in diesem Augenblick gerührt sind; sie schreiben es dir dann jedesmal. Sie sehen dich allein im Gartentor stehen, nicht mehr so kräftig wie früher, mit dünnen Armen und Beinen, mit Haaren, die dem Wind keinen Widerstand leisten. Sie sehen dich so, wie du dich siehst, mit deinem Kleid, das nicht immer ordentlich ist, deinen altmodischen Schuhen und deinen blicklosen Augen. Du gehst wieder hinein, steigst die Steinstufen hinauf, betrittst die Zimmer, berührst deine Sachen, und das Haus gehört wieder dir; du schaltest das Licht aus, um dich an den Farben zu freuen, die von draußen hereinleuchten, öffnest die Fenster, um den Geruch nach Zigaretten und Eau de Toilette hinauszulassen, räumst die Gläser ab, in denen du ihnen zu trinken angeboten hast, und die Pralinen, die sie dir mitgebracht haben: Sie landen in einer Schublade, wo sie liegenbleiben, bis sie weiß anlaufen, sofern du dich nicht früher an sie erinnerst und sie Beppina schenkst, die für dich putzt, bügelt und kocht.

Du bist wieder allein, aber da du es dein Leben lang warst, ist es die Situation, mit der du am besten zurechtkommst. Manchmal gehst du nach draußen in deinen Garten, der zur Hälfte ein Obst- und Gemüsegarten ist, wild, wie es dir gefällt, aber nicht ihnen. Sie reden immer von Rabatten, von dieser oder jener Sorte Blumen, neuen Züchtungen, blau statt weiß, oder Rosen ohne Dornen, damit man sich beim Pflücken nicht weh tut. Sie schlagen Kieswege vor, Bäumchen mit Zierobst, die dekorativ sind und kleine, nicht eßbare Äpfel hervorbringen. Dir sind Rabatten und Kieswege, modische Blumen und Bäume, die nur ihres schönen Aussehens wegen gepflanzt werden, zuwider. Mit Spezialgras, das einen Teppichrasen ergibt, weißt du nichts anzufangen. Im Gras willst du Klee und Löwenzahn sehen, und du läßt es hochwachsen, damit die Bienen darin summen und die Grashüpfer darin herumspringen können. Auch Unkraut gehört dazu, zwischen den Blumen und auf den Wegen läßt du ruhig einiges stehen, es darf nur nicht auf das Gemüse, die Erdbeeren und die Johannisbeeren übergreifen, wo du es hartnäckig ausreißt, denn den Obst- und Gemüsegarten hast du gern sauber. Im Blumengarten dagegen freust du dich daran, wenn das Gras ungleichmäßig hoch steht und sich im Wind wiegt; wenn die Büsche sich in alle Richtungen ausbreiten, die Kletterpflanzen bis an die Fenster des Hauses hinaufreichen und die Düfte sich vermischen.

Du sitzt draußen auf deinem Klappstuhl in dicken Strümpfen, die zwischen den Rosenbüschen keine Laufmaschen bekommen, mit etwas zu lesen, das du gewöhnlich aber nicht liest, weil deine Gedanken nach rückwärts entfliehen und die Geschichten aus den Zeitungen dich immer weniger interessieren; zwar nimmst du gern irgendein altes Buch wieder in die Hand, dessen Inhalt du im Laufe der Jahre vergessen hast, doch auch das rutscht dir nach einer Weile weg, und du hebst den Kopf und schaust ins Leere, fast blind sind plötzlich die Augen des Körpers und wach nur noch die inneren. Dort findet dich dann Beppina, wenn sie kommt, um dich zu holen, und dir sagt, daß es besser sei, ins Haus zu kommen, weil die Luft kühl werde. Sie ist ungefähr so alt wie du und ist die letzte, die dich wirklich kennt, die letzte, die weiß, wie alles gemacht werden muß, wie du den Tisch gedeckt, das Brot getoastet und wie du die Kartoffeln gebraten haben möchtest, nämlich dunkel, fast verbrannt. Sie weiß, wie du die Blumen im Haus gern hast, nicht alle gleich lang, sondern mit Grün gemischt, kleine, kurze Blumen. Sie weiß, welche Süßspeisen du gern ißt, zum Geburtstag immer Schokoladentorte, niemals Cremespeisen oder Pasteten mit Rosenöl- oder Maraschinogeschmack und auch kein trockenes Zeug, das gibst du den Vögeln. Für die Festtage bereitet Beppina das richtige Menü zu, ohne daß du etwas zu sagen brauchst, sie kennt deine Zeremonien für das ganze Jahr, für die Totengedenktage, für Ostern, Advent und Weihnachten. Sie weiß, wie du den Baum haben möchtest, wo du die Krippenfiguren aufstellst, wie sehr dir der Himmel aus Papier gefällt und nach welcher Seite das Jesuskind schauen soll. Sie ist konservativer als du, die du dir hin und wieder eine Neuerung erlaubst: Wenn sie irgend etwas verändert findet, merkt sie es sofort und fragt dich, wieso.

Beppina hat es mehr noch als du bedauert, daß du nie geheiratet hast; auch sie ist ohne Mann geblieben, aber sie sagt, daß es ihr nichts ausmacht. Früher war sie immer bei dir, jetzt geht sie abends fort, und samstags und sonntags behalten sie sie zu Hause, damit sie auf die Kinder einer Nichte aufpaßt. »Aber wenn Sie mich brauchen, komm' ich«, sagt sie immer wieder, doch du brauchst sie nicht. Du betrachtest sie, während sie, gebrechlicher als du, sich bückt, um deine Sachen – den kleinen Stuhl, das Buch oder die Blumenschere – aufzuheben: Alle finden es natürlich, daß es Beppinas Sache ist, die Arbeiten zu erledigen, sich zu bücken, sich anzustrengen, treppauf, treppab zu laufen, um dir die Sachen zu holen, die du vergißt. Auch sie ist davon überzeugt; sie, die schwächer ist als du, die fast nichts ißt und nicht mehr so gut laufen kann. Aber wenn du manchmal versuchst, etwas an ihrer Stelle zu tun, dann will sie es nicht und ist beschämt. »Lassen Sie«, sagt sie, »das ist meine Sache, geben Sie mir nicht das Gefühl, eine nutzlose Alte zu sein.« Du hast auch gelegentlich versucht, demokratisch zu sein und sie bei Tisch mit dir zusammen essen zu lassen, aber Beppina zieht sich zurück. Sie sagt: »Das ist bei uns nicht üblich«, und deckt weiterhin nur für eine Person. Sie ist eifersüchtig und mag nicht, wenn die Verwandten kommen, nicht wegen des Erbes, von dem sie sowieso nichts mehr hätte, sondern wegen der Zuneigung. Sie verschwindet dann, ist nicht um dich herum wie sonst, bleibt still und zurückgezogen – der Mund eine harte Linie, die Augen dunkel – in der Küche sitzen.

Sie rufen sie, bitten sie, loben das eine oder andere Gericht, wollen sich ihre Freundschaft erhalten, weil sie sich vorstellen, daß du auf sie hörst. Aber sobald sie draußen ist, sagen sie: »Was für ein Teufel, diese Frau!« Beppina ist schwatzhaft, aber schüchtern, mit ihren Händen unter der Schürze und einem üblen Husten in letzter Zeit, der dir Sorgen macht. Wenn sie nichts zu tun hat – und viel braucht man im Haus nicht mehr zu tun –, sitzt sie in der Küche auf einer Stuhlkante am großen Tisch und trinkt Kaffee.

Nach dem Süppchen und den gekochten Kirschen – schon vor achtzig Jahren hast du die gleichen Speisen gegessen – gehst du in dein Zimmer hinauf, wo sie dir den Krug mit heißem Wasser bereitgestellt hat, mit dem Handtuch darüber, so daß du es warm und ein wenig feucht vorfindest. Das Bad liegt aus irgendeinem Grund zu weit weg, und abends, wenn du allein bist, magst du nicht durch die Korridore gehen. Du verschanzt dich in deinem Zimmer wie in einer Festung: Du hast keine Angst, findest es aber auch nicht angenehm, du hast dich nie an die Schatten in deinem Haus, an das Dunkel hinter den Ecken und an das Knarren der Fußböden gewöhnt. Du liegst im Bett und läßt das Licht lange brennen; erst betest du, solange du noch wach bist, siehst dir wieder einmal die Photos deiner Verstorbenen an – eine Familie, die immer größer wird –, dann liest du die Zeitung von vor drei Tagen, von der du etwas aufgehoben hast, schreibst weiter an einem noch nicht beendeten Brief, kontrollierst Rechnungen, tust alles, um nicht den Gedanken, die mit der Dunkelheit wie der Nebel in den Wiesen aufsteigen, freien Lauf zu lassen.

Du schaltest das Licht aus und horchst auf die Geräusche im Haus, die Blätter des Baumes, die gegen ein Fenster schlagen, das alte Holz der Möbel, das niemals still ist, und den Wind, der die Kletterpflanzen draußen an der Hauswand streichelt. Du nimmst die Gerüche wahr: den leichten Geruch nach Bohnerwachs, das in der vergangenen Woche aufgetragen wurde, vermischt mit einem Rest Küchengeruch und dem frischen, schon fast herbstlichen Geruch, der durch das Fenster hereinkommt.

Um dich zu erinnern, wie du vor achtzig Jahren gewesen bist, mußt du dir die Photos ansehen. Kleine Photos mit gezackten Rändern, die in das Album aus schwarzem Papier geklebt sind, darunter die elegante Schrift deiner Mutter, leicht schräg, schön, aber schwer zu lesen, die die Bilder mit einem Text kommentiert. »Wir beide« unter einem Photo von Papa und Mama, gekleidet und steif wie zwei Alte, aber mit Gesichtern wie Kinder: Sie sind gerade frisch verheiratet, halten sich untergehakt, die Sonne scheint ihnen in die Augen und macht die Gesichter hart. Dann »Ich mit Clara und Virginia«, wo Mama jünger aussieht als nach ihrer Hochzeit und deine Schwester Virginia umfaßt hält, die pausbäckig und lachend ihre Arme ausstreckt. Und du, knochig in deinem wahrscheinlich weißen Sonntagskleid, das auf einer Seite ein wenig hängt, vielleicht weil du nicht richtig geradestehst, wie es sich gehört. Du lächelst nicht, du warst nie besonders zum Lachen aufgelegt.

Der Hintergrund – Rasenstückchen und viel Blattwerk von Bäumen – sagt dir, daß ihr in deinem heutigen Haus wart, nur daß es im Garten mehr Pflanzen gegeben haben muß als jetzt und daß der äußere Eindruck ein anderer gewesen ist. Der Garten war ordentlicher, die Rasenflächen und die Blumen gepflegter, die Kleider eleganter, die Blicke und die Neigung der Köpfe vollkommen heiter und gelassen. Noch hast du keine Sehnsucht nach damals, weil es nur ein Bild ist und keine Erinnerung, aber du brauchst nur weiterzugehen und an den Punkt zu kommen, an dem das Papier, durch die Erinnerung geweckt, lebendig wird.

Jedenfalls weißt du, daß du schon als Kind in diesem Haus gewohnt hast, und jenes »geboren in M.«, das in deinen Papieren steht, bekommt eine Bedeutung. An deine Mutter, als sie jung war, mit ihrem schönen, klassischen Gesicht und den schreckgeweiteten Augen glaubst du dich zu erinnern – aber vielleicht fällt dir nur wieder ein, was man dir erzählt hat. Herzensgut war Mama, und sie wäre auch fröhlich gewesen, wenn man es ihr erlaubt hätte. Statt dessen forschte sie ängstlich in Papas Gesicht, um zu erkennen, ob alles so war, wie es sein sollte. Wären nicht jene Augen gewesen, hättest du gesagt, daß sie zufrieden damit war, sich unterzuordnen.

Man hat dir erzählt, die Ehe habe sie verändert, sie sei vorher lustig gewesen, mit eigenen Vorstellungen, dickköpfig und gut gelaunt. Ob sie so war wie du, die du – absichtlich – deine Verwandten mit deinen sonderbaren Gelüsten und deinen Launen einer alten Frau in Verlegenheit bringst? Die Ehe mit Papa war von den Großvätern arrangiert, denn damals kam es – zumindest in herrschaftlichen Kreisen – nicht oft vor, daß man aus Liebe heiratete. Und doch erinnerst du dich, daß Mama weinte, als dein Vater starb, und wie sie verzweifelt sagte: »Was soll ich jetzt machen? Warum ruft der Herrgott mich nicht auch zu sich?« Wochenlang hatte sie rote Augen; und doch hat sie kein einziges Mal gesagt: »Wie habe ich ihn geliebt!« oder »Wir hatten uns so gern!« Wer weiß, ob Mama solche Worte jemals gesagt hat oder ob sie ihr im Munde verdorrt sind, weil sie sie niemandem gegenüber hatte benutzen können. O ja, zu dir und Virginia sagte sie zärtliche Worte, aber nur, wenn Papa es nicht hörte, denn sonst riskierte sie, getadelt zu werden. Du erinnerst dich, daß sie manchmal, heimlich gewissermaßen, ins Zimmer kam, wenn es schon dunkel war, sich aufs Bett setzte und dich unverwandt ansah.

Du hast dich nicht gerührt, hast kaum geatmet, damit sie nicht wegging, und auf ein Wort oder eine Liebkosung gewartet, aber es kam nur das kleine Kreuzzeichen, das sie dir flüchtig mit dem Daumen auf die Stirn zeichnete. Dir gefiel dieser nächtliche Zauber. Trotz der Kreuzzeichen, der Gebete und der Messen – nicht nur sonntags, sondern auch an den Namens- und Geburtstagen der Verwandten und an den Todestagen – hielt deine Mutter nicht viel von der Kirche. Es waren Dinge, die man machen mußte wegen der Großmutter, ihrer Schwiegermutter, der nichts entging. Die Regeln zu ändern wäre ein Skandal gewesen. Aber du erinnerst dich, wie sie sich in der Kirche, neben dir kniend, mehr die Leute und die Blumen auf den Altären neugierig angeschaut hat, als zu beten, oder wie sie in ihrem großen Meßbuch geblättert und immer wieder die Dinge betrachtet hat, die sie darin aufbewahrte: die auf einem Spaziergang gepflückten, getrockneten Blumen, ein Briefchen, die Bildchen der Verstorbenen, ein Band, eine Haarsträhne – die erste Locke, die sie dir und Virginia abgeschnitten hatte. Sie landeten dort unter ihren geheiligten Gegenständen, mit denen sie sich während einer langen Predigt oder in den großen gesungenen Messen die Zeit vertrieb. Ein schwarzes Gummiband hielt das Buch zusammen, und niemals hättest du dir erlaubt, es zu berühren. Sie hatte es auf der Kommode in ihrem Zimmer liegen, auf dem sorgfältig zusammengefalteten schwarzen Spitzenschleier, wie ihn sich früher die Frauen über den Kopf legten, wenn sie in die Kirche gingen, dann nur noch bei der Kommunion und schließlich überhaupt nicht mehr.

Als sie starb, hast du gewagt, es aufzuschlagen, und zwischen den dünnen Seiten der lateinischen Messen und der nie mehr gehörten Choräle hast du auch ein Kochrezept für ein Soufflé gefunden, das dein Vater gern aß. Es fällt dir wieder ein, wie er es gelobt hat, nachdem er es – allerdings bei anderen Leuten – gekostet hatte. »Warum gibt es hier nie etwas Anständiges zu essen, bei allem, was ich für Personal ausgebe?« setzte er jedesmal hinzu, und Mama machte ein unglückliches Gesicht. Du erinnerst dich, wie heikel Papa mit dem Essen war und wie sehr er mit den Augen aß.

Bei Tisch hatte er eine Vorliebe für Soßen, zu allem und jedem: Sie entsprachen seiner Vorstellung von feiner, vielleicht französischer Küche. Er wollte Fisch, Gemüsepüree und immer Desserts, sonst nahm er wenig und schob die Hälfte der Portion mit verdrießlichem Gesicht auf eine Seite des Tellers. »Aber Fisch ist teuer«, protestierte Mama, die gern Kartoffeln, Würstchen und Schwarzbrot aß. »So viel wie wir für lauter Unsinn ausgeben!« ärgerte sich Papa, und über den Fisch brachen Streitereien aus, unterschwellig, ohne Geschrei und rote Gesichter – »aus Rücksicht auf die Hausangestellten und die Kinder« –, die jedoch langes Grollen nach sich zogen. Immer bei Tisch kam es zum Streit. Einmal ging es um einen Kuchen, den Mama wegen Papas Gier nach Süßem beim Konditor geholt hatte, statt ihn von der Köchin backen zu lassen; ein andermal um einen schlecht tranchierten Fasan, um zu dicke Bratenscheiben, um eine kochendheiße Suppe, auf die man pusten mußte, oder um einen nicht richtig gewürzten Salat. Dein Vater war besser, als du jetzt sagst, aber er hatte sich die Sache mit dem Essen ausgesucht, um deine Mutter zu quälen, und der Krieg zwischen ihnen, der mit irgendeiner weit zurückliegenden Auseinandersetzung in ihrer Jugend begonnen hatte, wurde auf der Ebene von Spinat, Kartoffeln, Soße und Soufflé fortgeführt.

Als Papa alt, dünn und fast schon eingefallen war und ihm nichts mehr schmeckte, trotz des Fisches und der Süßspeisen, die Mama sich täglich für ihn ausdachte, tat er dir leid. Die vor vielen, vielen Jahren geschneiderten Hosen aus unverwüstlichem Stoff waren ihm zu weit, und er zog sie mit Hosenträgern bis zum Brustkorb hinauf. Auch zu lang waren sie ihm geworden und hingen so tief herunter, daß sie die schönen weißbraunen Schuhe, die er sein Leben lang an Festtagen trug, bedeckten. Doch wenn Mama vorschlug, sie ändern zu lassen, richtete er sich auf, zog die Schultern hoch, erklärte entschieden, daß sie gut paßten, und wurde wütend, wenn sie darauf bestand. Er tat dir leid, als sein Sehvermögen nachließ, so stark nachließ, daß er dich oft nicht von deiner Schwester unterscheiden konnte und fragte: »Welche von beiden bist du? Es ist dunkel heute abend, und ihr seht euch so ähnlich ...« Dabei war es hellichter Tag, und du hast immer anders ausgesehen als deine Schwester, nicht nur weil du dunkel warst und sie blond. Papa wollte alles allein machen und tat so, als wäre er noch der alte.

Zu der Zeit hast du in dem Zimmer neben seinem geschlafen und immer gehört, wie er gähnte, sich hin und her wälzte und von Zeit zu Zeit seufzte, da er fast die ganze Nacht wach lag. Woran er wohl denkt, hast du dich gefragt, die du ebenfalls wach lagst, aber ohne daß ihr, schweigend und beide Schlaf vortäuschend, jemals ein Wort miteinander geredet hättet. In jenen Nächten – den letzten –, aber auch schon ein wenig vorher, hast du ihm seine Ungerechtigkeiten und seine Vorlieben verziehen. Er starb, ohne daß du es ihm noch hättest sagen können. Du bist stumm geblieben, weil sich erst zuletzt dein Groll gelegt hat; er hat geschwiegen, weil er meinte, »sein Bestes getan« zu haben.

Die erste Erinnerung an dich, die nicht durch Erzählungen oder Bilder ausgelöst wurde, berechnet sich nach Kilogramm und nicht nach Jahren: Du bist es, die auf der großen Waage im Gartenschuppen dreizehn Kilogramm wiegt. Da man mit dreizehn Kilo schwerlich Zahlen lesen kann, nimmst du an, daß Giovanni, der Gärtner, die Gewichte eingestellt und dir das Ergebnis gesagt hat. Aber im Laufe der Jahre hast du auch gelernt, daß man mit dreizehn Kilo noch kaum laufen, vielleicht noch nicht einmal sprechen kann, und schließt daraus, daß die Waage nicht gestimmt haben dürfte. Sie steht noch immer im Schuppen, dieselbe Waage, seit über hundert Jahren, nur bist du nicht mehr draufgestiegen, um zu kontrollieren, ob sie richtig anzeigt.

»Die Kinder« wart ihr, du und sie, Clara und Virginia, stets in einem Atemzug genannt, als Paar, ihr wart gleich gekleidet, schlieft in einem Zimmer; die gleichen Spiele und Geschenke für die eine wie für die andere, die gleichen Klavier- und Zeichenstunden und später Tanzunterricht. Ohne Rücksicht auf die Begabungen, die Neigungen jeder einzelnen, die auch verschieden sein konnten. Du hattest Freude am Zeichnen, sie am Tanzen, keine von euch am Klavierspielen; dir gefielen weite Kleider, ihr enge, du mochtest lieber Milchschokolade, sie Bitterschokolade. Vor allem war Virginia eine Schönheit. Sie verlor ihre schönen Formen nicht einmal in der Zeit der Evakuierung, als nach dem Kriegseintritt Italiens die Dörfer, durch die die Front verlief, geräumt und die Einwohner tief nach Österreich hinein gebracht wurden... Zumindest die guten, denn die schlechten, die durch und durch italienisch waren oder im Verdacht standen, es zu sein, landeten im Gefangenenlager.

Dorthin schickten sie auch deinen Onkel, Papas Bruder, der anders war als er. Euer Vater war österreichfreundlich, schuldbewußt und fromm; der Onkel Francesco sehr italienisch, unordentlich, ein Kräuter- und Pflanzenkenner, Junggeselle und ganz und gar nicht fromm, aber lustig und bei seinen Nichten sehr beliebt. Er konnte besser Deutsch als alle anderen, weil er sein Fach in Büchern studierte, die in gotischer Schrift gedruckt waren, und verstand die schwierigen Sätze der Gelehrten, aber er sprach italienisch. Über seine Anschauungen wurde nicht geredet: Euer Haus war österreichisch, und von Italien als von einem richtigen Land zu reden hätte einen unschicklichen Eindruck gemacht.

Francesco kam verändert aus der dreijährigen Gefangenschaft zurück, ausgezehrt, mager, wirr im Kopf. Er gab sein Haus in M. auf und zog in einen kleinen Ort, der zu weit entfernt lag, als daß man ihn leicht hätte erreichen können, und zu nah, als daß man eigens eine Reise unternommen hätte. Er ließ sich ein-, zweimal sehen, eine Zeitlang kamen auch Briefe, bis man nichts mehr von ihm hörte. Manchmal, etwa zu Weihnachten, schickte er ein Photo von sich, das Papa in den Rahmen eines größeren mit hineinschob und Jahr um Jahr auswechselte. Du hast ihn weiß gekleidet in Erinnerung, mit Vollbart und Handstock. Auf die Rückseite des Photos schrieb er: »Herzlichste Glückwünsche meinem geliebten Bruder und seiner erlauchten Familie«. Immer der gleiche oder fast der gleiche Satz auf italienisch, niemals auf deutsch.

Er starb früh, aber niemand kümmerte sich darum, und an eine Beerdigung kannst du dich nicht erinnern. Wahrscheinlich sind dein Vater und deine Mutter hingefahren, aber zu Hause wurde nicht darüber gesprochen.

Ein vergessener Verwandter, unbequem, erst wegen seiner italienischen Anschauungen, dann wegen seiner verschrobenen Ideen. Viele Jahre später, als nur du von der Familie übriggeblieben oder zumindest die einzige warst, die man noch als Teil der Familie betrachten konnte, hast du ein Schreiben vom Bürgermeister seines Ortes erhalten, in dem dir mitgeteilt wurde, daß es auf dem Friedhof, nachdem nunmehr fünfzig Jahre seit dem Tod deines Onkels vergangen wären, keinen Platz mehr für seine Knochen gäbe. Du mögest für die Bezahlung sorgen oder seine sterblichen Überreste abholen. Natürlich bist du hingefahren, mit dem Bus, da keiner der Neffen Zeit hatte, dich mit dem Auto hinzubringen. »Kann man einen Sarg mit der Post schicken?« hattest du dich während der Fahrt gefragt. »Oder ihn im Gepäckraum des Busses verstauen?«

Du hast dann mit einem Behälter, nicht größer als ein Geigenkasten, im Bus gesessen, einer Kiste aus Pinienholz, schlicht und zugenagelt; Arbeitswerkzeug hätte darin gewesen sein können. Du hattest keine Lust, den Kasten zusammen mit den Taschen der Talbewohner, den Kaninchenkörben, den Kartoffeln und Karotten in den Gepäckraum zu stellen. Also hast du ihn auf dem Nebensitz verstaut und wie auf Kohlen gesessen vor Angst, daß jemand Anspruch auf den Platz erheben könnte. In scharfen Kurven hast du den Kasten festgehalten in der Hoffnung, daß man die Knochen nicht klappern hörte. Deine Freunde lachten über die Geschichte dieser Reise, und Beppina, der die Angelegenheiten der Toten wichtiger waren als die der Lebenden, empörte sich. Die Neffen und Nichten, die bei den Verstorbenen nur das Erbe im Auge hatten, ärgerten sich, weil sie fanden, das Unternehmen zeuge von schlechtem Geschmack. Der Kasten wurde mit einer kleinen Segnung im Familiengrab beigesetzt; du hattest die freie

Nische neben deinem Vater ausgesucht, damit die unterschiedlichen Brüder wieder vereint wären. Dort im feuchten Dunkel ist auch noch Platz für dich. Da du nicht geheiratet hast, hast du das Recht, auch hinterher in der Familie zu bleiben, doch darüber bist du nicht sonderlich glücklich.

Die drei Kriegsjahre, in denen man euch evakuiert hatte, waren schön, wenigstens für euch: Man gab euch ein Haus mit Zimmern für alle, und ihr reistet zu Vettern und Cousinen und Freunden wie in einer Sommerfrische, nur die Gespräche waren immer und überall die gleichen. Von einem Krieg war die Rede, von vorher, von nachher, von den Gefallenen, vom Schicksal des Landes. Doch in den warmen Häusern voller blankpolierter Möbel, Bilder, Spiegel und schöner Gegenstände, nur ohne junge Männer, schienen diese Gespräche nicht euch, sondern andere Leute, andere Orte zu betreffen. Die anderen Dorfbewohner dagegen lebten schlecht, sie hausten in Baracken, und viele sind gestorben, auch vor Heimweh. Dort gab es weder Berge noch Täler, noch Weinstöcke, sondern nur feuchtes, trostloses Flachland. Es waren zehntausend Evakuierte, zwei, drei Barackendörfer mit Schule, Kirche und sogar einem Krankenhaus.

Für euch Mädchen brachte dieser Krieg Freiheit. Die Regeln von zu Hause funktionierten dort nicht mehr: Papa war an der Front, Mama mit Besuchen bei Kranken, Kindern und Landsleuten beschäftigt, die sich wegen tausenderlei Dingen an sie wandten. Pflicht waren nur noch die Unterrichtsstunden am Vormittag, die Abendgebete und die Essenszeiten. Und selbst die nicht immer, denn auch bei euch war das Essen knapp, so daß das Mittagessen manchmal nur fünf Minuten dauerte, eine Rübensuppe und damit hatte es sich. Oft mußtet ihr losziehen, um etwas zu essen aufzutreiben, einen Sack Kartoffeln, Milch, Äpfel, Pflaumen. Ihr seid von Bauernhof zu Bauernhof gegangen, und es war ein Abenteuer.

Ja, es gab auch noch die Strickstunden, Wollstrümpfe für die Soldaten mußten gestrickt werden, aber sonst war es eine schöne Zeit.

Vor allem Virginia hat davon profitiert, weil sie im richtigen Alter war – fünfzehn – und mehr Phantasie und Mut hatte als du. Sie trug die Haare offen, nicht um den Kopf geflochten, wie es sich gehörte, sondern herunterhängend bis zur Taille, aus Spaß, weil euer strenger Vater nicht da war und weil es den Jungen so besser gefiel. Es gab viele Jungen dort, nicht nur die aus unseren Dörfern, die noch nicht alt genug waren, Soldat zu werden, sondern auch welche, die schon Soldaten waren, aus der Garnison, die zur Bewachung der Evakuierten dorthin verlegt worden war. Virginia gefielen sie. Du warst noch klein. Aber du bist schlagartig groß und für immer anders geworden, hast Hitze und Kälte im Körper gespürt, wie noch niemals zuvor, als du Virginia eines Tages am Ufer des Teiches mit einem Soldaten angetroffen hast. Du wolltest sie zum Mittagessen holen und hofftest, sie am Wasser zu finden. Dort war sie tatsächlich und saß, noch im Badeanzug, im Gras. Vor ihr saß noch jemand im Gras, und sie sahen sich an oder redeten miteinander, aber ganz ruhig. Du dachtest gerade, daß es Mama nicht gefallen würde, Virginia im Badeanzug so nah mit einem Mann zusammen zu wissen, als deine Schwester aufstand und sich, als wäre sie allein, ohne Hast, ruhig und selbstverständlich den Badeanzug auszog; als sie nackt war, bückte sie sich, um ihre Sachen aus dem Gras aufzuheben, und zog sich gemächlich, als wäre sie in ihrem Zimmer, wieder an. Der Soldat hatte zugesehen. Nein, es war keine Liebesszene, keine Küsse oder Liebkosungen, sondern nur dieses Sich-Ausziehen und Sich-wieder-Anziehen mit der Natürlichkeit von zweien, die verheiratet sind, von zweien, die eng miteinander vertraut sind und keine Geheimnisse voreinander haben.

Sobald du konntest, bist du schnell weggelaufen, aber deine Ruhe war dahin. Hundertmal tauchte die Szene in deinem Geist wieder auf, manchmal dachtest du, du hättest alles erfunden, hättest eine andere Person gesehen, nicht deine Schwester, oder der Soldat wäre nur ein Hirngespinst gewesen. Ein andermal hast du irgendwelche Einzelheiten hinzugefügt: daß er ihr geholfen hätte, sich den Badeanzug auszuziehen, und sie dabei an den Schultern, an den Brüsten, an den Hüften und zwischen den Beinen berührt hätte, als gehörte sie ihm, und sie hätte es mit einer Selbstverständlichkeit zugelassen, die dir unerträglich schien. Diese Szene hat dich verfolgt, dich tagsüber schweigsam und geistesabwesend gemacht und dich nachts im Bett wach gehalten. Während du Virginia im selben Zimmer ruhig atmen hörtest. Seelenruhig war sie auch an jenem Tag wenige Minuten nach dir vom See zurückgekommen. Und dabei hattest du dir vorgestellt, sie noch stärker als dich selbst oder ebensosehr verändert zu sehen, und hattest dich gefragt, wie sie es schaffen würde, Mama, dir und der Erzieherin, die ihr um den Tisch saßt, gegenüberzutreten. Sie kam lächelnd und gelassen, plaudernd und ungezwungen. Du dagegen hast während des Essens keinen Bissen heruntergebracht, weder die dicke Kartoffelsuppe noch den gedämpften Kohl, und mehrmals hat Mama dich ermahnt.

Von dem Tag an bist du Virginia mehr als vorher nachgegangen in der Hoffnung, etwas zu erfahren, sie noch einmal zu überraschen. Du hattest auf den Sonntag gewartet, um zu sehen, was sie in der Kirche machen würde. Ob sie zur Beichte ginge oder nicht, wie sie Mamas Blick standhielte, wenn sie in der Bank sitzenbliebe, während alle anderen sich zur Kommunion begaben. Und statt dessen ging auch sie, schön und fromm, mit dem Spitzenschleier auf dem Kopf, ohne gebeichtet zu haben. Du hast deine Schwester betrachtet, um ihr geheimes Leben zu entdecken, von dem du keine Vorstellung hattest, hast sie belauert, um zu sehen, ob sie verändert, ob sie unruhig oder besorgt war. Doch sie schien dieselbe zu sein wie immer.

Es gab noch weitere Stelldicheins: Mehr als einmal glaubtest du sie gegen Abend mit jemandem herumstehen zu sehen, aber ob es derselbe war wie am Teich, hättest du nicht zu sagen vermocht. Einmal hast du sie vielleicht dabei überrascht, wie sie einen Soldaten küßte, aber vielleicht verabschiedeten sie sich auch nur, vielleicht redeten sie ganz aus der Nähe miteinander. Ein andermal kam sie mit Kartoffelsäcken auf dem kleinen Handwagen nach Hause, von zwei Soldaten begleitet, die ihr beim Ziehen halfen. Dir schien, als hielte einer der beiden hinter dem Rücken ihre Hand und als wäre sie, erhitzt und rot im Gesicht, fröhlicher als sonst. »Es ist nicht gut, so zu laufen«, sagte Mama, als sie sie so aufgelöst sah.

Jahre später hast du ihre Tagebücher gelesen, die bei dir im Haus liegengeblieben waren, als sie zum ersten oder zweiten Mal fortging. Du fandest Tage, Wochen, Monate mit spärlichen Eintragungen. Du hast sie überflogen auf der Suche nach deiner Schwester, hast aber nur eine Unbekannte gefunden, die Rezepte und Einkäufe, Verabredungen und Küsse durcheinandermischte. In der Zeit der Evakuierung schrieb sie: »Mit Mama und Clara Blaubeeren gesammelt für acht Gläser Konfitüre«, »Den Saum des grünen Kleides verlängern«; dann, nach einem Rezept für einen Kuchen ohne Eier, »Alfred geküßt«, »Josef gesehen«, »Heute ist Papa gekommen«, »Noch mal Josef«. Vergeblich hast du in den Notizen jenen Tag am Teich gesucht. Wer war jener Soldat? Alfred oder Josef oder der einige Seiten später erwähnte Benedikt? Ist es vielleicht für Virginia kein notierenswertes Ereignis gewesen, sondern ein Mal unter vielen? Du willst es nicht wissen, legst die Hefte weg, denn noch immer erfaßt dich Unruhe. Wäre sie nicht deine Schwester gewesen, hätte sie dir gefallen. Wie hättest du sie beneidet! Du willst nicht weiterlesen, auch weil du weißt, was dich einige Jahre, viele Seiten später, erwartet; du schlägst das Heft zu, bevor du dorthin kommst, hast sogar einen großen Sicherheitsabstand gelassen.

Von der Front, vielleicht aus Polen, schickte dein Vater Briefe mit Berichten über seine Tagesabläufe; Mama las sie abends nach dem Essen laut vor. Darin war fast nie von Kämpfen, Feinden und Blut die Rede. »Heute nachmittag zu Besuch bei den F.'s. Alle sehr sympathisch. Sie haben mich nach euch gefragt und lassen euch grüßen.« »Zum Tee bei Oberst B. Auch seine Nichte war da, blond und farblos.« »Langer Ritt in Begleitung von Ferdinando. Wir haben in einem Gasthaus in Z. haltgemacht, um etwas zu essen. Ausgezeichnete Palatschinken.« Und einige Briefe später: »Heute ist unser lieber Ferdinando gefallen, er wurde von einem Querschläger getroffen. Ich habe schon an die arme Mary geschrieben.« Es ist der gleiche Stil wie bei deiner Schwester: viele Küsse von Alfred und Blaubeeren für Konfitüre. Palatschinken und Tote.

Erst später, als ihr wieder zu Hause wart, habt ihr begriffen, was der Krieg mit sich gebracht hatte: Nichts war mehr wie vorher, und die Tatsache, daß ihr Italiener geworden wart, war im Grunde ein unwichtiges Detail. Zu den Veränderungen gehörte, daß viele nicht zurückgekehrt waren, daß die Häuser zerstört, das Land tot, die Wälder und die Weinberge durch Granateneinschläge verwüstet und die Geschäfte leer waren und es auch für euch nichts zu essen gab. Aus dem Haus waren viele Möbel verschwunden, wer weiß, ob zu Brennholz verwandelt oder in der Wohnung irgendeines Generals gelandet. Die übriggebliebenen ramponiert, die Vorhänge heruntergerissen, die Türen aufgebrochen, die Schränke leergeräumt, die Scheiben der Fenster, die wie traurige, dunkle Augen auf die Straße hinaussahen, zerbrochen. Man wußte auch nicht mehr, an wen man sich wenden, wen man um Schutz bitten sollte, wer die amtliche Autorität innehatte.

Ihr wart verwirrt und bestürzt. Im Zug, der euch um Weihnachten herum oder vielleicht gleich danach, schon im neuen Jahr, nach Hause brachte, hast du – daran erinnerst du dich – aus dem Fenster gesehen, um deine Gegend wiederzuerkennen. Es war fast dunkel, und es lag Schnee. In der Trostlosigkeit der Landschaft tauchte schließlich der vertraute Umriß des Hauses auf, des höchsten im Ort, das anders aussah als die anderen, eine schattenhafte Erscheinung im Winterabend, die dich nicht tröstete.

Im Laufe der Jahre sollte es dir beim Anblick deines Hauses noch oft das Herz zusammenpressen: beim Ankommen, Wegfahren oder Vorbeifahren im Zug. Als wäre es ein Symbol von euch, die ihr, an einer vergangenen Welt hängend, immer einsamer, immer unterschiedlicher wurdet, und jedesmal fehlte jemand, war gestorben oder fortgegangen. Zuletzt blieben nur noch die Eltern: Wenn du wegfuhrst, schautest du immer zurück und dachtest an sie beide in dem zu großen Haus, in den Zimmern, die auf eine große Familie mit Dienstboten und vielen Kindern zugeschnitten waren. Sie, die beiden Alten, die dich erwarteten, als wärst du eine Prinzessin und nicht eine in die Jahre gekommene alte Jungfer, die in Wirklichkeit nur aus Mitleid, aus Gewohnheit zurückkam und weil sie sonst nicht gewußt hätte, wohin. Und du erinnerst dich, wie verzweifelt deine Mutter wünschte, daß alles noch so wäre wie früher, weiß der Himmel, welches früher, vor dem Zweiten Weltkrieg, vor dem großen Krieg, noch weiter zurück, als ihr noch klein wart, die Dienstboten an ihrem Platz, die Bauern ohne seltsame Ideen und alles in der alten Ordnung. Die im Sommer gekochten Marmeladen in den mit Zellophanpapier bedeckten Gläsern, seitlich mit einem Zettel beklebt: Kirsche, Pflaume, Himbeere, Johannisbeere, ganz oder als Gelee, Aprikosen, passiert oder mit Fruchtstücken; die Eier in den großen Steintöpfen, in weißen Kalk eingelegt, damit sie die kalten Monate, in denen die Hühner sich ausruhten, überdauerten; die Birnen, Pfirsiche, Kirschen, eingekocht, um anstelle von Obst gegessen zu werden, wenn es kein frisches mehr gab; die Zwiebeln, Karotten, Kartoffeln und Nüsse, ordentlich auf den Brettern der Vorratskammer ausgebreitet, damit sie sich in der schlechten Jahreszeit hielten; und die an Eisendrähten oben unter die Decke gehängten Weintrauben, die von Oktober bis Ostern vorhalten mußten und dabei immer kleiner, immer schrumpliger, fast schon zu Rosinen wurden, und doch war man stolz, wenn man noch im April welche essen konnte.

Früher hatte das Personal dies alles gemacht, dann gab es nicht mehr genug Personal, und deine Mutter machte es selber. Als sie müde wurde, fielen diese Aufgaben dir zu, und du hast dich viele Jahre lang darum gekümmert, auch dann noch, als sie überflüssig geworden waren. Es kam der Tag, an dem niemand im Haus mehr an der Decke hängende Weintrauben essen wollte, bis auf Papa und Mama, die sie andächtig kauten, weil man es immer so gemacht hatte. Es war auch unnötig, die Eier in Kalk einzulegen, weil es einen Kühlschrank gab und Hühner, die auch im Winter legten, und doch wurde die Zeremonie beibehalten. Alles, was sich änderte, war für deine Mutter ein Stückchen Leben, das zerbrach, ein Kuchen, der zerkrümelte, Porzellan, das in Scherben fiel.

Noch heute triffst du, wenn du durch das Haus gehst, auf die Anstrengungen, die Mama unternahm, um alles zu erhalten, wie es früher gewesen war: die neuen kleinen Matratzen, die sie bestellte, damit Virginia auch weiterhin im Sommer mit den Kindern käme – um dich festzuhalten, war nichts nötig, denn es wurde stillschweigend angenommen, daß du für immer bliebest –, die kleinen Fahrräder, die sie für sie kaufte, der Bezugsstoff für die Möbel im Zimmer deines ersten Schwagers und später des zweiten Quasi-Schwagers. Alles sollte dazu dienen, daß sich nichts änderte, daß Virginia nicht plötzlich den Entschluß faßte, die Ferien am See oder am Meer zu verbringen, was sie dann übrigens doch tat, und damit waren Kindermatratzen und kleine Fahrräder nutzlos. Noch jetzt, nach so langer Zeit, hast du Mitleid mit Mama, die niemals über ihre Gefühle sprach und immer mit allem zufrieden schien; später aber fandest du die Spuren ihrer Hoffnungen und ihrer Kümmernisse.

Virginia heiratete früh, eine große Hochzeit ein paar Jahre nach Kriegsende. Schön und dunkelhaarig war dein Schwager, sanft und gefügig gegenüber den Launen deiner Schwester, und er hatte Geld und einen Namen. Du hast nie erfahren, ob dein Vater die Heirat arrangiert hatte oder ob sie, im Gegenteil, aus Liebe zustande gekommen war oder weil Virginia von zu Hause, vom Lande, aus der bescheidenen Provinz fort wollte nach Venedig. In ihrem Tagebuch hast du nur die Eintragung gefunden: »Morgen heirate ich Giorgio. Mein Kleid ist nicht ganz weiß, sondern leicht cremefarben.« Am Tag zuvor hatte sie eine Liste der empfangenen Geschenke aufgestellt, am Tag danach und an vielen folgenden Tagen waren die Seiten weiß. Die erste Notiz nach dem Schweigen war eine Auflistung des Geldes, das sie zu zahlen oder zu bekommen hatte: »Dreißig Centesimi von Clara«. Wer weiß, wofür sie sie dir geliehen hatte. Alle waren froh über die Heirat, Beppina und Papa mehr noch als die anderen, vielleicht weil sie Virginia am besten kannten. Du fragtest dich, ob dein Schwager von Josef, Alfred, Benedikt und den anderen wußte, ob sie ihm von dem Mittag am Teich erzählt hatte.

Auf jeden Fall gefiel dir die Betriebsamkeit, die mit den Hochzeitsvorbereitungen einsetzte: das Nähen der Kleider, die Renovierung des Hauses, die Geschäftigkeit in der Küche, das Saubermachen des Gartens. Das Fest rückte heran, und unter den Gästen war jener Herr. Er kam, um dich zu begrüßen, und blieb bei dir; er brachte dir das Dessert, als wärst du erwachsen. Es war ein Parfait aus schwarzen und roten Johannisbeeren, aber du weißt nicht, ob du dich wirklich daran erinnerst oder nur deshalb, weil du es auf den Menükarten, die du in irgendeiner Schublade fandest, gelesen hast. Es ist dein Lieblingsdessert geblieben, nur bekommst du es nicht mehr zu essen, weil es niemand mehr zubereiten kann.

Während du es dir schmecken ließest, betrachtete er dich. Er war zehn Jahre älter als du, und auf den Photos, die zu zerreißen du nie die Kraft gefunden hast, siehst du, daß er gut aussah mit seiner schönen nußbraunen Haut, obwohl er Tiroler war. Er wurde dir an jenem Abend so vertraut wie jemand aus der Familie. Deshalb hast du dich ihm auf die Knie gesetzt, und leicht und unschuldig, wie du warst, ließ er dich gewähren. Es war ein Skandal, und viele sprachen hinterher darüber, auch wenn du dich nur zum Spaß so hingesetzt hattest. Du erinnerst dich noch an das Kleid, das du anhattest: grüngelb. Du hast es mit Johannisbeeren bekleckert, und das Waschen nützte nichts, weil weiße Ränder zurückblieben; wer weiß, ob du es je wieder getragen hast.

Er kam wieder ins Haus, jener Mann. Zuerst nur hin und wieder, dann sehr oft, und nach einiger Zeit war klar, daß er deinetwegen kam. Anfangs unterhielt er sich mit Papa und Mama und hatte für dich nur Scherze und Kindergeplauder übrig. Zwar hatte er stets eine Kleinigkeit für dich, Blumen, ein Taschentuch, Pralinen, aber es war üblich, daß Gäste den Kindern des Hauses etwas mitbrachten. Er schien ein Freund der Familie zu sein, auch wenn er vor dem Fest nie gekommen war. Dann fing er an, in Begleitung der Erzieherin mit dir spazierenzugehen, bat dich, mit in den Garten hinunterzukommen, und widmete dir andere Aufmerksamkeiten wie einer erwachsenen Frau, doch er schien immer nur zu spielen. Später hast du bereut, daß du sie nicht mehr genossen hast, diese Monate, vielmehr diese Jahre, daß du nicht bedacht hast, wie glücklich du warst, daß du nichts ausgekostet hast. Oberflächlich warst du und anmaßend, denn du stelltest dir vor, so oder noch schöner würde das Leben sein.

Eines Tages kam er dir auf der Treppe entgegen, als du gerade mit der Blumenschere wieder hinaufliefst, die Mama dich zu holen geschickt hatte. Er stand da, wollte dich küssen und versperrte dir den Weg, aber es war nicht nötig, denn du dachtest gar nicht daran fortzulaufen. Er hielt dich so lange wie möglich dort auf dem Treppenabsatz fest, bis von oben leicht besorgt Mamas Stimme ertönte: »Clara, Clara, meine Schere! Hast du sie gefunden? Clara, Clara, wo bleibst du?« Und als du oben ankamst, warst du heiß und fiebrig. Papa machte zu der Zeit einen zufriedenen Eindruck, weniger streng als gewöhnlich, vertraulicher, und trotzdem empfahl er, daß du nie allein sein solltest. So waren immer Mama oder die Erzieherin bei dir oder Beppina, die, obwohl jünger als du – früh gereift, wie es bei den Mädchen aus dem Volk so ist –, wie deine ältere Schwester wirkte.

Manchmal bist du dank eines Briefchens, das dich über Beppina, deine Bewacherin und auch Komplizin, erreichte, entwischt: eine halbe Stunde, eine Stunde Freiheit im dunklen Grün am Ufer der Etsch oder auch zu Hause im ersten Stock, der nur im Sommer bewohnt wurde. Im schwachen Licht, das durch die Fensterläden drang, habt ihr dagesessen und geredet oder mehr euch angesehen als geredet, denn du warst schüchtern und er wortkarg wie immer. Auch Küsse, aber stets mit der Angst, überrascht zu werden, und nicht so viele, wie du gewollt hättest. Einmal hast du ihn, ohne daß er dich darum gebeten hatte, deine Beine sehen lassen. Unter seinen Liebkosungen kamen sie dir glatt und weiß vor, aber zu dünn, und hastig hast du das Kleid wieder heruntergezogen. Bei der Gelegenheit hast du ihm von Virginia am Teich erzählt, nicht die ganze Geschichte und auch nicht, was du dabei gedacht hattest, nur einen hingeworfenen Satz. Er lächelte ein wenig unbehaglich und fragte nach Einzelheiten, die du ihm aber nicht erzählt hast. Wenn er nicht kam, schrieb er dir kleine, etwas zu nüchterne Briefchen, ohne Sätze zum Wiederlesen oder zum Behalten: »Heute kann ich nicht kommen, weil ich zu meinem Vater nach B. fahren muß.« »Ich bin leicht erkältet, aber ohne Fieber. Paß auf dich auf in diesen windigen Tagen!« »Sag deiner lieben Mama meinen Dank für ihre Gastfreundschaft.« Sätze in dieser Art, ohne Liebe oder Sehnsucht, wie du es gern gehabt hättest, manchmal auch nur Karten, die jeder lesen konnte, und doch hast du diese Post aufbewahrt und seine schöne, schwierige Handschrift studiert. »Menschen, die viel gelesen haben, schreiben alle so«, kommentierte Beppina.

Die Erinnerungen kehren wieder, aber du hast Mühe, sie zu ordnen, manchmal weißt du nicht mehr, was zuerst geschehen ist und was später kam. Es gibt immer noch die Tagebücher deiner Schwester, die dir helfen könnten, aber du magst sie nicht in die Hand nehmen; nach so vielen Jahren hast du es immer noch nicht gelernt, gleichgültig zu sein.

Schon redete man vom Heiraten: nicht er, auch du nicht, aber Beppina und das Personal, hin und wieder auch Mama. Sie erwähnte es wie etwas Normales, das kommen würde wie der Sonntag nach dem Samstag, ruhig, zufrieden und vielleicht auch ein wenig resigniert, daß sie dich verlieren würde, aber zu deinem Wohl. Sogar Papa ließ hin und wieder eine Bemerkung fallen, ein Zeichen dafür, daß alles kalkuliert, alles in Ordnung war, eine unausweichliche Folge der jahrelangen Besuche. Auch Virginia schrieb aus Venedig: »Wann ist die Hochzeit? Ich kann es kaum erwarten, ihn kennenzulernen, aber überall höre ich Gutes über ihn.«

Wenn einer so oft zu Besuch kommt, Pralinen mitbringt, gemeinsame Spaziergänge macht, sich mit Papa und Mama unterhält und heimlich ein paar Küsse gibt, dann ist es also normal, daß man heiratet? Es kam dir vor wie etwas, das andere betraf. Zwar stand in dem Leben, wie man es dir in Aussicht gestellt hatte, das Heiraten außer Zweifel, und dennoch konntest du nicht glauben, daß jemand ausgerechnet dich wollte. Und außerdem, allein mit ihm in ein unbekanntes Haus zu ziehen, ohne Beppina, ohne Mama, wie entsetzlich! Was solltest du den ganzen Tag anfangen in Zimmern, die nicht deine waren, in einem fremden Garten, mit Blick auf Berge, die du gar nicht kanntest? Und was tun mit den Kindern, die kommen würden? Ach nein, besser so bleiben, sich am Etschufer verstecken, sich noch einmal die Beine streicheln lassen und noch mehr oder sich im Dunkeln im Klavierzimmer umarmen, ohne zu sprechen und Geräusche zu machen, so daß nur euer beider Atmen zu hören war.

Virginia kam und blieb mit ihrem Kind bei euch: erst ein paar Tage, dann ein paar Wochen, schließlich einige Monate. Sie sagte, daß der Kleine Landluft brauche und nicht die salzige Luft von Venedig. Ein andermal vergaß sie sich und sagte etwas anderes: daß sie sich letztlich in Italien nicht allzu wohl fühle. Sie habe Heimweh nach Tirol, und die faschistischen Reden, die man dort unten höre, gefielen ihr nicht.

Dort bei euch sprach man nicht so viel davon, wenigstens nicht bei euch im Haus, wo man sich, mit Ausnahme einiger Hausangestellter, darunter Beppina, weiter auf deutsch unterhielt. Im Dorf und auch in der Stadt hatten sich die alten Sitten und Gewohnheiten nicht sehr verändert; es gab zwar den einen oder anderen Spinner, der vom faschistischen Vaterland redete, es gab jetzt die Carabinieri mit ihren schönen Uniformen, die es vorher nicht gegeben hatte, die Fahnen und Abzeichen waren neu, es gab Beamte, die nicht mehr aus euren Dörfern kamen, sondern Italiener waren, Neapolitaner; auch das Geld war neu. Ansonsten aber war das Leben scheinbar wie früher, dieselben Leute, die gleichen Reden. Die Arbeit der Bauern war die gleiche geblieben, auch wenn der Boden italienisch geworden war; vielleicht gab es mehr Elend, mehr Bettler, waren die Felder verwahrloster, aber es war Krieg, und es hieß, auch in Österreich sei es so oder noch schlimmer. Die besseren Herrschaften, die Freunde von Papa und Mama, beklagten sich: »Es ist nicht mehr wie früher, alles hat sich verändert, wer weiß, was aus uns werden wird«, aber sie statteten sich weiter gegenseitig Besuche ab, sprachen weiter deutsch und lebten weiter in der alten Weise. Die Bauern verstanden besser Deutsch als vorher, als sie noch Österreicher waren. Während des langen Aufenthalts in den Evakuiertenlagern hatten es auch diejenigen gelernt, die vorher kein Wort konnten.

Virginia kam also und blieb bei euch, und später erfuhr man, daß sie nicht gekommen war, um der Salzluft von Venedig zu entgehen, auch nicht weil sie sich in Italien fremd fühlte – für Faschismus und Politik hatte sie sich in Wirklichkeit nie interessiert – und auch nicht aus Heimweh nach der Familie, wie sie ein andermal behauptet hatte. Der Grund war, daß sie mit ihrem Mann nicht gut auskam; sie langweilte sich, weil er bieder und nicht brillant war, wie sie es gern gehabt hätte, und vielleicht auch ein wenig sparsam. Sicher, hier zu Hause hatte sie noch weniger Unterhaltung, und wären nicht die Besuche gewesen, die du bekamst, hätte sie wochenlang keinen Mann außer Papa, dem Diener, dem Gärtner und dem Heizer gesehen. An Frauen lag ihr nicht so viel.

Dein Gast war ihr sympathisch. Das freute dich, es war ein gutes Zeichen, wenn er ihr, die stets so heikel und kritisch war, gefiel. Ein Zeichen, daß du einen guten Geschmack hattest und daß deine Wahl richtig war. Deine Wahl? Nichts hattest du gewählt, er war immer häufiger gekommen, und noch war kein Wort darüber gefallen, auch wenn die Familie sicher war, daß es eine Heirat geben würde. Er ging mit euch beiden spazieren, nunmehr ohne die Erzieherin, denn Virginia war eine verheiratete Frau und eine Anstandsdame somit nicht mehr nötig. Es war schön, aber auch ein wenig schade, denn wenn ihr mit der Erzieherin spazierengegangen wart, hatte er nur mit dir gesprochen, ohne sich verpflichtet zu fühlen, auch Fräulein Paula zu unterhalten. Nun dagegen verteilte er seine Aufmerksamkeit auf euch beide.

Schließlich besann er sich, wie dein Vater sagte, auf seine Pflicht: Er bat dich, ihn zu heiraten. Er tat es mit einer Dringlichkeit, die dich fast erschreckt hat, du erinnerst dich noch an den Ort: in der Bibliothek, wo es dunkel war, weil das Licht den Büchern schadet, und leicht nach Naphthalin roch, das man in die während der warmen Jahreszeit aufgerollten Teppiche streute. Du weißt auch noch den Tag: Es war der 8. Juni. Du hast es behalten, weil er dir ein Medaillon mit dem eingravierten Datum schenkte.

Es gab wochenlange Vorbereitungen, Aussteuer-, Kleider-, Gästelisten. Besuche hier, Besuche da, mit ihm, der darüber nicht besonders glücklich war, bei Vettern und Cousinen, Onkeln und Tanten, auch entfernten Verwandten. Es tat dir leid, daß du nicht mehr so viel Zeit für ihn hattest, du warst nicht mehr Herrin deiner Tage. Er kam trotzdem, jedesmal mit Blumen, wahren Brautsträußen, und er brachte auch den Ring. Du kamst dir vor, als wärst du nicht mehr du selbst, als sähest du einer anderen Glücklichen zu. Es gibt noch die Photos, die dir jene Tage zurückbringen: Schön siehst du aus mit dem locker aufgesteckten Haar, das in weichen Wellen dein Gesicht umrahmt, und dem weißen Kleid mit einem farbigen Gürtel um die Taille: rosa oder grün oder blau? Das Schwarzweiß der Photos läßt es nicht erkennen. Du lachst, du hast zuviel gelacht, so darf man nicht lachen, vor allem du nicht, die du im allgemeinen, auf allen anderen Photos, melancholisch bist.

Du hast deine Hand auf seinen Arm gelegt, als wärt ihr ein Paar, du scheinst es aus Spaß zu tun, um die Erwachsenen zu imitieren. In der anderen Hand hältst du einen Strohhut mit Blumen darauf, als Schutz gegen die Sonne, die deine Haut für den Hochzeitstag verderben könnte. Er steht ein wenig steif, in Pose, aber dir zugewandt, und du siehst wieder seinen schönen Mund mit den weichen Lippen, der etwas zu dir sagt, und du hast nie erfahren, was es war. Du hast ihm nicht zugehört, während man euch photographierte, warst zu sehr damit beschäftigt, gut aufs Bild zu kommen, warst zu aufgeregt vor Glück und ungeduldig, weil dir mit dem Posieren Zeit verlorenging. Hinterher konntest du es ihm nicht von den Lippen ablesen und hast es immer und immer wieder vergeblich versucht, hast dein Gedächtnis angestrengt und dich bemüht, ihn in der Erinnerung noch einmal zu hören. Jahrelang haben dich jene verlorenen Worte gequält, als wären sie der Schlüssel zum Geheimnis dessen, was später geschehen ist. Du hast dich nie damit abfinden wollen, daß er nur gesagt haben könnte: »Ciao, Clara«, oder: »Du hast einen Grashalm im Haar«, oder: »Was für eine Hitze«.

Ihr seid ein schönes Paar, auch wenn du noch knochig bist und er im Vergleich zu dir ein wenig zu beleibt. »Un tòco de om«, bemerkte Beppina maliziös, ein schönes Mannsbild, und ein Mädchen, das einen »tòco de om« fand, groß, kräftig und stark, konnte sich glücklich schätzen. Solche überlebten die Kriege und kümmerten sich besser um ihre Frauen, sagte Beppina. Er gefiel dir so, wie er war, nicht so schmächtig wie dein Schwager und nicht so geschniegelt. Auch Mama hatte dir gesagt, daß er nach ihrem Geschmack sei; Papa dagegen kümmerte sich nicht um sein Aussehen, sondern um seinen Namen, sein Vermögen, seine Herkunft, den Zustand seiner Felder. Und das war alles in Ordnung.

Am Tag der Hochzeit ist er nicht erschienen. Du hast es als letzte gemerkt, denn bis zur Kirche durfte das Brautpaar sich nicht sehen. Du warst schon lange fertig, die Schneiderin hatte ihre Bemühungen beendet, zupfte noch hier und da, aber überflüssigerweise, um die langwerdende Zeit zu füllen. Ebenso das Zimmermädchen, das nicht aufhörte, den Schleier auf den Haaren zurechtzurücken. Es war heiß im Zimmer, aber wegen der Kommunion durftest du nicht trinken. Als der angesetzte Zeitpunkt fast vorbei war – aber du hast dir keinerlei Sorgen gemacht –, kamen dein Papa und dein zukünftiger Schwiegervater mit finsterem Gesicht, aber du dachtest an irgendein Versehen bei der Organisation, einen fehlenden Chorsänger oder falsche Blumen in der Kirche. Sie sagten dir, er sei krank, und die Trauung könne an diesem Tag nicht stattfinden.

Und dabei hattest du ihn zwei Tage vorher noch gesehen, zwar in Gedanken versunken und noch brummiger und wortkarger als sonst, auch dir gegenüber, aber gesund. Beunruhigt hat dich die rücksichtsvolle Art und Weise, wie sie es dir sagten. »Was für eine Krankheit hat er, war es ein Unfall? Sagt ihr mir nicht die Wahrheit?« Sie beteuerten, es gäbe keinen Grund zur Sorge, es sei nur ein Fieberanfall.

Die Gäste gingen fort, und nur der engste Kreis blieb beisammen, um mit euch das vorbereitete Essen einzunehmen. Es blieben der Pfarrer und die Chorsänger, die Nonnen aus dem Kloster, die Verwandten und die Nachbarn. Es war ein Skandal, im Ort sprach man von nichts anderem, aber das Essen wurde trotzdem ein Erfolg, wenig Leute und reichlich zu essen; viele hatten ihr Vergnügen dabei. Von den Freunden und Verwandten des Bräutigams hielt sich niemand länger auf, als fühlten sie sich schuldig an seiner Krankheit, und deshalb konnte man die geplatzte Hochzeit lang und breit diskutieren. Du bist fast den ganzen Tag auf deinem Zimmer geblieben, nicht weinend – man weint nicht wegen ein bißchen Fieber –, aber nachdenklich.

Gegen Abend bekamst du ein Briefchen von ihm, das du noch zehn oder zwanzig Jahre in deinem Meßbuch aufbewahrt hast. So konntest du es jeden Sonntag wieder lesen, bis es, von der Zeit und dem sehnsüchtigen Reiben deiner Finger zerstört, auseinandergefallen war. Du weißt den Inhalt auswendig wie ein Gebet oder ein Kindergedicht: »Clara, ich bin nicht krank, aber ich habe es nicht über mich gebracht zu kommen. Ich dachte an dich, wie du auf mich wartest, und hatte nicht den Mut zu kommen, um dich zu heiraten. Du kannst dir vorstellen, was mir mein Vater gesagt hat. Ich bitte dich, mir zu verzeihen. Wenn du noch magst, komme ich bald, um dich zu besuchen.« Wie ein Pferd, das im letzten Moment vor einem Hindernis zur Seite springt, oder ein Maulesel, der, obwohl er gezogen und geschlagen wird, beim Einbiegen in einen Feldweg, der ihm nicht behagt, die Beine in den Boden stemmt. Letztlich hast du es ihm nicht übelgenommen.

Von da an nahm man Rücksicht auf dich. Mama bat dich nicht mehr: »Mach mir dies, mach mir das, bring das hierhin, bring das dahin«, und bei Tisch lauerte Papa, ob du Appetit hättest, ob du Farbe hättest, ob du geweint hättest: »Bist du müde? Willst du morgen mit in die Stadt kommen? Was hältst du von ein paar Tagen Venedig?« Beppina war beflissener denn je, und Fräulein Paula stickte dir ein Taschentuch. Doch diese Aufmerksamkeiten dauerten nicht lange, denn Virginia verkündete, sie erwarte ein weiteres Kind, und so geriet dein Mißgeschick ein wenig in Vergessenheit. Die Ankündigung wurde mit einem Chor der Zustimmung aufgenommen: als Zeichen, daß die Ehe sich wieder stabilisiert hatte, daß wenigstens von dieser Seite nichts zu befürchten stand. Auch du hast dich darüber gefreut.

Nach einigen Wochen nahm er seine Besuche wieder auf, aber er war anders, düsterer, als wäre er wirklich krank gewesen. Im Haus mochte er nicht sein, wollte nicht zum Essen bleiben wie früher und sich auch nicht unterhalten, wie er es sonst getan hatte. Niemand durfte ihn etwas fragen, und du hast ihn geschützt, indem du den Fragen zuvorkamst. Ihr gingt immer draußen spazieren. Aus irgendeinem Grund ließ man euch jetzt allein gehen ohne die Erzieherin, und auch Virginia hatte offenbar keine Lust mehr, euch zu begleiten, sie wurde sofort müde. Alle hatten begriffen, daß es keine Krankheit war, die die Heirat verhindert hatte, und Gerüchte machten die Runde. Sie hätten dir nicht zu Ohren kommen sollen, erreichten dich aber dennoch. Beppina hat sie dir berichtet, behutsam und nur, wenn du sie danach fragtest. »Es heißt, daß er weiter oben im Tal ein Mädchen hat«, oder: »Der Arzt hat eine Krankheit bei ihm entdeckt, so daß er keine Kinder haben kann«, oder auch: »Er liebt seit Jahren eine verheiratete Frau, die ihn nicht freigibt«. Nachts dachtest du daran und nahmst dir vor, ihn zu fragen, aber dann hattest du doch nicht den Mut dazu.

Er war melancholischer geworden, aber gerade deshalb gefiel er dir. Mama schickte unterdessen nach und nach die Hochzeitsgeschenke mit einem beigelegten Entschuldigungsbriefchen zurück. Und als der letzte Silberteller zurückgesandt war, bat er dich, es noch einmal zu versuchen. Zwei Monate waren seit dem Tag, als er sich zum Gespött des ganzen Ortes gemacht hatte, vergangen, und er bat dich, sofort mit ihm in die Kirche zu gehen, ohne jemandem etwas zu sagen, mit Beppina als Trauzeugin oder jemand anderem, vielleicht dem Gärtner. Er bat dich inständig, aber du bist hart geblieben. »Und Papa? Und Mama? Was werden sie sagen? Sie werden sich aufregen. Und der Pfarrer wird es nicht so heimlich machen wollen.« »Dann fahren wir zu einem anderen, in die Stadt.« »Sie würden es mir nicht verzeihen.« Statt dessen hast du es dir selber nicht verziehen.

Er ist zu deinem Vater gegangen und hat erneut um

deine Hand angehalten, und Papa war erfreut, aber er zeigte es ihm nicht. Er machte ein besorgtes Gesicht und zog die Stirn in Falten. »Wartet noch ein paar Monate, meine Kinder«, sagte er mit bekümmerter Stimme. Mama dagegen lächelte sofort. Du hast ihnen verboten, von der Hochzeit zu reden, damit ihm die Furcht verginge, wenn es denn Furcht gewesen war. Über jenen Tag hatte er nur gesagt: »Ich war schon angezogen, aber im Spiegel kam ich mir lächerlich vor, und der Hemdkragen saß nicht richtig. Ich habe gezupft und gezupft, um ihn zurechtzurücken, aber er wollte nicht sitzen. Ich habe mich geärgert über die Aufregung meines Vaters und den Eifer der Tanten, die um mich herumstanden. Ich habe mich ausgezogen und bin nicht gekommen.«

Du hast es geglaubt, aber in seiner neuen Melancholie, in seinem Schweigen, in seinen Küssen aus tiefstem Herzen, ohne Worte, lag auch noch etwas anderes. Von Liebe hast du stets wenig gesprochen, fast gar nicht, weil man es dir so beigebracht hatte: Das ist etwas für Mädchen aus dem Volk und für Soldaten. In herrschaftlichen Kreisen heiratet man aus Freundschaft, aus Neigung, auf Grund des gleichen Geschmacks, sagte dein Vater jedesmal, wenn sich Gelegenheit dazu ergab. Oder auch, das wußtest du, um Besitz zusammenzubringen, einen Wald oder einen Weinberg zu vergrößern oder weil die Eltern befreundet sind. Noch heute bringst du das Wort schwer heraus, es kommt dir lächerlich vor: Aber er liebte dich.

Es wurde beschlossen, eine Zeremonie ohne Gäste abzuhalten, ohne Sängerchor, ohne Empfang; nur die engsten Verwandten, in der kleinen Kapelle, damit kein Platz für Freunde und Neugierige wäre. Mama war nicht froh darüber: »Als wäre es eine Muß-Heirat«, hatte sie geklagt. »Wirst du diesmal kommen?« hast du ihn gefragt, und darauf er: »Glaubst du mir nicht mehr?«

Er kam nicht. Es gab keine Überraschung im Augenblick des Kirchgangs, sondern drei Tage vorher kam ein Telegramm, an dich adressiert: »Ich kann nicht«, und du mußtest es deinem Vater zeigen, der es für einen Scherz hielt, als du ihm sagtest: »Er kommt auch diesmal nicht.« Du dagegen hättest dich am liebsten versteckt, nicht geredet. Mama kam und weinte mit dir, Virginia war still, Beppina kochte Lindenblütentee.

»Was für eine Schande, was für eine Schmach«, sagte Papa.

Ja, als Schande hast du es auch empfunden, weil du dir vorgestellt hast, wie man dich ansehen würde, zu Hause und draußen im Ort, mitleidig, neugierig, was mit diesem Mädchen nicht stimmte. Sein Vater kam, um mit deinem zu sprechen, der ihn jedoch nicht empfangen wollte; es kamen Briefe, die zurückgeschickt wurden, dann erschien ein älterer Cousin von ihm, ein alter Freund deiner Familie, aber man ließ ihn im Garten sitzen und Wein trinken und die Dahlien bewundern, aber über die »Sache« wurde ihm kein Wort gestattet. Einen Groll auf ihn hattest du nicht, für dich war er immer noch derselbe wie vorher. Du warst nur wütend, daß der Gedanke zu heiraten, der die schöne Zeit beendet hatte, euch überhaupt gekommen war. Du hast ihn weiterhin im Herzen behalten, auch wenn dein Vater einen anderen Ehemann für dich zu suchen begann.

Man trauerte den vergangenen Zeiten nach. »Früher wäre so etwas nicht passiert«, bemerkten die Tanten. »Es ist der Krieg, der die Lebensweise verändert hat, sie haben alle den Kopf verloren.« Deine Mutter wurde älter, Virginia bekam das Kind, dein Vater sorgte sich um den guten Namen der Familie. Durch Beppina hörtest du, daß nach einiger Zeit Briefe für dich eintrafen, die dir jedoch nicht ausgehändigt wurden. Dann verreisten sie mit dir, drei Monate lang, zu Verwandten, um dir wie einer Kranken eine Luftveränderung zu verschaffen und einen neuen Bräutigam zu suchen. Du warst nicht aufmüpfig genug, um davonzulaufen; du warst fügsam, und den Mut, nach deinem eigenen Kopf zu handeln, hast du erst gefunden, als es zu spät war.

Danach schien allmählich alles schiefzugehen. Es stellte sich heraus, daß es um Virginias Ehe nicht gut stand, trotz der zwei Kinder. Der Grund für die Krise war nicht bekannt, man hatte nichts von einem anderen Mann oder einer anderen Frau gehört, und der Schwager kam weiterhin ins Haus, wenn auch seltener. Du hörtest sie, ihn und Virginia, abends in ihrem Zimmer, dem ehemaligen Kinderzimmer deiner Schwester, hastig miteinander reden, wobei sie versuchten, ihre Stimmen zu dämpfen, die dennoch hin und wieder entgleisten. Tatsächlich hörtest du hauptsächlich sie, die ihm wegen irgend etwas zusetzte, und er seufzte nur tief. Du konntest nicht schlafen, wenn du dieses erregte Reden hörtest, von dem dich gelegentliche Satzfetzen erreichten: Daß Virginia sich so heftig äußern könnte, hattest du nicht gedacht. Dein Schwager tat dir leid, aber dir haben immer alle leid getan. Erst im Alter bist du härter geworden und hast angefangen, Für und Wider, Soll und Haben abzuwägen und überall böse Absichten zu sehen. Wer weiß, wie er wirklich war, dein Schwager. Seit damals hast du ihn so gut wie nie mehr gesehen. War er der anständige, sanfte Mann, als der er dir erschien, oder ein Geizhals und Betrüger, wie später deine Schwester von ihm sagte?

Als Virginia sich in jenen Tagen deiner Meinung nach einmal zu sehr gegen ihn erboste, rutschte dir ein »Laß doch, Virginia« heraus. »Misch dich nicht ein«, fuhr sie auf. »Du bist ein kleines Mädchen und hast keine Ahnung vom Leben!« Dein Vater war überzeugt, daß sie einen Geliebten hatte, und kam zu dir, um herauszubekommen, wer es sei, aber du wußtest kaum, was ein Geliebter war. Es gab schlechte Stimmung im Haus, Gespräche zu zweit, hinter verschlossenen Türen, zwischen Papa und Mama, Papa und Virginia, Mama und Virginia, Papa und deinem Schwager. Nach jener ersten Befragung ohne Ergebnis stellte man dir keine weiteren Fragen mehr. Das Personal tratschte. »Im Laufe von ein paar Monaten eine Hochzeit geplatzt und eine Ehe zerbrochen«, hörtest du in der Küche. Es gab auch Szenen, nicht mit Geschrei, denn das gehörte sich nicht, sondern mit leiser, böser Stimme. Es wurde alles Mögliche getan, um den Riß zu kitten, aber sie trennten sich trotzdem. »So etwas ist in unserer Familie noch nie passiert«, entrüstete sich Papa.

Mit den Kindern und vielen Kisten voller Kleider und Schmuck, den sie sich geweigert hatte, ihrem Mann zurückzugeben, kam Virginia wieder zu euch. Neben ihr fühltest du dich wie eine wilde Bergbewohnerin, und trotzdem warst du froh, daß sie da war, denn es hatte ein bißchen den Anschein, als wärt ihr wieder Kinder, vor Beginn aller Sorgen. Anders war, daß Virginia sich von niemandem etwas sagen ließ, nachdem sie sich in den vier Ehejahren, da sie auf keinen Widerstand gestoßen war, daran gewöhnt hatte, zu tun, was sie wollte. Du wundertest dich, daß sich dein Schwager, so willfährig und unterwürfig wie er war, wirklich hatte trennen wollen.

Bald kam heraus, daß Virginia »Verhältnisse« hatte. Sie kam und ging, fuhr einige Tage fort, ohne zu sagen wohin, kam zurück und erzählte zerstreut nebensächliche, erfundene Einzelheiten über ihren Aufenthalt. Es kamen junge Männer mit glänzenden Haaren, Schnurrbärten und in einer Kleidung, die dir lächerlich erschien: Anzüge genau nach Maß, die Stoffe etwas auffällig, und auf Hochglanz polierte Schuhe, wie die Städter sie tragen. Manchmal hatten sie Kappen und Schutzbrillen auf, weil sie in Autos mit offenem Verdeck kamen, so daß die Passanten im Ort stehenblieben und die Leute ans Fenster liefen. Papa, der noch mit der Kutsche fuhr, wurde wütend und wollte dieses An- und Abfahren von Autos verbieten, aber Virginia machte weiter, was sie wollte.

Ihre jungen Männer waren fast immer Italiener. Einer kam sogar aus Rom, trug eine Blume am Jackett und war auch zu dir galant. Manche der Besucher waren gar nicht mehr so jung, taten aber trotzdem so als ob. Virginia kehrte mit Geschenken und Schmuck heim, manchmal auch mit intimeren Dingen wie Handschuhen, einem Schal oder einem Hütchen. Es kamen Blumen, und wenn deine Schwester nicht zu Hause war, brachte Mama sie, von dem raschelnden Papier und den Schleifen befreit, in die Kirche. Sie schüttelte den Kopf und sagte altmodische Sätze, die Virginia auf die Nerven gingen, wie zum Beispiel: »Denk an deine Kinder« oder: »Das ist nicht der Lebensstil unserer Familie«. Für dich wurde unterdessen ein Ehemann gesucht, und einige kamen wie zufällig zu Besuch, um sich vorzustellen. Manchmal begegneten deine potentiellen Bräutigame einem von Virginias Verehrern, und da du dich nicht um sie kümmertest, unterhielten sie sich schließlich miteinander. Sie waren anders, die deinen, bäurischer, schüchterner und unmodern.

Es gab einen, jung, aber schon kahlköpfig, der eifriger kam als die anderen. Da Mama dein Desinteresse sah, war sie lieb und nett zu ihm, und ernsthaft oder aus Verzweiflung machte er schließlich ihr den Hof. Ihr habt gelacht, ihr beiden Schwestern, wie in alten Zeiten. Auch ein anderer irrte sich im Ziel und verliebte sich in Virginia, die ihn gewähren ließ und sogar eine Geschichte mit ihm anfing. »Nur so«, sagte sie zu dir, »um ihm seine Schüchternheit abzugewöhnen und damit er sein wohlanständiges Gehabe ablegt. Es macht dir doch nichts aus, oder?«

Dir war es gleichgültig, aber es wurde zum Problem, weil er den Kopf verlor und Virginia heiraten wollte. Seine Eltern waren dagegen. Du, bescheiden, züchtig und nichts Besonderes, wärst ihnen recht gewesen, nicht jedoch sie, die schön und faszinierend, aber zu erfahren war. Dein Vater nahm es ihr übel, daß sie die Kokette gespielt hatte, hielt ihr eine lange verbitterte Predigt und drohte, sie von zu Hause fortzuschicken, aber er legte sich auch mit den Eltern des armen Verliebten an, weil sie ihm verboten hatten, weiter zu Besuch zu kommen. Er hielt so viel Furchtsamkeit für eine Beleidigung. Eine Freundschaft zerbrach, und der Junge war verzweifelt, aber nicht allzulange: Er heiratete schließlich eine pausbäckige, rothaarige und sehr fromme junge Dame aus gutem Hause. Sie lebt noch, untadelig wie vor sechzig Jahren; er ist schon lange tot.

Dann tauchte ein spontaner Verehrer auf, der nicht von deinen Eltern herbeigeschafft war. Er war besser als die anderen, gefiel dir aber dennoch nicht genügend. Du bliebst stur trotz der Reden, des Drängens und der dir immer wieder vorgestellten Aussicht, daß du für immer allein bleiben würdest. Deinem Vater gelang es nicht, dich zu verloben, aber er probierte es mit allen Mitteln. Der Junge bemerkte die Manöver und hatte so viel Charakter, Abstand von der Sache zu nehmen. Manchmal hast du es nachträglich bedauert, er wäre ein guter Ehemann gewesen. Du weißt nicht mehr, was aus ihm geworden ist, meinst dich aber vage zu erinnern, daß auch er eine Zeitlang Sehnsucht nach dir hatte. Wenn dein Vater ihn dir nicht um jeden Preis hätte aufzwingen wollen, hätten sich die Dinge vielleicht anders entwickelt; am Ende hättest du ihn geheiratet, und dein Leben wäre planmäßig verlaufen.

Von dem anderen, der es zweimal versprochen hatte und zweimal nicht erschienen war, kamen immer noch Briefe, aber dir wurden sie nicht gezeigt, noch wurde dir erlaubt zu antworten. Damals war es nicht wie heute: Es gab zwar Telephon, aber im Korridor vor dem Wohnzimmer, und alle im Hause hätten mitgehört. Da es sich außerdem um einen entfernteren Ort handelte, hätte man die Vermittlung anrufen müssen, um die Verbindung zu bekommen, und das Schrillen des Telephons hätte stürmisch durch das stille Haus getönt. Es kam nicht öfter als zwei-, dreimal die Woche vor, daß man es hörte, und jedesmal war es eine öffentliche Angelegenheit; die ganze Familie wußte sofort, wer angerufen hatte. Man mußte in die Sprechmuschel schreien, um verstanden zu werden, und die Worte schallten bis in die Küche. Außerdem, einen Mann anzurufen und mit ihm über Draht zu sprechen war ebenso unschicklich wie ein heimliches Rendezvous, intimer als ein Brief und unfein für eine junge Dame. Trotzdem hast du immer noch an ihn gedacht und die Geschichte als etwas betrachtet, das in der Schwebe geblieben war und früher oder später in der richtigen Weise zum Abschluß gebracht werden würde. Dir schien, als wäre alles nur aufgeschoben und als müßten die Dinge einige Jahre später weiter ihren Gang gehen. Doch die Zeit verstrich, und nichts kehrte an seinen Platz zurück. Sich damit abfinden, wie Mama empfahl? Nach außen hin ja, so daß die Verwandten irgendwann sagten: »Sie ist wieder wie früher, ist wieder fröhlich, hat sich damit abgefunden.« Dabei denkst du noch heute an ihn.

Dann kam ein neuer Verehrer von Virginia, ein reiferer Herr aus Verona (mit vierzig war man damals schon weit jenseits). Er gefiel Mama und Papa, weil er »wenigstens eine Arbeit hat und imstande sein wird, Virginia und ihre Launen im Zaum zu halten«. Nicht, daß er wirklich gefiel, denn er war Italiener mit einer Parteifunktion bei den Faschisten und auch ein wenig auffallend, aber immer noch besser als die anderen, die vorher aufgetaucht waren. Jedenfalls war klar, daß Virginia sich verliebt hatte: Sie, die stets so selbstsicher war, so schnell über andere urteilte und das Lächerliche an den Leuten sah, hatte plötzlich offenbar jede Kritik aufgegeben und hing an seinen Lippen, bereit, den kleinsten Wunsch, einen Stimmungswechsel oder eine Unzufriedenheit von ihm aufzugreifen. In der Vergangenheit hattest du erlebt, wie sie ihre Männer herumkommandierte, ignorierte, sich beklagte, Ansprüche stellte. Jetzt dagegen fing sie an, nur noch italienisch zu sprechen und zu lesen und den Gebrauch des Deutschen auf ein Minimum zu beschränken. Sie hörte auf, zur Kirche zu gehen, weil er nicht hinging. Sehr eifrig war sie nie gewesen: Sie ging zwar zur Messe – nicht hinzugehen wäre gewesen wie nicht zum Essen zu erscheinen –, aber sie betete nicht, und du sahst, daß sie gelangweilt umherschaute und beim *Ite Missa est* als erste von der Bank aufsprang. Sie mied auch den Maienrosenkranz, bei dem die Familie und die Dienstboten um den kleinen Hausaltar mit der Gipsstatue der Madonna und den Maiglöckchensträußen knieten. Manchmal war der Kirchgang für Virginia eine Art Spiel gewesen, um die Aufmerksamkeit ihrer Verehrer auf sich zu lenken. Wenn einer am Sonntag kam, legte sie sich den schönen schwarzen Spitzenschleier über den Kopf, der gut aussah auf ihrem blonden Haar, und gesammelt, reumütig, den Kopf leicht vorgeneigt, kniete sie dann in der Bank und wirkte sehr fromm. Vielleicht betete sie ernstlich, daß er sich in sie verlieben möge, damit er sie aus diesem langweiligen Ort mit fortnähme, oder um die Erfüllung irgendeines anderen Wunsches. Diese Frömmigkeit sollte ein zusätzlicher Vorzug im Vergleich zu anderen Frauen sein, ein ungewöhnlicher, kostbarer Schmuck; er sollte bezeugen, daß es hinter dem schönen Gesicht, dem wohlgeformten Körper eine Seele gab, die fähig war, sich zu erheben. Gewöhnlich funktionierte es, so daß anschließend statt der Parfums und Pralinen Bücher und Gedichte als Geschenke für sie kamen und geistliche Blumen wie Calla oder Narzissen statt der üblichen roten Rosen.

Es geschahen Dinge, die früher unmöglich gewesen wären: Der Herr aus Verona wurde auf Beschluß von Virginia, die vieles im Haus bestimmte, zum Übernachten eingeladen. Früher hatten nur Vettern und Cousinen, Verwandte oder Freunde der Eltern übernachten dürfen. Er bekam – von Virginia – das Zimmer zugewiesen, in dem dein Schwager am Abend vor der Hochzeit geschlafen hatte. Es hieß, er solle nach dem Essen nicht noch die lange Fahrt nach Verona machen müssen; dabei hatte er doch ein Auto, und er selbst behauptete, daß er nicht mehr als zwei Stunden brauche. Das Zimmer benutzte er nicht viel. Statt dessen hörtest du sie in Virginias Zimmer flüstern, demselben, in dem sie mit ihrem Mann gestritten hatte, nur daß der Klang der Stimmen jetzt ein anderer war.

Der Herr aus Verona, Tullio, versuchte, sich eurer Familie anzupassen. Er zeigte Interesse für das, was Papa sagte, hörte auch Mama ein wenig zu und seufzte mit ihnen über den Wandel der Zeiten. Er aß bereitwillig die Tiroler Gerichte und legte die Hände zusammen, wenn dein Vater vor dem Essen das Gebet sprach. Weihnachten half er, den Baum aufzustellen. Schreckliche Weihnachtsfeste waren es, bloße Nachahmungen der echten, als die Welt noch anders war. Die Kinder dienten als Vorwand, um groß zu feiern, mit schön verpackten Geschenken, vorgetäuschten Überraschungen, den obligatorischen Küssen und Umarmungen, den Liedern, die man sang, nur um zu singen. Du hast dir die Gesichter der Deinen angesehen, wenn sie um den Baum standen: dein Vater mit den Gedanken woanders, verbittert über die Wendung, die das Leben genommen hatte, deine Schwester sehr darauf bedacht, den Mund in anmutiger Weise zu bewegen und den Kopf im richtigen Licht zu halten, damit sie Tullio als ein von den Kerzen beleuchteter Engel erschien. Beppina, die nicht sang, weil sie es auf deutsch nicht konnte, und dich verstohlen betrachtete, ob du zufrieden warst; das übrige Personal, das gehorsam den Chor bildete, weil es der Herrschaft so gefiel; nur Mama gab sich der Musik hin und schien mit ihrem Eifer die Skeptiker und Unentschiedenen um sich herum mitreißen zu wollen.

Dann die Bescherung; zuerst waren die Dienstboten an der Reihe, die Handschuhe oder handgestrickte Schals bekamen oder Pantoffeln, die ihnen die Füße auf den eiskalten Korridoren warm halten sollten. Sie nahmen die Päckchen entgegen, ohne sie zu öffnen, gaben schüchtern die Hand und zogen sich dann zurück, wobei sie Mama jedesmal ein wenig beleidigt zurückließen, weil sie die Päckchen nicht geöffnet und kaum Begeisterung gezeigt hatten. Sie brachen nicht in Ausrufe des Staunens und der Verwunderung aus wie ihr und zeigten auch keine besondere Dankbarkeit; sie schienen nur so schnell wie möglich unter sich sein zu wollen, vielleicht um zusammenzusitzen, Rotwein zu trinken und etwas nach ihrem Geschmack zu essen, ohne auf gutes Benehmen achten zu müssen, in ihrem Dialekt zu plaudern und auch einmal einen Fluch auszustoßen. Ihr dagegen mußtet fröhlich sein, euch gern haben, alles loben, den Baum und die Krippe bewundern und guter Dinge sein. Verzweifelt versuchte Mama jedes Jahr, die Zeremonie in genau der gleichen Weise zu wiederholen wie im Vorjahr, das gleiche Essen, die gleichen Lieder, die gleiche Festtafel, ohne jemals etwas zu verändern, damit es so aussah, als hätte sich wirklich nichts verändert.

Mit starrem Lächeln machte sie sich überall zu schaffen, hielt sich bei tausend Dingen auf, um sich den Anschein zu geben, daß sie sich glücklich abmühte. Es ging um Plätzchen und Süßigkeiten, Festtagsessen, Moos, Kerzen und Jesuskind. Nur ihre Augen, die euch in jedem Moment unruhig verfolgten und kontrollierten, verrieten, daß sie nicht wirklich glücklich war. Dein Vater hielt sich abseits, verdrossen über den Trubel, und beschwerte sich, daß es zuviel Aufwand sei, zuviel Feierei, daß man den Armen die Hälfte der Geschenke geben solle, denn es seien keine Zeiten mehr für eine derartige Verschwendung. Diejenige, die sich am besten aus der Affäre zog, war Virginia; sie bemühte sich nicht, Gefühle zu zeigen, die sie wahrscheinlich nicht mehr empfand, und machte allen wunderschöne und teure Geschenke. Weihnachten war für sie ein Schaufenster, in dem sie vor einem Hintergrund aus Tannenzweigen und Kindern mit leuchtenden Augen in ihrer Schönheit und Großzügigkeit erscheinen mußte.

Du dachtest daran, daß es das erste Weihnachten war ohne ihn – vielleicht auch schon das dritte oder vierte –, ohne seine verfehlten Geschenke, ohne heimliches Händehalten, ohne sein seltenes Lächeln. Du gabst dir alle Mühe, dich mit Weihnachtsgedanken zu trösten, aber die Sehnsucht überkam dich doch. Vor allem bei der Mitternachtsmesse. Besser waren schon die nächsten Tage, der 25. und der 26., wenn es wieder erlaubt war, normal zu sein, und man an das Essen dachte, es lobte und von allem reichlich genoß. Trotzdem mußte man sich immer noch weihnachtlich und gut fühlen, mit abendlichen Zusammenkünften um den Baum und die Krippe, mit neuerlichem Singen und Kerzenanzünden. In jenem Jahr gab es einen Skandal, weil Virginia mit Tullio ins Kino ging, als wäre es ein ganz beliebiger Tag. Dein Vater sprach demonstrativ kein Wort, wie um seine Distanz zu der stillosen Tochter zu unterstreichen; Mama erhob Einspruch und versuchte, sie zurückzuhalten: »Findest du, daß es der richtige Moment ist, ins Kino zu gehen? Was wird das Personal sagen? So etwas hat man in diesem Hause nie gemacht.« »Weil es noch kein Kino gab«, sagte deine Schwester und ging zu Tullio hinunter, der im Auto wartete.

Für deine einsamen Weihnachtsfeste hat Beppina die alten Sitten zu retten versucht; aber sie fängt an zu vergessen, nicht aus Nachlässigkeit, sondern aus mangelndem Gedächtnis. Du selber übrigens auch. Außerdem sieht sie schlecht und kann bei der Krippe nicht immer Ochs und Esel von den Schafen unterscheiden; du ärgerst dich über die Verwechslung. Die Ärmste, sie hat sogar gelernt, die Weihnachtsplätzchen so zu backen, wie es die Köchinnen deiner Mutter und deiner Großmutter machten; aber sie probiert nie eins, sie sagt, das sei nichts für sie, sie ißt lieber Salziges. Sie schmückt dir den Baum und steckt die Kerzen auf; sie weiß, daß bunte Kugeln, elektrische Kerzen und anderer moderner Baumschmuck verboten sind; du willst nur Kerzen und Äpfel und Plätzchen, die mit einem Silberfaden festgebunden werden. Sie versteht deinen kargen Geschmack nicht; wahrscheinlich gefällt es ihr besser, wie ihre Neffen und Nichten zu Hause den Baum schmücken, mit blinkenden Lämpchen und lauter roten und silbernen Dingen. Doch sie sagt schon lange nichts mehr dazu, man weiß ja, daß die Herrschaften sonderbare Geschmäcker haben.

Jetzt ist sie es, die dir Geschenke macht, schönere als du ihr je gemacht hast. Batisttaschentüchlein, von ihr bestickt, oder eine neue Tischdecke, einmal sogar ein elektrisches Heizkissen, das du aus Angst vor Feuer nie hast benutzen wollen, oder einen Silberteller, eine Goldmünze. Du bist bei den Schals, den Handschuhen und den Pantoffeln für die Hausflure, die immer noch kalt sind, geblieben. Als du einmal etwas ändern wolltest und sie vorher gefragt hast, was sie sich wünsche, reagierte sie verschlossen, fast beleidigt: »Ich brauche nichts, Signorina, mir fehlt es an nichts.« In deinem Testament hast du die Dinge aufgeführt, die ihr zufallen sollen: kein Geld, denn sie hat jetzt mehr als du, aber einige alte – merkwürdige – Sachen, die sie sehr bewundert. Eine Souvenir-Tasse aus einem Wallfahrtsort, zu dem irgendeine Tante oder Großmutter vor hundert Jahren gepilgert war, mit der Aufschrift »Maria hilf« in gotischen Lettern. Der Nähkorb, der Mama gehört hat, aus Leder und Korbgeflecht, mit Scheren, Fingerhüten, Nähnadeln, Stecknadeln und Holzeiern zum Strümpfestopfen. Eine Jagdtrophäe, das Geweih eines Rehbocks, das halb kahl und vergilbt zwischen den Stichen auf der Treppe hängt: In einem vertraulichen Moment hat sie gesagt, daß ihr Neffe es sich gern über seine Haustür hängen würde. »Er ist ein tüchtiger Jäger«, hat sie erklärt, »sonntags geht er immer mit dem Hund auf Hasenjagd.«

Seit Jahren sagen ihre Verwandten ihr, daß sie zu Hause bleiben soll, daß sie es doch nicht mehr nötig hätte zu arbeiten, daß sie die Dame spielen, im Sommer in Urlaub fahren und irgendwo Kuren gegen ihre Arthritis machen, kurz, daß sie sich vom Arbeitsleben ausruhen könnte. Aber sie will nichts davon wissen, hat nur eingewilligt, zu Hause zu schlafen und sonntags nicht mehr zu kommen. Ihren Angehörigen hat sie gesagt, sie könne dich nicht verlassen, die Signorina brauche sie. Wahrscheinlich hat sie dich gern wegen früher, so wie du damals warst, nicht so melancholisch wie jetzt und auch nicht launisch oder ungeduldig wegen Kleinigkeiten oder tagelang stumm. Sie wartet mit dir, leistet dir Gesellschaft beim Warten auf den Tod, der natürlich nachts kommen wird, wenn Beppina zum Schlafen nach Hause gegangen ist, und hinterher wird sie es sich nicht verzeihen, daß sie dich allein gelassen hat.

Eines Tages deutete Virginia an, daß sie wegfahren würde. »Verreist du? Wohin? Kommst du bald wieder? Mit wem fährst du?« fragte Mama. »Ich fahre mit Tullio, und die Kinder kommen mit«, verkündete deine Schwester, und schon am selben Abend war sie fort. Papa hat sich nicht von ihr verabschiedet. Zu dir sagte Virginia, die Atmosphäre im Haus sei bedrückend geworden, sie müsse ihr Leben leben, Tullio sei aus dem Alter heraus, heimlich in ihr Zimmer zu kommen, um mit ihr zu schlafen. Und du, in welchem Alter warst du? In dem Alter, noch die kleine Tochter zu spielen, für immer allein zu schlafen und mit der Erinnerung an einen zu leben, der seine Versprechungen nicht gehalten hatte? Virginia riet dir, schnell fortzugehen. »Bleib nicht hier hocken, diese Welt ist Vergangenheit.« Später jedoch, als Papa und Mama nicht mehr lebten, hat sie dich drangsaliert, um dir diese vergangene Welt, das alte Haus, den Garten, die Felder, wegzunehmen.

Bis ihre Söhne und Enkel es bekommen, müssen sie sich noch ein wenig gedulden. Außerdem weißt du, daß sie das Haus verkaufen und sich von dem Erlös etwas am Meer oder im Gebirge oder – in einer eleganteren Gegend als dieser hier – auf dem Lande kaufen wollen. Vielleicht möchten sie auch nur in den Genuß des Geldes kommen, die alten Möbel mitnehmen, um sie in ihre Stadtwohnungen zu stellen – die du nie hast sehen wollen: du stellst sie dir blitzblank vor wie in der Werbung –, und das leere Haus an eine Schule, an die Gemeinde oder an einen Bauunternehmer verkaufen, der Wohnungen daraus machen könnte ... Nur sind ihre Frauen nicht damit einverstanden, sie haben ihre Liebe zum

Alten entdeckt, zu den Häusern von früher mit den großen Küchen. Auch dies haben sie in der Werbung oder in irgendwelchen Zeitschriften für Wohnungseinrichtungen gesehen. Du hast es daran gemerkt, wie sie deine alten Sachen berühren und betrachten, nicht das wertlose Zeug, das Beppina gefällt, sondern die guten Stücke. Sie möchten herkommen und hier wohnen, um die Schloßherren spielen zu können und ihren Freunden mit den Ahnenbildern auf der Treppe zu zeigen, daß sie eine Vergangenheit haben.

Du weißt nicht, was du vorziehen würdest. Ein Verkauf wäre vielleicht das beste; womöglich gar die Umwandlung in eine Bibliothek oder in irgend etwas Nüchternes wie Standesamt oder Schule, jedenfalls etwas, das nachts ruhig und menschenleer bliebe, so daß die Wände, die Zimmer, die Korridore während der stillen Stunden die alten Gespenster, das Leben, die Gerüche und Geräusche der Vergangenheit hervorsickern lassen könnten.

Du mußt daran denken, Ordnung zu schaffen und alles zu regeln, bevor du gehst: die Briefe verbrennen, die Photographien aus den Rahmen nehmen, die Bücher durchblättern, um Zettel und Notizen, die zwischen den Seiten liegengeblieben sind, zu entfernen. Das Archiv, die Kontobücher, die Wäscheschränke in Ordnung bringen und auch deine Kleider, zumindest die, die du kaum noch anziehst, um nicht alles Beppina zu überlassen. Du möchtest nicht, daß sie etwas aus deinem Leben entdekken, was du nie erzählt hast, du willst keine Spuren hinterlassen, die etwas über dich aussagen. Damit nicht passiert, was dir mit Virginia passiert ist.

Sechzig Jahre danach erinnerst du dich noch immer an Mamas Gesicht bei der Abreise deiner Schwester: Blaß stand sie da und versuchte zu lächeln, um ihr Unglücklichsein zu verbergen. Sie war sicher, daß Virginia nicht zurückkehren würde, zumindest nicht, um in diesem Haus zu leben, und sie erfand Rechtfertigungen, um sich zu trösten: »Sie muß ihr Leben leben, sie braucht eine Luftveränderung, vielleicht ist Tullio der Richtige für sie.« Niemand antwortete ihr, aber sie fuhr fort, ihre Gedanken auszusprechen, und hinterher wollte sie in Virginias Zimmer und in dem der Kinder nichts anrühren, damit alles bereit wäre, wenn sie zurückkämen.

Du hast Virginias Sachen durchgesehen, nachdem sie abgereist war, die vergessenen oder zurückgelassenen Kleider, die ungeordneten Papiere in den Schubladen – sollte man sie wegwerfen, verbrennen oder nicht berühren? –, die Dinge, die ihr nicht wichtig oder nicht schön genug erschienen waren, um an ihrem neuen Leben teilzuhaben. Eine Kette aus Glasperlen, Schuhe, die ein wenig altmodisch waren, eine angebrochene Puderdose und ihre Tagebücher. Tagebücher aus einem alten Leben, das sie nicht abgeschlossen hatte und die deshalb für das gerade neu begonnene nicht zu gebrauchen waren. Du hast dich also in ihr Zimmer zurückgezogen, die Luft eingeatmet, ihr Parfum, das noch im Raum hing. Stundenlang hast du ruhig dort auf ihrem Bett gesessen, bevor du den Mut fandest zu lesen. Es wäre besser gewesen, du hättest es nicht getan, und Virginia hätte ihre Tagebücher mitgenommen oder sie im Küchenherd verbrannt.

Zunächst fandest du das Übliche: die Schneiderin, die Freundinnen, die sie besuchen sollte, Stichpunkte für einen Brief, ein Rezept für Vanilleplätzchen. Wann hatte sie jemals welche gebacken? Dann wieder: »Wolle kaufen«, »Beim Arzt«, »Venedig«, »Geschenk für Mama und für L.«, »L. gesehen«, »L. getroffen«, »Spaziergang mit L.«, »An L. schreiben«. Wer war L.? Welcher unter ihren Freunden war so ausdauernd, so wichtig gewesen, daß er wochenlang fast täglich in ihrem Tagebuch erscheinen konnte? Vielleicht der junge Mann aus Rom? Aber war sein Name nicht Fabrizio oder Maurizio gewesen? Als L. fiel dir nur dein L. ein, dein Verlobter, der nicht zur Hochzeit gekommen war. Und es waren jene Tage. Die Tage deiner Küsse, der heimlichen Liebkosungen, des Glücks vor dem verhängnisvollen Hochzeitstag.

Fieberhaft hast du in dem Tagebuch vor und zurück geblättert, um die Daten zu vergleichen und dich zu erinnern, ungläubig, in größter Verwirrung. Ach, hättest du dir doch die Ereignisse genau in Erinnerung zu rufen vermocht, Tag für Tag! Das eine Mal, als er dir geschrieben hatte: »Ich kann nicht kommen, ich muß bei meinem Vater bleiben«, um dann zu überprüfen, ob es womöglich mit dem von Virginia notierten Spaziergang zusammenfiel. Und wenn L. dein L. war, was hatten sie bei diesen so häufigen, so heimlichen Spaziergängen und Treffen miteinander geredet? Und wenn er sie genauso geküßt hatte wie dich? Natürlich hatte er dich dann nicht mehr heiraten wollen: Was konntest du ihr denn voraushaben, du, unreif, steif und unerfahren, sie dagegen schön, sanft und verführerischer als du. Du spürtest, daß er es war, daß »Nachmittag mit L.« nichts anderes bedeuten konnte, als daß sie in deiner Abwesenheit irgendwo zusammengewesen waren ... Und dann?

»Ich erwarte ein Kind«, stand da einige Seiten weiter. Schließlich, nach einigen leeren Seiten ohne jeden Eintrag – leere oder zu volle Tage, um Zeit zum Schreiben zu haben – nur die Worte: »Ehe geplatzt«. Deine Ehe. Das zu begreifen, half dir der freie Raum zwischen den beiden Eintragungen: Beim Lesen rückten beide Sätze zusammen. Aber nein, du hättest etwas bemerkt, einen Blick, ein Wort, ein Lächeln; es konnte nicht sein. Und doch. Es fiel alles zusammen: das Kind trotz Giorgios Abwesenheit, Virginias Ausharren in dem Haus, das sie nicht mochte, L.s Melancholie, sein Schweigen, die zweimalige Flucht. Er konnte doch nicht die Tante seines Kindes heiraten.

Ach, warum hattest du nein gesagt, obwohl du so gern ja gesagt hättest? Warum hattest du nicht dafür gesorgt, daß es dein Kind geworden war? Warum hattest du immer die ungeschriebenen, unausgesprochenen Gesetze befolgt, die unsichtbar, aber unterschwellig so präsent waren, daß man sie auf keinen Fall übertreten durfte? Warum warst du nicht wie Virginia? Aber wann, aber wo hatten sie dich betrogen, wann hatten sie es beschlossen, wie hatten sie sich verständigt, wo hatten sie sich gesehen? Hatte sie ihn verführt, oder hatte er sie gebeten, überredet, angefleht? Nein, sicher waren sie sich beide gleichzeitig einig, unfähig zu widerstehen, erregt durch den Betrug, durch die Gefahr, entdeckt zu werden, durch den Skandal.

Heute sind sie für dich Gestalten aus einem Film, aber noch immer bist du nicht gleichgültig gegenüber jener Szene, die du Hunderte von Malen immer wieder vor dir gesehen hast. Haben sie über dich gelacht oder hatten sie Mitleid mit dir? Wenn sie überhaupt Zeit hatten, an dich zu denken. Daß er ihr gefiel, wußtest du, und du hattest dich darüber gefreut; ja, es war sogar ein gewisser Stolz dabeigewesen. Aber er, er, seit wann hatte er Virginia so gesehen? Nichts fiel dir ein, kein Satz, kein Wort, keine Bemerkung, kein Blick, kein Seufzer, der ihn verraten hätte. Und doch, es hatte deine Erzählung gegeben, von Virginia am Teich während des Krieges. Jenes Bild von ihr im Gras, das sie dem Soldaten darbot, nur das konnte seine Neugier, vielleicht auch schon sein Verlangen geweckt haben. Du bist im Zimmer deiner Schwester sitzen geblieben, bis es dunkel wurde, und wolltest dich mit aller Kraft an ihre Stelle versetzen. Er wird also angefangen haben, sie zu betrachten, ihre schönen Beine, ihre kleinen Füße, ihre Kleider, die ein wenig Busen sehen ließen, weil ein Knopf wie aus Unaufmerksamkeit offengeblieben, der Schnitt etwas zu eng und der Stoff sehr leicht war. Sie bewegte sich schön, Virginia, mit Parfum im Haar. »Alkohol schadet den Haaren«, sagte Beppina, aber deine Schwester hörte nicht auf sie und schüttelte den Kopf, um eine Duftspur zu hinterlassen.

Vielleicht hatte er einmal bei der Begrüßung ihre stets cremezarten Hände gefühlt und sie sich plötzlich am Rande des Teiches vorgestellt, wie du es ihm erzählt hattest. Eine verheiratete Frau, aber ohne Mann, mit Erfahrung, eine unruhige Frau, wie die Romanautoren schrieben, um damit etwas anderes anzudeuten. Hatte er vielleicht eine Gelegenheit abgewartet, um ihr unbemerkt ein Wort zu sagen? Und sie? Wie sollte sie der Versuchung widerstehen, sich von dem Verlobten ihrer Schwester verführen zu lassen? Wie auf das heimliche Spiel unter aller Augen, ohne daß jemand davon wußte, verzichten? So wie du Virginia kennst, dürften sie nicht weit gegangen sein, höchstens hinunter in den Garten oder sogar in dieses Zimmer, bei von innen verschlossener Tür. Die Erregung, sich in aller Eile auszuziehen, während sie draußen die Stimmen aus dem Haus hörten, womöglich sogar deine. Sie werden nicht viel geredet haben – er war immer schweigsam –, höchstens etwas geflüstert, aus Angst, entdeckt zu werden. Selbst jene Worte hast du dir vorzustellen versucht.

Dann wird er sie im Bett zurückgelassen haben, wo sie ihr Blut heftig kreisen hörte und das Vergnügen genoß, sich völlig gedankenleer zu fühlen. Es wäre nichts Besonderes dabei gewesen, denn Virginia zog sich oft während des Tages in ihr Zimmer zurück, um sich ein wenig auszuruhen. Er wird gekommen sein und dich gesucht haben, während du von der Anprobe des Kleides, von einem Besuch mit Mama oder irgendeiner anderen für jene Tage typischen Verpflichtung zurückkamst. Lächelnd, schweigend, noch zärtlich und noch mit Lust zum Küssen stand er vor dir, und du in deiner ahnungslosen Jungfräulichkeit hast nichts gemerkt. Er fragte nicht, aber er wollte mit dir schlafen, das hast du immerhin begriffen. Auch mit dir.

Du hast an nichts anderes mehr gedacht. Du hast versucht, dich an eine Geste, ein Wort, eine Abwesenheit oder Anwesenheit zu erinnern, die dir die Augen hätte öffnen können. Ja, Virginia war fröhlich gewesen, hatte sich blendend gefühlt und war zufrieden, obwohl sie schon mit ihrem Mann im Streit lag. Aber wenn du ahnungslos warst, so waren es auch dein Vater und deine Mutter, Beppina und die Köchin, die doch hätten begreifen können. Manchmal blieb er nur kurz, kam und schien in Eile, mit den Gedanken woanders, aber was wußtest du schon vom Leben der Männer? Männer hatten ihre Geschäfte, ihre Sorgen, ihre Männerangelegenheiten. Du stelltest dir vor, er hätte mit Papieren zu tun, zu schreiben, sich mit Leuten zu treffen und über schwierige Dinge zu reden. Statt dessen ging er, sobald er von dir fort war, und suchte deine Schwester.

Du hast das Tagebuch weggelegt, hast es in einen Schrank auf dem Dachboden eingeschlossen, damit es dir nicht mehr unter die Hände käme, um es völlig zu vergessen und die Sätze nicht noch einmal zu lesen, die dort hineingefallen zu sein schienen, gleichgültig und bedeutungslos für alle anderen, aber für dich verletzend scharf wie Hexenkrallen. Doch im Lauf der Jahre bist du gelegentlich hinaufgestiegen, um es zu holen und nochmals Wort für Wort nachzuprüfen, denn von Zeit zu Zeit mußtest du dich erneut davon überzeugen, daß es wirklich so gewesen war. Virginia war respektabel geworden, mit einem Kind auch von Tullio, und immer noch schön und gepflegt, fast eine Frömmlerin, die fähig war, sich über die eine oder andere Geschichte zu empören, und sie konnte nicht diejenige sein, die früher einmal geschrieben hatte: »Ich erwarte ein Kind« und »Ehe geplatzt«, als wären es Ereignisse, die andere Leute betrafen.

Und L.? Dein L.? Er lebt nicht mehr, er ist vor zwanzig Jahren gestorben und hat eine Witwe mit gefärbten Haaren und lackierten Nägeln hinterlassen, die um die Sechzig ist, aber jünger aussieht. Es ist seine dritte Frau. Warum er sich wohl so eine genommen hat, mit angemalten Augen und geschwätzig? Von seiner zweiten Frau hatte er sich getrennt; vielmehr, sie war wegen seines schlechten Charakters, wegen der Schwierigkeiten mit den Stiefkindern und wegen des zu einsamen Lebens fortgegangen. Die erste, derentwegen du innerlich am meisten gelitten hast, starb sechs, sieben Jahre nach der Heirat. Sie war sanft, schüchtern, nicht schön und nicht häßlich, jemand sagte, sie habe dir geähnelt, und sie war dir verhaßt, obwohl es die beste war. Dreimal hatte er sich verheiratet und nie mit dir: Also war er nicht grundsätzlich gegen die Ehe, allergisch gegen die Zeremonien. Du hast in jenen Jahren stets alles über ihn erfahren, hast immer jemanden gefunden, der es dir erzählt hat.

Als er krank war – im Alter von knapp vierzig Jahren – mit dem schlimmen, gichtigen Bein, das er beim Rundgang durch die Weinberge überstrapaziert hatte. Wenn er auf Reisen war. Wenn er jemanden zum Essen einlud und daß es bei diesen Anlässen Reishut mit holländischer Soße und als Dessert Schiffchen mit Sahne und Erdbeeren gab. Was es gewöhnlich als mittleren Gang gab, weißt du nicht mehr. Als er die Fassade streichen und das Dach reparieren ließ und dabei fast zu Tode kam, weil er bis nach oben hinaufgeklettert war, um die Handwerker zu kontrollieren, und dann bis zur Dachrinne hinuntergerutscht war. Als seine Tochter sich in den Sohn des Tischlers verliebte und ihn heiratete, zu Recht, weil es ein tüchtiger junger Mann war. Jetzt ist er Innenarchitekt und richtet die Sommerhäuser der Herrschaften aus der Stadt ein. Aber damals geschah es gegen den Willen des Vaters, und es gab Szenen in der Familie. Du hast immer alles über ihn erfahren, hast dich um seine Gesundheit gesorgt, dich gefreut, wenn ihm etwas glückte, kanntest die Namen der Kinder und ihre Geburtstage. Er hat über dich wahrscheinlich nie mehr etwas gehört und sich auch nicht gefragt, wie du lebtest. Oder vielleicht erzählte man auch ihm weiterhin alles über dein Leben. Niemals in all den Jahren eine Nachricht, ein Brief, eine Verständigung, und dabei hattest du ihm ja verziehen. Hin und wieder kam es vor, daß du ihm bei irgendeiner Geselligkeit begegnet bist, und du wärst ihm gern selbstsicher, ruhig und souverän erschienen. Doch du hast dich immer als eine gefühlt, die allein geblieben ist. Du hast gesehen, wie er häßlich, alt und dick wurde, keine Haare mehr hatte, auch das Lächeln war nicht mehr wie früher, und doch hast du ihn weiter als vertraut empfunden. Geredet habt ihr nie mehr miteinander, ein knapper Gruß bei jenen zehn, zwölf Malen, die ihr euch begegnet seid; bei manchen Anlässen habt ihr sogar getan, als kenntet ihr euch nicht, nicht mehr, und es war, als wärt ihr übereingekommen, eure Blicke schweifen zu lassen, darauf bedacht, daß sie sich nicht kreuzten. Und diese stillschweigende Übereinkunft war dir lieber als der flüchtige Gruß: ein Zeichen, daß ihr euch noch verstanden habt.

Wer weiß, ob er etwas über dich wußte, über dein einsames Leben mit Papa, Mama und Beppina, später dann nur noch mit Beppina, und dazwischen jene anderen Jahre, die dir inzwischen wie von einer anderen erlebt vorkamen. Um ihm davon zu erzählen, bist du zu seiner Beerdigung gegangen, um nach fünfzig Jahren noch einmal mit ihm zusammenzusein. Leute, die sich hätten erinnern, dich mit ihm in Verbindung hätten bringen können, gab es nicht mehr, du warst nur eine alte Bekannte auf einem Höflichkeitsbesuch. Parallel war euer Leben verlaufen, immer gleich weit voneinander entfernt und gleich nah, in euren fünfzig Kilometer auseinanderliegenden Häusern. Du sorgtest dich um die Weinstöcke, wegen des Mehltaus oder wegen vorzeitiger Fröste, und er ebenso. Die Frühlingshoffnungen, die Aussichten auf die Weinernte und die Unannehmlichkeiten des Winters prägten deine Jahreszeiten und ebenso die seinen. Und außerdem das Haus, das es instand zu halten, die Möbel, die es zu pflegen, und die Erinnerungen, die es zu bewahren galt.

Solange ihr jung wart, hattet ihr ein unterschiedliches Leben geführt, denn er mußte sich eine Frau suchen und auf Reisen gehen, um eine zu finden, er hatte Kinder, hatte Stimmen im Haus und wahrscheinlich Lärm und Fröhlichkeit. Aber später müssen eure Tage ähnlich verlaufen sein: ein Buch lesen, die Sachen im Haus aufräumen, wieder und wieder, ohne Ende, Briefe vielleicht oder Photographien oder Kontobücher oder irgendeine Sammlung. Von einem Sessel in den andern wechseln, um der Wärme der Sonne, die durch die Fenster scheint, zu folgen, einmal aufstehen, um ein Bild geradezurücken, ein andermal, um den Ofen anzufassen und zu sehen, ob noch Holz nachgelegt werden müßte, und wieder ein andermal nur aus Unruhe. Morgens immer früher aufwachen, weil alte Leute nicht schlafen können, und damit die ohnehin schon langen Tage noch mehr in die Länge ziehen; früh zu Bett gehen und eine Weile im Bett liegen und das Leben noch einmal an sich vorüberziehen lassen, auf das Haus horchen, eventuell Gebete sprechen. Du bist sicher, daß sein Leben in der letzten Zeit wie deines gewesen ist, angefüllt mit kleinen

Dingen, die einen jungen Menschen höchstens eine oder zwei Stunden am Tag in Anspruch nehmen würden, Handlungen, die zwischen Morgen und Nachmittag ausgedehnt werden, um das Leben nicht leer erscheinen zu lassen.

Hier und da ein unbedeutendes Ereignis, das die Reihenfolge der Gedanken verändert. Ein Besuch, eine wiederaufgetauchte Erinnerung, eine Geburts- oder häufiger eine Todesanzeige. Erregungen nein, die wird es nicht mehr geben, weil du dich nicht mehr erregen läßt. Nicht durch die Musik, denn sie im leeren Haus zu hören verstärkt dein Gefühl, allein zu sein, und vertieft die Stille, wenn sie verstummt. Nicht durch Bücher, denn du hast Schwierigkeiten mit den Augen; höchstens leisten sie dir eine Weile Gesellschaft, aber sie erzählen selten von deiner Welt. Gelegentlich hörst du Radio wegen der Nachrichten, aber nur morgens, denn abends macht es dir angst, die fremde Stimme in den ausgestorbenen Zimmern zu hören. Einen Fernseher hast du auch, ein Geschenk von Verwandten, riesig, schwarzweiß, aber du schaltest ihn nur drei- oder viermal im Jahr an. Du lebst in deinen Gedanken, das ja, du läßt die Vergangenheit vor und zurück an dir vorüberziehen, überspringst einige Teile, jene ohne Würze, und das sind die längsten. Viele, viele Jahre hast du in Lauheit gelebt, zu Hause mit Mama und Papa, ein alt gewordenes Kind, hilfsbereit, vernünftig, ohne Sorgen, für immer minderjährig.

»Kann ich gehen, darf ich, habt ihr etwas dagegen, wenn ...?« Noch mit dreißig und fünfunddreißig. Mit ihnen auf Reisen, mit ihnen in den Ferien, mit ihnen auf Besuch, mit ihnen im Konzert, und außerdem Weihnachten, Ostern, die Geburtstage und Neujahr, alles immer mit ihnen zusammen. Sie hatten sich nach einer Weile damit abgefunden, daß du ohne Mann geblieben warst, und schienen sogar damit zufrieden. Ihre Zufriedenheit war dir ebenso unangenehm wie vorher die übereifrige Suche nach einem Bräutigam für dich. Nicht nur als Gesellschaft warst du bequem, sondern auch für zahlreiche Dienstleistungen: um das Auto zu fahren, was die Kosten für den Chauffeur ersparte, um bei der Verwaltung der Felder mitzuarbeiten, wofür du – wie Papa sagte – eine gute Begabung hattest, als vierte Spielerin beim Bridge mit dem Notar, dem einzigen im Dorf, der es spielen konnte und deshalb eingeladen wurde. Es belastete dich nicht mehr allzusehr, dieses Leben, im Gegenteil, du hattest dich innerlich damit abgefunden, und in vielen Familien gab es jemanden wie dich. Erst später, als du dich verändert hast, erschien es dir leer.

Du hast Briefe, Photos, Beweisstücke für jede Phase deines Lebens: den Besuch der Tante, den festlich gedeckten Tisch für Papas Sechzigsten, die pompöse Ankunft deiner Schwester mit dem neuen Wagen, Weihnachtsbaum und Schneemann, Beppina in der Küche beim Rupfen eines Hähnchens, das Picknick im Gebirge, die Dorffeste, ein altes Vetternpaar in Pose, die Arme eingehakt. Von allem gibt es eine Spur, alles wurde photographiert, beschrieben, erinnert. Die Photos stecken in dem Album aus schwarzem Papier, und unter jedem ist akkurat das Ereignis erläutert, das Datum genannt, der Ort angegeben.

Dies ist dein Material, um alles noch einmal durchzugehen und Anhaltspunkte für die vergangenen Zeiten zu finden. Und doch wußte das gute Kind von dreißig Jahren, daß sein Leben anders hätte sein sollen, es wunderte sich nur, daß es noch nicht anders war. Beppina kannte deine Gedanken, die heimliche Angst, die dich umtrieb: Papa und Mama dankten Gott, daß sie eine Tochter hatten wie dich, häuslich und gefügig, ein Ruhekissen inmitten all des für sie Unbegreiflichen. Jene Zeiten überspringst du lieber oder gehst schnell darüber hin und hältst dich statt dessen an anderen Stationen auf, wo du vielleicht sogar unglücklicher, aber lebendig warst. Beim Krieg zum Beispiel, dem zweiten, den du erlebt hast und der unversehens dein Leben veränderte, oder auch immer wieder bei jener weit zurückliegenden nie beendeten Verlobungszeit. Es sind Leidensstationen, und doch kehrst du unweigerlich dorthin zurück. Er zum Beispiel, der einzige, der dir in Erinnerung geblieben ist – im ganzen waren es nur zwei –, hat dich auch als zweite oder dritte Frau nicht gewollt. Beim Tod der ersten und beim Weggang der zweiten hattest du etwas erwartet, und beide Male warst du in einer schrecklichen Verfassung – Beppina wußte ein Lied davon zu singen –, als er dann anderweitig heiratete. Später hattest du Mitleid mit deinen Träumen.

Beim Tod deines Vaters überkam dich die Angst, daß alles verlorengehen würde: nicht nur die Felder und die Weinberge, sondern die Familie, die Traditionen, eure Sitten, die frühere Lebensweise. Virginia hatte schon versucht, euch neue Ideen nahezubringen. Wenn sie zu Besuch kam, sagte sie, ihr solltet die Schneiderin wechseln, du und Mama, und eine phantasievollere suchen oder gleich etwas Fertiges kaufen. Sie lud euch ins Restaurant ein; Mama ging nur einmal hin und dann nie wieder, denn sie hatte sich »beobachtet gefühlt, und der Tischschmuck war ein wenig ordinär«. Du gingst noch ein andermal mit, damit Virginia Ruhe gab, warst aber angespannt, und zu Hause schien dir alles besser. Deine Schwester wollte schnell leben, sie hob nichts auf, warf weg, was kaputt war, ohne es zu reparieren, und trennte sich von den Dingen ohne Nostalgie. »Wann werft ihr endlich alle diese Photos weg?« fragte sie mit Blick auf die vielen Bilder und Bildchen, die das Wohnzimmer bevölkerten. »Es sieht aus wie ein Friedhof, sie sind alle tot, viele habt ihr nie gekannt!« Und sie schenkte euch Bilder ihrer Kinder – bereits in Silberrahmen –, die sie dann überall im Haus verteilte. »Wechselt diese Stoffe aus, ich schicke euch einen Vorhangstoff. Warum ersetzt ihr diese unbequemen Stühle nicht durch hübsche kleine Sessel?« Einiges setzte sie durch, obwohl Mama dagegen war. Sie hatte einen Widerwillen gegen das Alte und träumte davon, alles zu modernisieren. Als euer Vater starb, drängte sie euch auf jede nur mögliche Weise, einige Felder und Bauernhäuser zu verkaufen. Sie forderte es für euch, damit ihr das Leben ein wenig genießen, euch einige Annehmlichkeiten leisten könntet, ein weiteres Bad im Haus, Personal, richtiges Personal und nicht ewig Beppina als Mädchen für alles, als Gouvernante, Zimmermädchen, Verwaltungsgehilfin und als Köchin. So sagte Virginia.

Da sie bei euch wenig Begeisterung, vielmehr Scheu vor dem Neuen sah, versuchte sie euch mit Geschenken, die euch in die moderne Lebensweise einführen sollten – Keime zur Ausbreitung der Epidemie –, auf den Geschmack zu bringen. Sie kam also mit seltsamen Dingen, die ihr noch nie gesehen hattet. Einem Schwammhalter für die Dusche, die es im Haus gar nicht gab, Radio und Plattenspieler, elektrischen Warmhalteplatten für die Schüsseln, automatischen Zigarrenanzündern. Sie standen da, diese Dinge, gut sichtbar, damit Virginia es nicht übelnähme, aber steif und leblos, weil niemand sie je benutzte, und wurden lediglich regelmäßig abgestaubt. Die Kleider, die sie euch schenkte, zumindest die für Mama bestimmten, landeten erst in einem Schrank und später bei den Bedürftigen der Gemeinde. »Die Armen tragen doch keine Abendkleider«, war Beppinas Kommentar, die auf die schönen Stoffe versessen war. »Schäm dich«, sagte Mama, »das sind keine Kleider für ein anständiges Mädchen: Hast du die Ausschnitte nicht gesehen? Die Ärmsten werden den Stoff verwenden, um sich etwas Passendes daraus zu nähen.« Das Ergebnis war, daß Signorina Cesira, die in die Häuser ging und Spritzen gab, ein paar Monate später eines Sonntags in Mamas ausgeschnittenem Kleid, das unter dem weit offenstehenden Mantel zu sehen war, zur Messe erschien.

Deine Kleider hast du behalten, weil sie dir angezogen gefielen, auch wenn sie dir aus dem Spiegel das Bild einer anderen zurückwarfen. Das einer feingliedrigen, aber nicht mehr mageren Frau mit dunklen Augen, und wenn du die Haare aufgelöst hast, kam sie dir völlig fremd vor, beinahe schön. Und trotz ihrer Jahre auch gar nicht so alt, ja, sogar noch frisch, wie manche Nonnen, die mit fünfzig, sechzig Jahren noch die glatten, unberührten Züge eines Mädchens haben. Unbilden hattest du nur einmal erlebt, aber es war dir nicht vergönnt, dich noch weiteren auszusetzen, nicht so vielen, wie nötig gewesen wäre, um Spuren an dir zu hinterlassen.

Es kam der Krieg, der zweite, und dieser brachte dir die Befreiung. Bei Tee und Vesper mit Damen ohne Ehemann bliebt ihr erneut verschont, wie beim ersten Mal, als Papa nach vier Jahren Dienst in der Etappe aus Polen heimgekehrt war. Beim zweiten Mal gab es keine Männer mehr in der Familie, die hätten sterben können, keine Brüder, keine Söhne, Virginias Ältester war gerade noch zu jung, ihr Mann Tullio zu alt. Einberufen wurde der Mann, dessen Namen du nie mehr nennen willst, und seinetwegen warst du in Sorge, obwohl er zu Hause schon die zweite Frau hatte. Aber er wurde in Jugoslawien verwundet und kehrte, ein Jahr nachdem er fortgegangen war, zurück. Er blieb lange im Krankenhaus, ohne daß du dich entschließen konntest, ihn zu besuchen. Als er entlassen wurde und du immer noch unsicher warst, schien es dir, als hättest du die letzte Gelegenheit versäumt, ihn wiederzufinden.

Ihr seid verschont geblieben, nicht aber Beppina, der der Krieg zwei von ihren vier Brüdern nahm, die beiden besten und fleißigsten, die die Herrschaften und ihre Sachen achteten. In Rußland erfroren: Als einer der beiden nicht mehr laufen konnte, hatte der andere ihn auf den Rücken genommen, bis sie beide zusammen gefallen waren. Das erzählten einige Landsleute, die zurückgekehrt waren und aus Mitleid mit den Angehörigen die Geschichte mit Bruderliebe und Solidarität ausschmückten. Du erinnerst dich an die eine oder andere Karte von der Front, die Beppina dir zeigte, mit wenigen Sätzen in Krakelschrift. Auf italienisch jedoch, weil der Dialekt schwieriger zu schreiben war oder weil sie sich auf einer offenen Karte vielleicht ihrer Gebirgsmundart schämten. »Hier ist es kalt, und es gibt nur hartes Schwarzbrot und Wassersuppe. Sonst alles in Ordnung, nur Heimweh nach Zuhause und der fernen Familie: Silverio und Olindo«, hatten sie auf der letzten Karte geschrieben, und Beppina brachte sie in ihrer Schürzentasche mit, um sie dir zu lesen zu geben. Allerdings kam sie erst viele Monate nachdem sie gestorben waren, und ihr wußtet es nicht. So konnte es Beppinas arme Mutter, als dann die Nachricht von ihrem Ende kam, gar nicht begreifen: »Das ist doch nicht möglich«, rief sie, »sie können nicht tot sein, sie haben mir diese Karte geschickt, seht doch, ich erkenne ihre Schrift!«

Andere Leute im Ort verloren in den vier Jahren Verwandte. Sie weinten, und auch du hast manche Nacht wach gelegen und dir jene Toten vorgestellt, die erfroren, verblutet oder erschossen oder auf andere Weise allein und fern von zu Haus umgekommen waren. Aber man hatte sich an den Tod gewöhnt, sterben war normal, und noch mehr weinen konnte man nicht. Auch du, halb so alt wie jetzt, dachtest, jeder Tag könnte dein letzter sein, und fandest das nicht merkwürdig. Anders als heute, wo du im Grunde glaubst, du könntest noch lange leben. Du denkst zwar an den Tod, räumst alles auf, packst alte Briefe ein, ordnest Papiere, schreibst Testamente und verteilst deine Sachen, aber du kannst dir nicht wirklich vorstellen, daß du tot bist. Mit Kokketterie redest du täglich von Abschied und unterhältst dich mit Beppina darüber. Du sagst: »Bald wird es nicht mehr wichtig sein« oder: »Wenn ich nicht mehr bin, denk an dies und an das, laß nicht zu, daß sie meine Blumen niedermetzeln, nimm dir die Nadel mit den drei Perlen mit.«

Wenn sie abends fortgeht, sagst du sogar zu ihr: »Ich schließe ab, aber ich lege den Riegel nicht vor, damit du hereinkommst, wenn ich heute nacht sterbe.« Du wiederholst es jeden Abend, und Beppina reagiert nicht mehr verärgert wie in der ersten Zeit und verschwendet auch keinen Atemzug mehr darauf, dir zu antworten: »Sagen Sie so was nicht, das macht mich traurig, und außerdem geh' ich mit Sicherheit vorher.« Du hast Angst, daß Beppina trotz all deines Geredes schließlich gehen wird, ohne auf dich zu warten. »Die Armen sterben früher«, sagt sie immer. Doch kannst du sie nicht ernstlich zu den Armen rechnen. Schon seit geraumer Zeit, seit dem zweiten Krieg, besitzt sie mehr Geld als du. Sie hatte Verwandte mit Vieh im Stall, die dann heimlich schlachteten, und auch ihr bekamt manch schönes Stück – Schwanz, Kopf, Schinken oder Würstchen. Im Gebirge, wohin ihr evakuiert worden wart, versorgte sie euch mit Eiern und Obst aus ihrem Garten, denn der eure lag verlassen unten im Dorf, und dort waren die Soldaten durchgezogen. Sie brachte euch schöne Wolle zum Stricken, manchmal auch Zucker und Konserven, die sie ohne Öl, weil es keins gab, aus Salz und Tomaten zu machen wußte, Pflaumen, um die dunkle, fast bittere Marmelade zu kochen, Milch und einige Scheiben schmackhaften Käse. Die Käsesorten heutzutage schmecken nach nichts mehr. Wenn du an Beppinas Stelle in den Laden gehst, empfiehlt man sie dir: »Dieser Käse ist leicht, das ist bekömmlich in Ihrem Alter.« Käse für alte Frauen, und deshalb ißt du ihn nicht.

Das Brot, das Beppina ins Gebirge heraufbrachte, backten sie zu Hause, und es war weder weiß noch schwarz, sondern grau und gut. Ihr habt euch lustig gemacht, Mama und du, wenn sie mit vollen Bündeln von ihren Touren zurückkam und sie auf dem Küchentisch auspackte. Ihr habt gesagt: »Das darfst du nicht, wir brauchen nichts. Denk lieber an euch!« »Was mag das alles kosten!« Aber bezahlen kam nicht in Frage. Wenn Papa noch am Leben gewesen wäre, hätte er nicht erlaubt, Geschenke von Beppina anzunehmen, aber er war schon nicht mehr da. Und so nahmt ihr mit zögernder Hand, was sie brachte – einmal sogar einen Korb mit einem lebendigen Kaninchen –, und Mama stand verlegen da: »Danke, meine liebe Beppina«, sagte sie immer wieder, »ich weiß nicht, was ich sagen soll, ich weiß nicht, ob ich das annehmen kann.«

Mama sorgte sich um Virginia und die Enkelkinder, da sie gehört hatte, daß die Lage in der Stadt schlimmer sei, und legte einen Teil der empfangenen Vorräte beiseite, um sie ihr zu schicken. »Wer weiß, was sie zu essen haben, die Ärmsten!« war ihre Sorge. Dann kam Virginia zu Besuch, schön, wohlgenährt und elegant wie immer. Tullio, erklärte sie, könne immer alles Nötige bekommen. Sie prunkte mit Schmuck und erzählte von der Karriere ihres Mannes, die seit dem 8. September noch erfolgreicher verlief, da er sich in Verona, nicht weit von Salò, an einem günstigen Standort befand. Auch Virginia kannte den Duce und war von ihm begeistert. Sie warf euch vor, zu Hinterwäldlern verkommen zu sein, und sagte, Mama brauche eine andere Umgebung, sie werde ihre Übersiedlung nach Verona in ihr Haus organisieren. Sie wiederholte es bei jedem Besuch, unternahm aber nichts. »Letzten Endes«, verkündete sie eines Tages, »ist es doch besser, sie bleibt bei dir: Tullio braucht seine Ruhe.«

Es schickt sich nicht, so etwas zu sagen, aber die Kriegszeit war eine schöne Zeit, fast wie eine Sommerfrische. Es gab nur die Sorge um das Haus unten im Tal, daß es bombardiert, geplündert oder von Wind und Wetter ruiniert würde. Und deshalb fuhrst du regelmäßig mit dem Fahrrad hinunter, um die Lage zu prüfen, aber damals hast du noch nicht so an den Dingen gehangen wie jetzt. Auch wenn sie das eine oder andere Möbelstück zu Brennholz gemacht hätten, du hättest es nicht allzu übel genommen. Heute dagegen!

In den letzten Kriegswochen gab es für dich einen Tag voller Angst. Du warst ins Dorf hinuntergefahren. An der Haustür waren Spuren, Dellen von Stöcken oder schweren Steinen, als ob jemand versucht hätte hineinzukommen, aber das Holz hatte standgehalten, und so gingst du ruhig vorwärts. Kaum warst du im kühlen Eingang, schlug dir jedoch ein heftiger Gestank nach verschwitzter Kleidung, schmutzigen Menschen und Weinausdünstungen entgegen. Zehn oder zwölf Deutsche lagen auf der Treppe, zu betrunken, um noch ihren Verstand beisammenzuhaben, aber nicht genug, um ungefährlich zu sein. Beim Anblick einer Frau wurden sie munter, und einige umringten dich. Geld wollten sie. »Der Schatz – tesoro, dove essere tesoro?« fragten sie, wobei sie dich an den Armen und am Kleid festhielten und dir so nahe kamen, daß sie dir ihre Alkoholfahne ins Gesicht bliesen. Es gab nichts, nur Bilder und Möbel, die Soldaten auf der Flucht nicht interessierten, und das hast du ihnen gesagt, in schönstem Deutsch. Das machte Eindruck, aber dann sagte einer: »Spion, Spion«, und sie stellten dich, Gewehre im Anschlag, an die Wand.

Wegen deiner dummen Manie, die Sachen zu kontrollieren und nachzusehen, ob alles in Ordnung war, solltest du nun also sterben. Es tat dir leid wegen Mama, die auf dich warten würde. Aber du hast nicht resigniert: Du hast ihnen den Schlüssel für den Keller hingeworfen, in dem die Fäßchen mit dem letzten Wein und die Ballonflaschen mit Grappa standen. »Hier, da ist der Schatz, geht ihn euch holen, die kleine Tür unten neben der Treppe.« Sie gingen und ließen drei Mann mit Gewehren zu deiner

Bewachung zurück, aber als von unten Rufe heraufdröhnten – »Hier, kommt!« –, liefen auch sie hinunter.

Einen Augenblick später warst du draußen auf der Straße und hast vornüber gebeugt kräftig in die Pedale getreten. Am nächsten Tag bist du noch einmal hinuntergefahren, diesmal mit Beppina. Soldaten waren keine mehr da, nur überall der Geruch nach Grappa und die Scherben der Ballonflaschen, dazu Erbrochenes im Keller und auf der Treppe. Sie waren durch die Felder fortgezogen. Ihr hattet einige Stunden mit Besen, Putzlappen und Eimer zu tun, mußtet die Fenster öffnen, um den Gestank hinauszulassen, die Treppe wischen und den Riegel an der aufgebrochenen Gartentür wieder anbringen. Da tauchte plötzlich mit unsicherem Gang eine übel zugerichtete Gestalt auf, die sich in der Hecke zu verstecken versuchte. Zum Vorschein kam schließlich ein Junge, aufgelöst, in zerrissener Uniform, einer der Deutschen vom Tag zuvor.

»Sie haben mich hiergelassen, ich hab' im Holzschuppen geschlafen, und sie haben mich nicht gerufen. Geben Sie mir ein Fahrrad, ich schicke Ihnen das Geld, sobald ich zu Hause bin. Helfen Sie mir, sonst schlagen sie mich tot!«

Er mag achtzehn Jahre alt gewesen sein, und Beppina war schon losgegangen, um das Fahrrad zu holen, aber du hattest gesehen, daß es einer von den dreien war, die dich bewacht hatten.

»Nein, Beppina, gib ihm nichts.«

Der Junge warf sich auf die Knie. Es rührte dich nicht: »Nein hab' ich gesagt!«

Da wandte er sich an Beppina, bei der er mehr Mitgefühl spürte, und bat um etwas zum Anziehen.

»Mit der Uniform bin ich eine Zielscheibe für die Partisanen. Geben Sie mir einen Mantel, eine Jacke, ein altes Kleid, bitte!«

»Beppina, ich verbiete es dir!«

»Aber er ist doch ein armer Teufel, ich gehe und hole ihm einen Umhang.«

»Soll er sehen, wie er zurechtkommt!« Und dann zu ihm: »Weg hier, sofort, laß dich ja nicht mehr blicken!«

Beppina griff noch einmal ein: »Darf ich ihm wenigstens was zu essen geben? Ich seh' im Garten nach, ob ich was finde.«

»Sie haben bestimmt schon alles geklaut.«

Sie lief trotzdem hin und kam mit einem Büschel Salat wieder, das sie in eine Zeitung einwickelte. Aber der Soldat ließ sich nicht trösten und zog, ohne zu danken, müde auf die Felder zu. Er ging wie ein alter Mann, dem die Arme und Beine schwer sind. Noch im Gehen jammerte er verzweifelt auf deutsch und auch auf italienisch, um von euch verstanden zu werden.

Auf der Rückfahrt ins Gebirge wart ihr still, aber vielleicht nur, weil ihr die Räder schieben mußtet und euch keine Kraft mehr zum Sprechen blieb. Du hattest dich gerächt: Am Tag zuvor hatte der Junge dir das Kleid aufgeknöpft. Er hatte dir die Unterwäsche zerrissen und dich seinen Kameraden vorgeführt, die darüber lachten. Als dann von unten gerufen wurde: »Hier, kommt!« und die beiden, die dich festgehalten hatten, weggelaufen waren, hatte er sich auf dich geworfen. Er hatte dein Gesicht gepackt, dir mit Gewalt den Mund geöffnet und seinen Weinatem hineingeblasen. Dann war auch er hinuntergegangen.

Am nächsten Tag kam ein Mann aus dem Dorf herauf, einer dem ihr vertrautet und der die Schlüssel zum Gartentor hatte: »Kommen Sie, ein Unglück ist geschehen.« Er begleitete dich hinunter in den Garten bis zu dem Baum, an dem an einem niedrigen Zweig der Soldat aufgehängt war und mit den Füßen leicht den Boden berührte.

»Haben sie ihn erschlagen?«

Er schüttelte den Kopf.

Es war schlimm, es Beppina sagen zu müssen und ihr Schweigen zu hören. Ihr einziger Kommentar war: »Es wäre besser gewesen, Sie hätten mir erlaubt, ihm den Umhang zu geben.« Weiter wurde über die Sache nicht gesprochen, und Mama hat nie etwas davon erfahren. Dir ist das Gesicht des Soldaten in jenen Jahren immer vor Augen geblieben, und noch heute, wo alles verblaßt ist, wo du dich kaum noch an die Gesichter aus deinem Leben erinnerst, wo die Züge deiner verstorbenen Familienangehörigen bereits undeutlich geworden sind und du auf die Photographien zurückgreifen mußt, um dich an sie zu erinnern, sucht dich sein unglücklicher Ausdruck heim, überfällt dich, mit seinem unrasierten Bart, den Augen voller Tränen und dem schmutzigen, strohigen Haar.

Besser wäre es gewesen, wenn seine Kameraden ihn nicht aus dem Keller gerufen hätten, wenn sie ihm Zeit gelassen hätten, dich zu nehmen, dort oben an der Treppe oder draußen auf dem Rasen, und er so vielleicht die Wut der alten Jungfer, die von einem Achtzehnjährigen ausgezogen wird, erstickt hätte. Dann hätte er sich nicht so betrunken und wäre rechtzeitig zur Stelle gewesen, um mit den anderen zusammen fortzugehen. Dieser Tote hat lange zwischen dir und Beppina gestanden, und es bedurfte unzählig vieler Tage – mit kurzen Gesprächen, zaghaften Worte, Gesten, Gewohnheiten, Alltagsleben –, bis jener Huckel unter dem Tischtuch eingeebnet war, bis man den Stein im Schuh nicht mehr spürte. Wer weiß, ob sie sich heute noch daran erinnert oder ob alles von der jahrelangen monotonen Arbeit ausgelöscht worden ist. Ihr schweigt alle beide, und deshalb weißt du es von ihr nicht, aber du weißt es von dir und weißt um deine Mühe, die Gespenster unter Verschluß zu halten.

Inzwischen war dort oben im Gebirge, wohin ihr evakuiert worden wart, jener Mann aufgetaucht. Ein Italiener aus Mailand, einer, der sich für Politik interessierte und gekommen war, um zwecks Organisierung des Befreiungskomitees Kontakt zu den Partisanen aufzunehmen. »Ein Kommunist«, sagte deine Mutter entsetzt, als hätte sie einen nackten Mann oder einen notorischen Mörder gesehen. Aber auch Neugier lag in ihrer Stimme wie für eine nie zuvor gesehene Erscheinung, die mit Vorsicht zu entdecken interessant wäre. Sie setzte hinzu: »Er kommt aus einer anderen Gesellschaftsschicht«, wie es sich im übrigen für einen Kommunisten gehörte. Sie betonte es immer wieder, vielleicht weil sie sah, daß du mit ihm vertraut wurdest. »Er hat ein gutes Benehmen, ist höflich und auch reicher als wir, aber er stammt aus dem Volk«, bekräftigte sie. Er war Arzt. Von Beppina, von einem Handwerker oder einem Bauern hätte sie niemals dergleichen gesagt, weil der Unterschied deutlich sichtbar war; bei einem Arzt dagegen, den die Frauen gern ansahen, verspürte sie die Notwendigkeit, es mehrfach zu wiederholen. Sie ärgerte sich, wenn er zu Besuch kam und stets etwas mitbrachte, Käse, Milch oder Bücher und Zeitungen, Salami und Wein. Es verdroß sie, sich bedanken zu müssen, wenn er mit irgendeiner Medizin gegen ihren Bluthochdruck und einem Sirup gegen ihren Husten ankam. »Du bist zu freundlich«, tadelte sie dich, »du lächelst zuviel, man muß Männern gegenüber mehr Stolz zeigen.« »Kann man denn hier nur uns besuchen? Warum kommt er immer hierher? Um zu sehen, wie heruntergekommen wir sind?«

Er, der Besucher, spürte den Unwillen deiner Mutter und kam von da an abends, wenn sie schon im Bett war, und spielte in der Küche mit dir Karten. Manchmal setzte sich auch Beppina dazu, nahm die Karten in die Hand und rief als vierten Mann ihren Vetter, der außerdem der Hausherr war. Mama wurde wütend und schimpfte dich aus wie ein Kind, als sie euch einmal spät mit der Öllampe am Tisch sitzen fand. Sie schlief nicht mehr so gut wie früher und hatte das Gemurmel gehört. Es wurde zur Gewohnheit, ihn jeden Abend zu sehen – Matteo hieß er –, von sich erzählte er nichts, aber er brachte dich zum Sprechen und hörte dir zu. Von ihm hast du keine Photos, jedenfalls nicht aus jenen Jahren, weil damals Vater mit seinem Photoapparat nicht mehr da war, und Mama hatte sich immer geweigert, das Filmentwickeln zu lernen, da sie sich über das Durcheinander ärgerte, das er bei dieser Aktion veranstaltete, wenn er die Photos im Bad zum Trocknen aufhängte, als wären es Wäschestücke. Auch stand zu der Zeit kein Geld zur Verfügung, sie zum Entwickeln wegzugeben. Vor allem war die Atmosphäre nicht mehr so wie in der Vergangenheit: Wer wollte denn an diese Zeit, an den Krieg, an die Toten, an die Not, an die Evakuierung Erinnerungen haben?

Er war anders als jener andere Mann, älter, sicherer, nicht so melancholisch und ein Italiener. Mit vollem dunklen und dichten Haar, dunklen Augen, gut gebaut und mit schönen Händen. Er lächelte oft, begeisterte sich für Politik, für bestimmte Schriftsteller, deren Namen du nie gehört hattest, für Spaziergänge am frühen Morgen und für deine Beine. So sagte er. Warst du damals fröhlich? Ja und nein. Nicht wie mit sechzehn, achtzehn oder zwanzig, zur Zeit jener anderen Geschichte. Mehr hast du nicht aufzuweisen, andere fröhliche Tage fallen dir nicht ein. Ja, als Kinder hattet ihr viel zu lachen,

Virginia und du zusammen, und auch mit Beppina, aber dann hatte sich deine Schwester verändert, hatte sich die Männer in den Kopf gesetzt und nicht mehr so viel gelacht, jedenfalls nicht mit dir.

Doch in jenen Monaten im Gebirge, im Haus von Beppinas Vetter, mit dem Doktor, der unter dem Vorwand, deiner Mutter einen Besuch abstatten zu müssen, zu dir kam, warst du fröhlicher als in all den vergangenen Jahren, in denen es nichts zu erinnern, nichts zu erwarten gab, als du dich um Papa und Mama, um Haus und Garten und die Felder gekümmert hast. Beppina mußte gemerkt haben, daß es etwas Neues gab, und bemühte sich auf jede nur mögliche Weise, damit alles perfekt war und es so schien, als wärt ihr unten im Tal in dem Haus mit den blankpolierten Möbeln wie vor dem Krieg. Sie täuschte Zeremonien vor, erniedrigte sich mehr als nötig, wie um zu demonstrieren, daß ihr an andere Verhältnisse, an einen großen Haushalt gewöhnt wart und daß nur die momentane Notlage euch zwang, euch mit einer einzigen Beppina als Mädchen für alles zu begnügen.

Ohne Mamas schlechte Laune – sie vermied es nach Möglichkeit, das Wort an den Doktor zu richten –, ohne den Gedanken an das verlassene Haus und die verwahrlosten Felder wären es, mit dem Sommer vor der Tür, unbeschwerte Wochen gewesen. Den Jahreszeiten ist der Krieg gleichgültig, sie kommen immer gleich, ohne Rücksicht, erhellen Wiesen und Waldesdunkel und bringen Licht in die melancholischen Häuser aus Stein und Holz, die schief und grau sind und noch feucht vom Winter. Heugeruch drang durchs Fenster und zugleich das Rauschen des Quellwassers. Ihr wart dunkel im Gesicht, Beppina und du, und auch deswegen tadelte dich Mama. »Du bist braungebrannt wie eine Bäuerin, ich finde das ordinär, und es verdirbt dir deine Haut.« Seit der Doktor in der Nähe war, verzieh sie dir nichts mehr, sie, die doch immer unterwürfig, ein wenig schreckhaft und mit dir solidarisch gewesen war.

Doch es tat gut. Denn eines Abends nach dem Kartenspielen, das sich hingezogen hatte – sie schlief schon lange, und auch Beppina, die sich unnötig zu schaffen machte und unter allen möglichen Vorwänden hin und her lief, weil es ihr unschicklich erschien, dich mit einem nicht sehr gut bekannten Gast allein zu lassen, war endlich schlafen gegangen –, eines Abends also hast du ihm schließlich erlaubt, mit dir nach oben zu kommen. »Ich bringe dich bis zur Tür«, hatte er gesagt, denn ihr duztet euch schon. Beppina, die schnell von Begriff war, hatte alles getan, um es zu verhindern: Du erinnerst dich daran – und ob du dich erinnerst! –, wie sie eine Tasse von hier nach da stellte, ein schon gespültes Glas noch einmal spülte, hinausging und wieder hereinkam, weil sie angeblich die Brille vergessen hatte, während ihr beide, du und auch er, jedesmal hofftet, daß es die letzte Runde wäre, das letzte »gute Nacht«, um allein sein und dichter beisammensitzen zu können. Beppina hatte die Gefahr gespürt und wollte dich nicht im Stich lassen, während du wünschtest, daß sie endlich Erbarmen mit dir hätte und fortginge. Du hast sie gehaßt, als sie sich so lange aufhielt und sich die Minuten in jener halben Stunde oder Stunde, in der das Spiel wie automatisch weiterging, ohne daß ihr die Karten, die Farben und die beiderseitigen Punkte wirklich wahrgenommen hättet, wie eine Ewigkeit hinzogen.

Er blieb nicht vor der Zimmertür stehen, und da ihr leise hinaufgestiegen wart, ohne zu reden, und achtgabt, keine Geräusche zu machen – aber die Treppen in jenem Haus waren aus Stein –, war klar, daß ihr beide nicht wolltet, daß er dort stehenblieb. Du hattest Angst, wolltest wieder zurück nach unten und reden, um euch aufzuwecken und wieder zur Vernunft zu bringen, aber zu oft hattest du es dir in all den Jahren und in den vorangegangenen Wochen in der Phantasie ausgemalt. Als es nun soweit war, wußtest du nicht, was du machen solltest. Damals gab es noch keine Filme, aus denen man lernen konnte, und auch die Bücher, die du gelesen hattest, hatten dich nicht genug gelehrt. Auch die Zärtlichkeiten, die es vor so langer Zeit gegeben hatte, konnten dir nicht helfen, denn dies war ein anderes Leben. Und in all den Jahren dazwischen hatte es nur die familiären Gefühle und die Liebkosungen für Virginias Kinder mit Umarmungen und Küssen gegeben, sonst nichts.

Du weißt nicht mehr, wie du es fertiggebracht hast, dich auszuziehen – zum ersten Mal in deinem Leben –, du weißt weder, ob er dir half, noch sonst irgend etwas. Du hattest die Augen geschlossen, um dich in dem schlecht erleuchteten Zimmer nicht zu sehen, um nicht zu sehen, wie ein »nicht mehr junges Fräulein« – so sagte man damals von einer über dreißig – den Gürtel öffnete, sich die Knöpfe des Kleides aufknöpfte, sich verschämt und hastig die Strümpfe auszog, als wäre es Winter, wo man sich schnell auszieht, die Kleider auf den Stuhl wirft, um eilig unter die Decke ins Warme zu schlüpfen. Weiter als bis zum Unterrock hast du es nicht geschafft, aber das genügte ihm.

Hinterher verblüffte es dich, daß es für ihn offenbar ganz selbstverständlich gewesen war, die einzig mögliche Folge jenes Kartenspielens in der Küche; und während du am nächsten Tag jeden Augenblick zu erröten meintest und aufmerksam auf den kleinsten Satz achtetest, der etwas hätte andeuten können, und Mama und Beppina belauertest, ob sie euch bemerkt hätten, kam er seelenruhig daher, sprach mit der einen wie mit der anderen, als wäre nichts geschehen. Er ließ sich Wein einschenken wie jeden Abend, sprach mit Mama über das Wetter und die Gesundheit, ohne sich um ihre offenkundige Unhöflichkeit zu scheren; und dich sprach er nicht häufiger an als sonst auch, weder ein neues Lächeln noch besondere Blicke. Später jedoch folgte er dir nach oben in dein Zimmer, als hätte er das schon immer getan, nicht ohne daß sich vorher die Szene mit Beppina wiederholt hatte, die das Schlafengehen hinauszögerte. Du wärst enttäuscht gewesen, wenn er nicht mitgekommen wäre. Aber ein wenig kränkte dich seine Ungezwungenheit doch.

Und es wurde so selbstverständlich, jeden oder fast jeden Abend, daß du die Ereignisse draußen nicht mehr wahrnahmst, und als der Krieg zu Ende ging, hast du es bedauert, weil der Moment näherrückte, nach unten ins Haus zurückzukehren und das Gebirge und den Doktor zu verlassen. Beppina hatte natürlich euer heimliches Treiben bemerkt, aber Mama und zum Glück auch dir nichts gesagt. Doch daran, daß sie nach den ersten Malen rasch von ihrem Stuhl aufstand, um sofort schlafen zu gehen, merktest du, daß sie Bescheid wußte. Und auch ihre Art, ihn zu behandeln, mit etwas mehr Respekt als notwendig, etwas mehr Distanz, als nach so viel Beflissenheit natürlich erschienen wäre, bestätigte dir, daß Beppina auf dem laufenden war. Ob du ihn liebtest? Deine innere Aufregung verwirrte deine Gedanken, und jene unwiderstehliche Erwartung, die du spürtest, wenn er hinter dir die Treppe heraufstieg, ließ dich zu keiner klaren Einschätzung kommen. Es war das erste Mal nach so langer Zeit: jemand für dich allein, der an dich dachte. Was blieb dir anderes übrig, als dich in ihn zu verlieben?

Daß er verheiratet war, sagte er dir erst später. Beppina und Mama wußten es schon von Anfang an. Die eine hatte, aus Rücksicht, absichtlich nichts gesagt, die andere hatte nicht gedacht, daß es nötig wäre. Es gab kein Kartenspielen mehr, und wenn er manchmal doch kam, schicktest du Beppina, damit er wieder ging. Er schrieb dir einen schönen, zärtlichen Brief, aber mit Worten, denen du keinen Glauben schenken konntest, deshalb bekam er keine Antwort. Außerdem gab es, zum Glück, anderes zu bedenken. Das vor zwei Jahren unterbrochene Leben mußte wiederaufgenommen werden, unten im Haus, durch das Soldaten gezogen waren, aber auch Dorfbewohner, in deren Wohnungen sich Teppiche, Stühle und Kommoden fanden. Mama wurde dies verheimlicht, damit der Verrat ihrer guten Leute sie nicht verletzte. Wütend und empört war Beppina, die die Sachen in den Häusern im Dorf entdeckt hatte. Sie beschwor heftige Streitereien herauf, deren Groll noch jahrelang lebendig blieb.

Manche hatten sich gerechtfertigt: »Wir hatten gehört, Sie würden die Sachen wegwerfen«, oder: »Wir wollten nur etwas vor den Soldaten retten. Es war niemand da, und jeder konnte reingehen. Wir dachten, die Möbel wären bei uns sicherer. Wir hätten sie Ihnen nach Ihrer Rückkehr sofort zurückgegeben.« Aber Beppina hatte sie erst nach einigen Wochen gefunden, einen Tisch nach sechs Monaten, zufällig. Der Garten war zerstört, die Felder waren verwildert: die Triebe der Weinstöcke unmäßig in die Länge geschossen, das dichte Laub der Weinblätter zu geschlossenen Hütten zusammengewachsen, zu Laubengängen, durch die man im Dunkeln ging. Harte Erde überall, Unkraut wie verrückt, wohin man auch sah. Im Garten stand das Gras kniehoch, und die wenigen Salatköpfe, die nach all den fremden Einfällen noch übriggeblieben waren, standen mehrere Etagen hoch und hatten holzige Stengel wie ein Strauch. Fast alle Erdbeerpflanzen waren verfault, die Zucchini übermäßig groß, so daß sie hohl klangen, wenn man sie aufschnitt, die Bohnen verschwunden, die Tomaten eingegangen, die Hecken höher als du. Die Bäume waren in Unordnung mit wilden Schößlingen rund um die Stämme, die Rosen fast ohne Blüten, Flieder und Forsythien waren ungehindert drauflosgewachsen und hatten Rasen und Wege überwuchert und so die Geographie des alten Gartens verändert.

Aber es duftete nach Gras und Linden mit einem Hauch von Rosen, und die Sonne ließ die Farben erglühen. Viel Insektengesumm, die Bäume voller Bienen, und wunderbarerweise gab es Amseln, Spatzen, Schwalben, die sich in den Hungerjahren vor den Vogelfängern hatten retten können. Du bist umhergegangen und hast die Düfte eingeatmet, und das Grün hat dich getröstet. Am liebsten hättest du den Garten so gelassen, ohne ihn wieder mit Sichel und Rechen, Scheren und Hacken zu quälen, frei und ohne Regeln. Doch Mama fing an, ihn erneut zu zähmen, gab Beppina Anordnungen und legte selber mit Hand an. Nach einigen Tagen lagen überall Haufen abgeschnittener Zweige und ausgerissenen Unkrauts, das in der warmen Sonne dunkel und welk wurde. Schon war es nicht mehr der Garten, in dem du gern umhergeirrt warst.

Als die Arbeiten im Haus und draußen beendet waren, man die Lücken, die durch die verschwundenen Möbelstücke entstanden waren, durch Verschieben von anderen wieder gefüllt oder durch einen Stuhl, einen Vorhang, einen Wandschirm getarnt hatte, kam Virginia, anders als sie abgereist war, aber im Grunde noch immer die gleiche. Tullio war gestorben, nicht im Krieg, sondern an einer Krankheit. Sie hatte nicht viel geerbt, und deshalb war sie weniger strahlend, weniger souverän, als ob durch die Sorge – mehr als durch die Trauer – etwas in ihr einen Sprung bekommen hätte. Nicht, daß sie welk geworden wäre, aber vielleicht war ihr Kleid nicht einwandfrei gebügelt, die Schminke ohne die gewohnte peinliche Sorgfalt aufgetragen, die Frisur in Eile zurechtgemacht. Als hätte ihr der Wind ins Gesicht geblasen. Unverändert war jedoch die Art, wie sie – gleichgültig gegenüber allen außer sich selbst – die anderen als unwichtig betrachtete. Mama regte sich ihretwegen auf und zerbrach sich den Kopf, um sie unterzubringen: »Es geht zwar hier im Haus, aber Virginia ist Besseres gewohnt, sie braucht Platz, und hier ist alles so heruntergekommen nach dem Krieg! Wir müßten für sie die Gardinen erneuern und den Fußboden abziehen lassen!« »Und wenn die Kinder kommen, wo sollen wir sie anständig unterbringen?«

Besorgt folgte sie Virginia durch Haus und Garten, immer in der Furcht, daß ihre Lieblingstochter erneut fortgehen könnte. »Sie braucht uns so«, sagte sie immer wieder. »Sie ist die Schwächere von euch beiden.« Virginia die Schwächere! Auch als sie – einige Monate bevor Papa starb, er war schon alt und mager – das Kanapee hatte haben wollen, das im Flur stand und auf das er sich gern hin und wieder gegen Abend setzte, ohne Licht anzumachen, weil er gegen Verschwendung war, um dann still dort zu sitzen; und wer den Flur entlangging, zuckte zusammen, wenn er ihn plötzlich vor sich sah, wie er regungslos im Halbdunkel saß und Dinge dachte, die er nicht aussprach. Jenes steife Sofa mit dem gelben Stoff wollte deine Schwester für eines ihrer Zimmer in Verona haben.

»Tullio findet es so schön, und hier wird es nicht gebraucht, es steht auf dem Flur versteckt, wo niemand es sieht. Man könnte es durch ein anderes, bequemeres ersetzen.« Papa, tatsächlich taub oder sich taub stellend, ging nicht darauf ein, und Virginia wurde laut: »Was wollt ihr mit all diesen Möbeln? Und außerdem, Clara kann sie hier alle nutzen, während ich von euch nur einen Schrank, den Schreibtisch und ein paar Stühle bekommen habe!« Papa versuchte, sich aus der Affäre zu ziehen: »Ich will nicht ungerecht sein. Ich weiß nicht mehr, was du bekommen hast, ich muß darüber nachdenken.«

Wütend hatte Virginia angefangen, über seinen Geiz zu zetern, eine schreckliche Untugend bei einem alten Mann, der kurz davor sei hinüberzugehen. Er verließ das Zimmer, wäre schnell gegangen, wenn er gekonnt hätte, aber er war jetzt langsam in seinen Bewegungen und krumm. Er tat dir leid, wie er so vor deiner Schwester die Flucht ergriff. Als er unter der Erde war, holte Virginia sich nicht nur das Kanapee, sondern alles, was sie in ihrer Wohnung in Verona unterbringen konnte. »Ich muß an meine Kinder denken«, antwortete sie auf deine Bemerkung, das Haus solle so bleiben, wie es war. Auch damals habt ihr Tricks angewandt, um die von den fortgeschafften Möbeln hinterlassenen Lücken zu verbergen, habt sie durch Sachen vom Dachboden ersetzt, und schon bald danach wußtest du nicht mehr, daß es einmal anders gewesen war. Nur das gelbe Kanapee hat dir jahrelang gefehlt, und ungern dachtest du daran, daß dein Vater den Platz, wo er sich abends in den Korridor gesetzt hatte, vergeblich suchen würde, falls er sich einmal unruhig durch das Haus bewegen sollte.

Die nach Verona gebrachten Möbel wurden schließlich verkauft. Verwandte sahen einige Stücke in den Schaufenstern eines Antiquitätengeschäfts. Das war nach Tullios Tod, als Virginia Geld brauchte. Dir verkaufte sie die Hälfte des Hauses, das dein Vater euch beiden »im Vertrauen auf das gute Einvernehmen meiner Töchter Virginia und Clara« in seinem Testament hinterlassen hatte. Um sie auszuzahlen, mußtest du ein Stück Land aufgeben, und dir blieb kein Pfennig Geld mehr; seitdem seid ihr praktisch nicht mehr aus der finanziellen Bedrängnis herausgekommen, die immer zur Notlage zu werden drohte. Deine Schwester gab rasch alles aus, und deine Mutter steckte ihr weiter heimlich etwas zu, ein wenig Geld, Schmuck, Gegenstände oder kleine Bilder, die sie verkaufen konnte, ohne daß du es merktest.

Sie gab es für sich aus, für ihre immer neuen, immer modischen Kleider, die schon vier oder fünf Schränke füllten, und es verging keine Woche, ohne daß sie sich etwas kaufte oder zur Schneiderin ging, als ob die Kleider sie über irgendein Unglück hinwegtrösteten.

Sie gab so über die Maßen viel aus, deine Schwester, daß sie anfing, dich zu drängen, du solltest Haus und Felder verkaufen, als hätte sie dir nicht bereits ihren Anteil überlassen. Und da ihr, zumindest in dieser Hinsicht, nicht einmal Mama recht gab, ging sie dich jahrelang immer wieder um Geld an, weil du ihr für ihren Anteil des Hauses bei weitem zu wenig gegeben hättest. Du hast fast auf jede ihrer Bitten hin gezahlt, bis nichts mehr da war. Bei den Möbeln, Bildern, Teppichen aber, die nicht gleich nach dem Tod deines Vaters fortgeschafft worden waren, bliebst du hart. Im Durcheinander der Trauer, der Beerdigung, der Beileidsbesuche, in der Unordnung der ersten Wochen, als ihr noch damit beschäftigt wart, die Schränke des Verstorbenen auszuräumen, seine Schuhe und Anzüge zu verschenken, die Gegenstände, die Bücher, die Briefe und die im Laufe eines Lebens angesammelten Dinge zu sichten, hatte sie bereits sehr viel mitgenommen. Unter dem Vorwand, sie in der Stadt restaurieren zu lassen, hatte sie einige Bilder abgeholt, an deren Stelle helle Flecken an den Wänden zurückblieben. Sogar Mama fragte sie danach. »Sie sind noch nicht fertig«, antwortete sie jedesmal. »Es ist eine langwierige Arbeit«, aber zurückgekommen sind sie nie.

Du hast dich an das geklammert, was geblieben war, darauf bedacht, daß nichts umgestellt wurde oder plötzlich verschwand. Ja, es gab überflüssige und auch häßliche Sachen, aber du wolltest nicht, daß noch irgend etwas wegkäme.

Du hast um deine Möbel gekämpft, als wären es Personen, als hättest du Kinder, denen du sie hinterlassen könntest. Jahre später hat es dir leid getan; es tut dir heute noch leid, daß du dich wie eine geizige Alte verhalten hast, obwohl du so alt noch gar nicht warst. Mama war froh, als Virginia wieder zu euch kam, und du auch, denn deine Schwester brachte immer frischen Wind und Fröhlichkeit, wenn sie gut gelaunt war und keine Geldsorgen hatte. Sie war immer noch schön, nur würdevoller als früher, und seit sie im Haus wohnte, auch wieder gepflegt und perfekt gekleidet. Von morgens an geschminkt, niemals in flachen Schuhen, immer mit hohen Absätzen und überall Parfum, besonders in den Haaren, die eine Duftspur zurückließen, wenn sie vorbeiging. Als wäre ein Mann im Haus oder als sollte jeden Moment einer kommen.

Bei so viel Bereitschaft kam bald tatsächlich einer: dein Doktor, der dich in einem alten Rock und schweren Schuhen beim Zusammenharken des welken Laubs im Garten antraf. Da, du hast es gesagt, und schon gleitet der Satz dahin, als wenn nichts wäre, ein Satz unter vielen, ein Wort unter Tausenden: Der Doktor kam. In Wirklichkeit war es ein heftiges Aufwühlen der gerade eingeschlafenen Erinnerungen und mühsam unter Verschluß gehaltenen Gedanken. Sieben, acht, neun Monate Schweigen: Du hattest dir verboten nachzurechnen. Durch sein Erscheinen warst du verwirrt wie jemand, der mitten in der Nacht aufwacht und Haltung anzunehmen versucht. Als erstes oder, nach den Höflichkeitsfloskeln des Wiedersehens, als zweites sagte er dir, daß er nicht mehr mit seiner Frau zusammen sei. »Nicht deinetwegen, der Krieg hat unser Leben durcheinandergebracht; schon bevor ich dich kennenlernte, kamen wir nicht mehr gut miteinander aus.«

Es war schwierig, wieder Worte zu finden, das Gespräch wiederaufzunehmen und sich durch die Unterhaltung zu lavieren, die mühsam vonstatten ging, wie zwischen zweien, die das Terrain sondierten. Für dich war die Angelegenheit beendet gewesen, die Erinnerung begraben, und ein erneutes Sichverstehen, Sicheinigsein wie im Jahr davor, hieltest du deshalb nicht für möglich, warst auch nicht sicher, ob du es wolltest. Doch nach der ersten Liebkosung war es leicht, und mit seinen weichen Händen, seinem Geruch, dem Geschmack seines Mundes wurde er dir sofort wieder vertraut.

»Kommen Sie, ich zeige Ihnen das Haus«, hattest du gleich anfangs zu ihm gesagt, den selbstverständlichsten und einfachsten Satz, wobei du zu dem »Sie« der ersten Zeit im Gebirge zurückgekehrt warst. In deinem Zimmer hast du dann die Gesten und Bewegungen von damals wiedergefunden, er ließ dir auch gar keine Zeit, dich zu schämen oder den Groll über die Monate des Schweigens wieder aufleben zu lassen. Und du erzittertest bei dem Gedanken, mit ihm im Bett deiner Jungmädchenzeit zu liegen – auch dieses schmal, denn groß und breit war kein einziges im Haus. Es war wie eine Revanche für all die Jahre der Einsamkeit, die du damit verbracht hattest, die Tochter der Familie zu spielen, zu putzen, das Haus zu hüten, den Garten zu harken und die Rosen zu gießen. Immer treu ergeben, mit Messen, Rosenkranz und Prozessionen, in gutem Einvernehmen mit dem Pfarrer, mit den Nonnen aus dem Kloster und den frommen Frauen im Dorf.

Mehr noch als Leidenschaft für den Doktor war es die Lust, das Haus und dein Zimmer zu entweihen, Mama, Beppina und Virginia wissen zu lassen, daß du nicht immer nur die vorsichtige Clara, die besonnene Clara warst, Clara, die gute Tochter, die inzwischen über die gefährlichen Jahre, über das Ungestüm und die Qualen der Jugend hinaus war. Deshalb hattest du, zwar entsetzt von der Vorstellung und doch gleichzeitig wünschend, daß sie kämen und dich suchten, absichtlich die Tür nicht abgeschlossen. Ihm hast du gesagt, er solle leise sprechen, du dagegen sprachst laut, und das Bett, dazu gebaut, daß man still unter den Decken lag und, ohne sich zu bewegen, bis zum Morgen schlief, knarrte entsetzlich, und auch der an leichte, schnelle Schritte gewöhnte Holzfußboden schien zu vibrieren.

Es war schon fast dunkel, als ihr wieder aufgetaucht seid, frisch angekleidet und gekämmt, zu frisch dafür, daß es Nachmittag war. Und dein Gesicht hatte ungewöhnlich viel Farbe, wie sonst nur im Hochsommer, wenn du mit glühenden Wangen, rot bis an die Schläfen, von einem Ausflug zurückkamst. Wenn Mama und Beppina dem auch keine Bedeutung beimaßen und deine Mutter sich darauf beschränkte, beiläufig zu fragen: »Hat Ihnen unser Haus gefallen, Doktor? Hat Clara Ihnen die weißen Pfingstrosen gezeigt, die kurz vor dem Aufblühen sind?«, so fiel es Virginia doch auf. Sie warf dir einen wissenden Blick zu, und von da an war es, als empfände sie mehr Respekt vor dir, Bewunderung geradezu, und der Doktor – den sie bei seiner Ankunft wie einen wenig interessanten Untergebenen behandelt hatte – war plötzlich ihrer Aufmerksamkeit würdig. Dir gegenüber war sie zuvorkommend und mit ihm geistreich und witzig.

Er kam nun wieder regelmäßig, der Doktor, einmal die Woche, nicht öfter, denn jetzt wohnte er nicht drei Häuser weiter, sondern reiste per Zug aus Mailand an. Jedesmal gab es das heimliche Ritual nachmittags in deinem Zimmer; als er dann später bei euch im Haus schlief, gab es auch ein Zimmer für ihn, das Gästezimmer, wohin du im Nachthemd schlüpftest. Er sprach mit dir darüber, daß du mit ihm nach Mailand kommen und dort mit ihm zusammenleben solltest, er sagte, ihr wärt aus dem Alter heraus, die Verlobten zu spielen. Du hast das Thema gewechselt, wolltest alles so lassen, wie es war, ohne entscheiden zu müssen. Vor allem, ohne Mama und Beppina etwas erklären zu müssen.

Du konntest dir dich mit deinen ländlichen Gewohnheiten, deinen bäurischen Kleidern und deinen Händen mit den kurzen Fingernägeln nicht in der Stadt vorstellen. Was solltest du in einer Wohnung mit zwei, drei, vier Zimmern und einer Küche, nachdem du ein Leben in den zwanzig oder fünfundzwanzig Zimmern eures Hauses verbracht hattest? Was würdest du mit deiner Zeit anfangen? Essen für ihn kochen, Staub wischen und irgendein

Buch lesen, während du darauf wartetest, daß er aus dem Krankenhaus käme? Spazierengehen? Wie denn, bei den Autos auf den Straßen? Du könntest Museen besuchen, aber eine Woche, einen oder zwei Monate, nicht ein ganzes Leben lang. Ihr könntet immer zusammen schlafen, als Entschädigung für all die allein verbrachten Nächte: Der Gedanke stellte eine Versuchung für dich dar. Wenn er bei dir war, sagtest du dir, daß du gehen würdest, daß dies das einzige sei, was du wolltest.

Aber sobald es Tag geworden und der Doktor wieder abgereist war, kehrten die Gespenster des Hauses zurück, die Worte von Mama, die Gegenwart von Beppina, die Reden von Papa, mit denen die Wände und Zimmer durchtränkt zu sein schienen. Sie nahmen dich wieder gefangen, diese Gespenster, und es erschien dir nicht möglich, dich von ihnen zu befreien und ein anderes Leben zu beginnen. Erneut hast du versucht, dir dich in der Stadt vorzustellen, dich allein mit einem Mann, und glaubtest, nicht mehr dafür geeignet zu sein. Zwanzig Jahre früher wärst du dazu fähig gewesen, alles hättest du gemacht und gelernt, aber jetzt nicht mehr, und das Vergessen in den Nächten würde dich nicht über das Unwohlsein und das Gefühl der Fremdheit bei Tage hinwegtrösten.

Du müßtest seine Freunde und seine Familie kennenlernen: Würdest du dich an die anderen Sitten gewöhnen und daran, ständig italienisch zu sprechen? Der Doktor hatte seine Eigenarten, er aß immer wie ein Ausgehungerter, war nachlässig in seiner Kleidung. Zwar hatte er etwas, wodurch er es dich vergessen machte, aber wie würde es bei ihm zu Hause sein?

Vielleicht wie bei den Bauern, wenn du sie in ihren Küchen besuchtest, in denen es nach Suppe roch, und Erzählungen von Krankheiten, Arthritis und Schmerzen zu hören bekamst? Oder von Kindern, und du, die du keine hattest, konntest nur mit Allgemeinplätzen antworten. Um dich auf die gleiche Stufe zu stellen, mußtest du irgendein Leiden von dir oder Mama erwähnen, irgendeine Unpäßlichkeit, um dich nicht als einzige bei guter Gesundheit zu fühlen. Sie nötigten dich, Platz zu nehmen, und wollten dir etwas zu trinken anbieten, Kaffee oder Milchkaffee, und wenn du alles ablehntest – denn Kaffee oder Milchkaffee hast du nie herunterbekommen, wagtest aber auch nicht, um Tee zu bitten, weil du fürchtetest, daß sie keinen hätten –, hattest du schließlich ein Gläschen Grappa vor dir stehen. Da du nicht an Alkohol gewöhnt warst, pflegtest du es in der Hand zu halten und nur zum Schein zu trinken, bis du es schließlich am Ende des Besuchs in einem Zug hinunterkippen mußtest und dir die Kehle brannte.

Würde es bei dem Doktor zu Hause auch so sein? Müßtest du dort so tun, als wärst du eine andere, als wärst du es nicht ganz anders gewohnt? Müßtest du versuchen, so zu sein wie er? Mit seiner Mutter und seiner Schwester über Krankheiten reden? Du warst nicht einmal sicher, ob es überhaupt eine Mutter oder eine Schwester gab. Immer hast nur du geredet, von dir, deinem Haus, deiner Familie, deinen Orten. Er hatte noch nicht viel Zeit gehabt, von sich zu erzählen.

Unausstehlich mußt du damals gewesen sein, nur mit dir selber beschäftigt wie jemand, der sehr lange unglücklich gewesen ist, egoistisch, wie es einsame Menschen sein können. Heute weißt du, daß unglückliche Frauen, wenn schließlich gute Zeiten kommen, überzeugt sind, mehr Recht darauf zu haben als die anderen, und zudringlich alles an sich reißen, ohne Rücksicht, während sie im Unglück zuvorkommend und aufmerksam waren und immer bereit zuzuhören.

»Ich kann Mama nicht verlassen«, sagtest du dem Doktor.

»Virginia ist doch da«, antwortete er.

»Die kommt und geht, auf die ist kein Verlaß.«

»Beppina ist auch noch da.«

»Das ist nicht das gleiche.«

Du wolltest wegen Mama und Beppina nicht fort, aber auch andere Gedanken hielten dich zurück, denn schließlich hast du im entscheidenden Moment auf die beiden gar keine Rücksicht genommen. Es war auch wegen des Hauses. Tief hast du den Geruch nach alten Sachen und nach Bohnerwachs, nach Holz und Garten, nach leichter Feuchtigkeit auf der Treppe, nach ein wenig Kampfer auf den Teppichen im Wohnzimmer eingeatmet. Du hast auf die Geräusche des Holzes gewartet, das immer in Bewegung war, auf das Zwitschern des Sperlings oder der Schwalbe, die auf der Dachrinne entlanghüpften, auf das Tropfen eines nicht mehr ganz zu schließenden Wasserhahns; auf das ferne Klappern der Teller und Bestecke beim Spülen in der Küche. Und draußen auf das Tag und Nacht immer gleiche Wasser der Quelle, das Rascheln der Blätter an den Bäumen, einen Hund, der immer bellte, aber vielleicht waren es auch zwei oder drei abwechselnd, und schließlich die Luft, die ein beständiges Geräusch machte wie fortwährendes Sprudeln oder leises Wimmern, das man nur wahrnahm, wenn von der Straße eine Stimme heraufdrang, die es unterbrach: ein Wortfetzen, das Lachen einer alten Frau, das durchdringende Rufen nach einem Kind.

Auch die Möbel hast du betrachtet, als wären sie Stücke deines Lebens, die Möbel, mit denen du jahrelang gelebt hattest, ohne sie zu bemerken, gewöhnt an ihre Umrisse und gleichgültig gegenüber ihrem Standort. Auch hattest du die Sorgfalt nicht teilen können, die dein Vater ihnen angedeihen ließ, der stets sofort einen Lappen holte, sobald er neben einer Vase oder einem

Glas einen Tropfen entdeckte. Er kam auch mit dem Wachs, um sie zu polieren, und beklagte sich über das Personal, das sich nicht darauf verstand. Er streichelte sie, als wären sie lebendig, fuhr leicht mit der Hand über sie hin und war sofort mit Kleister und Lack zur Stelle, wenn sich ein Stückchen der Verzierung gelöst hatte. Rührend besorgt um ihr Schicksal, als wären es Kinder.

Ganz allmählich warst du wie dein Vater geworden, hast die Möbel erst vor Virginias Zugriff geschützt, die sie hatte verkaufen wollen, und sie dann gepflegt, wie man es mit einem Haustier tut, hast jeden kleinsten Riß bemerkt und sie mit der gleichen Sorgfalt gewachst, mit der du abends deine trockene Haut eincremtest. Nach und nach hatte Beppina aufgehört, sich darum zu kümmern, da du es mit sehr viel größerem Eifer tatest. Genauso war es mit den Bildern, den Drucken, den Aquarellen, den Porträts, die die Wände füllten wie Fenster auf vergangene Welten und Personen, die du fast alle nicht gekannt hast und dennoch immer wieder prüfend betrachtetest, um ihr Wesen zu erfassen. Die abgebildeten alten Männer und alten Frauen, Familien und Kinder waren deine Gefährten geworden. Inzwischen kennst du jeden einzelnen, und beinah wundert es dich, daß sie nie ihren Ausdruck verändern, das kleine Mädchen im rosa Kleid und der Dicke mit der dunklen Jacke, der elegante, leicht schielende Musiker, die ganz in Spitzen gekleidete Matrone und die kleinen Lockenköpfe, bei denen man Mädchen und Jungen nicht voneinander unterscheiden kann.

Du fragst dich, was sie wohl erlebt haben, ob ihre Welt schön oder unglücklich war, ob sie etwas von dir wissen, ob sie dich sehen. Von einigen von ihnen liegen noch die Kleider in der Truhe auf dem Treppenabsatz, dieselben, die sie auf den Porträts anhaben, die dunkle Jacke des großen dicken Mannes, das blaue Kleid der zornigen

Matrone, die seidenen Kniehosen der weder männlichen noch weiblichen Kinder und einige ihrer Jäckchen, klein und eng wie Puppenzeug. Auch feine Handschuhe und Strümpfe hast du gefunden, mit aufgesticktem Monogramm und einigen ausgebesserten Stellen, die so zierlich sind, daß sie wie Ornamente erscheinen.

Einmal hast du versucht, sie anzuziehen, denn solche Strümpfe gibt es nicht mehr, und durch den Vergleich mit den häßlichen, dicken nußbraunen, die du trugst, konntest du den Niedergang deiner Familie ermessen. Doch sie sind sofort zerrissen, am ersten Abend hatten sie schon ein Loch in der Ferse. Du hast sie heimlich weggeworfen, damit Mama es nicht erfuhr.

Heute hütest du jedes Ding wie eine geizige Alte. Du lebst wie in einem Heiligtum, und du und Beppina, ihr zelebriert eure Zeremonien zur Bewahrung von allem und jedem: du, weil du nichts anderes zu tun hast, weil du dich, umgeben von all der Vergangenheit, weniger allein fühlst, Beppina, weil »es der Signorina so gefällt«. So sagt sie. Du hast es eines Tages gehört, als sie ihre Nichte damit zum Schweigen brachte, weil diese sich über ihr unsinniges Putzen alter Kochtöpfe lustig machte, welche schon lange durch modernere, die weniger Arbeit machten, hätten ersetzt werden müssen, wie es eben die Nichte empfohlen hatte.

Schließlich hast du dem Doktor nachgegeben und bist zu ihm gefahren. Beim ersten Mal nur für einen Tag, wobei die Reise länger war als der Aufenthalt, um nicht Mama gegenüber eine Nacht außer Haus rechtfertigen zu müssen.

»Ich fahre morgen in die Stadt«, hast du gesagt, »ich suche Bücher und einen Stoff. Ich komme spät zurück.«

»Zum Abendessen wirst du ja wieder da sein«, bekräftigte deine Mutter, schon alarmiert, aber bereit, sich beruhigen zu lassen, daß du die Mahlzeit, den festen Punkt, die Garantie der Normalität, nicht versäumen würdest.

»Warte nicht auf mich.« Doch sie wartete, blieb bis nach elf auf, ohne gegessen zu haben, die tiefen Teller auf dem Tisch mit einem anderen Teller zugedeckt, um die Suppe warm zu halten. Mama war wie immer, als hätte sie wirklich an deine Reise wegen Stoffen und Büchern geglaubt. Sie erzählte dir munter dies und jenes, aber die kalt gewordene Suppe war ein Vorwurf gegen dich.

Du bist erneut weggefahren, zwei Tage, dann drei, niemals länger, denn nach einer Weile konntest du das Gefühl der Fremdheit dort in dem Haus in der Stadt nicht mehr ertragen. Du wolltest dein eigenes wiedersehen, deinen Platz zwischen deinen Sachen wieder einnehmen, wie ein Möbelstück, eine Nippsache oder ein Bild, das von seinem Platz, aus seinem Zimmer genommen und anderswo schlecht aufgestellt worden war. Nach den ersten Malen, als du vage Antworten gegeben hattest, stellten Mama und Beppina dir keine Fragen mehr. Du fuhrst hin, bliebst nur kurz und kamst wieder zurück, und nach einer Weile zog es dich wieder dort hin. Du warst unglücklich dabei, weil du dachtest, dies sei nicht dein Leben, so hattest du es dir nicht vorgestellt, unglücklich auch über das, was hinter dir zurückblieb, das Haus, das immer mehr von Gespenstern bewohnt war, mit dem Schatten deines Vaters, dem diese Fahrten nicht gefallen hätten, mit deiner Mutter, die, durch jede Veränderung verwirrt, wieder schüchtern wie ein kleines Mädchen geworden war und dich ansah, als wärst du ihre Mutter. Ein unerträgliches Gefühl für dich, die du nie erwachsen geworden warst, die du dein Leben lang wie ein Kind auf den Beginn des wirklichen Lebens gewartet hattest.

Du fuhrst schweren Herzens, aber auf diese Reisen zu verzichten kam nicht mehr in Frage. Du bemühtest dich, einen Morgenzug zu nehmen, um nicht durch das Zugfenster das Haus in der Abenddunkelheit sehen zu müssen und dich nicht von dem Gedanken überfallen zu lassen, daß es bald leer sein würde, nur noch du allein darin und sonst nichts mehr. Du fuhrst morgens ab, wenn Beppina beschäftigt war, Mama munter beim Frühstück saß – ihrer Lieblingsmahlzeit wegen des frischen Brotes, das das Zimmer mit seinem Duft erfüllte – und Virginia noch für viele Stunden im Bett lag. So warst du sicher vor ihren Fragen, vor ihren Bitten: »Bring mir dies mit, bring mir das mit!« und ihren Drohungen: »Irgendwann komm' ich mal mit«.

Als du zum ersten Mal in die Stadt kamst, hast du festgestellt, daß du mit deinen Kleidern und deinem Koffer, einem Stoffkoffer, den du seit Jahren seelenruhig benutztest, aussahst wie aus einer anderen Welt; oder vielleicht hast du es gar nicht gemerkt, sondern der Doktor hat dich darauf aufmerksam gemacht, dich aber gleichzeitig beruhigt, daß er dich gerade deshalb wollte. Du hast den Koffer ausrangiert und nach und nach auch die

Kleider, um möglichst genau den Frauen, die du dort sahst, zu gleichen. Was er dir zum Vorwurf machte, denn er hatte dich anders kennengelernt und wollte dich so behalten. Aber dir war es nicht recht, ein Stück aus einer Sammlung zu sein, eine im Aussterben begriffene Rarität, die man eventuell einem Kenner vorführen konnte. Schleunigst hast du alles zu ändern versucht, die Schuhe, den Mantel, die Frisur, aber du spürtest, daß du jetzt starr geworden warst und unfähig, dich wirklich zu verwandeln. Wenn du in den Spiegel gesehen hast, meintest du allerdings, Virginia zu ähneln, deiner Schwester, die du dein Leben lang nachzuahmen versucht und, als es dir nicht gelang, in immer schwärzeren Farben gemalt hattest.

Mit dem Doktor hast du darüber nicht gesprochen, er hätte es nicht gern gehört und auch keine Zeit dafür gehabt. Ihm genügte es, daß du kamst, daß du da warst, dich in seinen Zimmern bewegtest, in seiner Wohnung wohntest und abends in seinem Bett lagst. Deshalb bist du immer wieder zurückgekehrt; deshalb hast du nach einer Woche in der Familie wieder irgendeinen Vorwand erfunden, um dich erneut auf die Reise begeben zu können. Fern von ihm hast du überlebt, solange du eine Erinnerung hattest – eine Erinnerung an jene Abende –, von der du zehren konntest; solange du eine Geste, eine Liebkosung oder auch ein Wort hattest, woran du bis zur Erschöpfung denken konntest, bis es vollständig aufgebraucht war. Wenn dir nichts mehr geblieben war und du das dringende Bedürfnis hattest, die Küsse, die Zärtlichkeiten, alles, was zur Liebe dazugehörte, zu erneuern, fuhrst du wieder los.

Er wollte nicht begreifen, daß es dich nach drei Tagen immer wieder fortzog; er wurde wütend, bat dich, aber du reistest trotzdem ab. Vom Zug aus sahst du schon von weitem das Haus näherkommen mit den Bäumen ringsum, hattest schon das Vorgefühl seiner Kühle im Sommer und seiner warmen Zimmer im Winter; du konntest wieder du selbst sein, statt jener anderen städtisch Gekleideten, die unter dem neugierigen Blick der Portiersfrau schüchtern die Treppen zum Doktor hinaufstieg. Du konntest wieder mit geschlossenen Augen deine Sachen finden, dich bewegen, ohne so zu tun als ob, und deine Gewohnheiten wiederaufnehmen. Schon war die andere wieder vergessen, die in der Stadtwohnung unschlüssig umherging und Schubladen und Schränke, Schreibtisch und Fächer mied, um nicht auf ein Stückchen aus dem früheren Leben des Hausherrn zu stoßen: auf ein Hochzeitsphoto, einen Brief von seiner Frau, ein Buch oder einen Zettel von ihr. Wie ein Schauspieler, der sich in der Szene geirrt hat, hast du dich zögernd bald hierhin, bald dahin gesetzt, hast gelesen, ohne dich zu konzentrieren, und mit der unsicheren Hand derjenigen, die an einem fremden Küchenherd stand, etwas zu essen gekocht.

Natürlich hast du jene anderen Stunden nicht vergessen, wenn er nach Hause kam und dich den einsamen Tag vergessen ließ, wenn er dich auszog und du froh warst, daß du noch deine durch nichts und niemanden abgenutzte Mädchenfigur hattest, sicher, ein bißchen dicker als mit achtzehn, aber es war gut so, du erkanntest es daran, wie er dich ansah. Dann warst du nicht mehr du, die Clara, die du immer gewesen warst, mit all den Gedanken an Haus und Familie; verschwunden waren Mama, Virginia und Beppina, verschwunden der Schatten deines Vaters und das Echo seiner Worte; verschwunden auch dein Fremdheitsgefühl, das Unbehagen, mit jemand anderem als dir selber zusammenzusein. Diese Augenblicke nutztest du, um niemand zu sein, ohne Namen und Erinnerung – lang erwartete und gleich wieder verlorene Freiheit. Du tauchtest wieder auf, warst erneut fehl am Platz und suchtest schon in Gedanken die Worte, um ihm zu erklären, daß du wieder zurückfahren wolltest.

Er war gekränkt: »Du liebst mich nicht.«

»Doch, ich bin doch hier.«

»Bleib hier. Nicht nur drei Tage: einen Monat oder zwei.«

»Ich kann meine Frauen nicht im Stich lassen.«

»Immer flüchtest du. Verbringst du den Urlaub mit mir?«

»Ja, vielleicht.«

Doch du wußtest schon, daß du es nicht tun würdest, denn die Ferien hattest du von Geburt an mit wenigen Unterbrechungen immer bei den Verwandten in Österreich verbracht. Zuerst mit der ganzen Familie, jetzt nur mit Mama, denn Virginia wollte, obwohl sie in die Familie zurückgekehrt war, von solch langweiligen Ferien nichts wissen und fuhr lieber ans Meer. Dem Doktor zuliebe hattest du sie in jenem Sommer gebeten, Mama an deiner Stelle zu den Verwandten zu begleiten. »Ich kann leider nicht«, war ihre Antwort.

Du hattest auch an die Möglichkeit gedacht, Beppina mitzuschicken, die inzwischen eine Art dritte Tochter geworden und auch geduldiger und ergebener war als ihr. Du hast mit der Vorstellung geliebäugelt, mit dem Doktor in Urlaub zu fahren, die Tage, nicht nur die Abende mit ihm zu verbringen, lange Zeit niemand zu sein, dich drei oder vier Wochen lang an nichts zu erinnern, weder an seine noch an deine Geschichten. Jenes Vergessen, das dir ermöglichte, wie andere, wie Virginia zu sein, unendlich in die Länge zu ziehen. Dich für fast nichts mehr zu schämen, im Gegenteil, sollten die anderen es doch wissen und euch sehen!

Welch eine Versuchung, zu ihm zu sagen: »Ich fahre mit dir.« Und wie viele Abende hast du dir vorgestellt, es wirklich zu tun, und dir all die Tage, einen um den andern, ausgemalt.

Beppina wäre schließlich gern mit Mama gefahren, eine Erholung für sie statt der üblichen Ferien im Gebirge, wo die Wiesen der Verwandten gemäht werden mußten, so daß sie bei ihrer Rückkehr schön braungebrannt im Gesicht und auf den Armen, aber vielleicht müder war als das ganze übrige Jahr. Du hast jedoch die Gelegenheit vorübergehen lassen, ohne sie überhaupt zu erkennen.

Du hast nein gesagt: »Ich kann Mama nicht mit Beppina in die Ferien schicken. Sie hat zwei Töchter, es ist nicht richtig, daß sie mit dem Dienstmädchen fährt.«

»Und Virginia?«

»Sie fährt schon seit Jahren nicht dorthin und tut es auch diesmal nicht.«

Statt dessen kam er für einige Tage nach M., und das war das Leben, das dir vorschwebte: alle zusammen in deinem Haus, inmitten deiner Sachen, an den Orten, deren Umrisse, Geschmack und Geruch du kanntest. Deinen Doktor in Sicherheit halten auf deinem Terrain, wo du du selbst sein konntest, ruhig, stark, vielleicht auch anziehend, nicht die Schüchterne, Mürrische, Unsichere, zu der du wurdest, wenn du zu ihm in die Stadt fuhrst. Du lachtest häufiger, warst lustig, es war ein Spiel, ihn bei dir zu haben, wenn die anderen es wußten oder auch nicht.

Auch die anderen waren froh, daß er da war, machten sich um den Gast zu schaffen, redeten mit ihm und interessierten sich für ihn. Beppina sagte: »Endlich wieder ein Mann im Haus, er müßte bleiben.« Sie war auch diejenige, die sich am meisten bemühte und ihm bestimmte Gewohnheiten zubilligte, die sie niemandem von euch gestattet hätte: den morgens aufs Zimmer gebrachten Kaffee oder das zur Badezeit am Feuer angewärmte große Handtuch oder den Lindenblütentee abends auf dem Nachttisch, wie sie es nur für euren Vater gemacht hatte.

Mama hatte ihre alte Strenge ihm gegenüber verloren, gerade jetzt, wo sie sie erst recht hätte zeigen müssen. Statt dessen ging sie fast sofort nach dem Abendessen ins Bett, vielleicht um nicht Gefahr zu laufen, euch beim Kommen und Gehen zu überraschen. Virginia war liebenswürdig – sogar zu dir –, faszinierend und gesprächig, so daß du fast eifersüchtig wurdest, aber nicht wirklich, denn du fühltest dich seiner sicher. Sie übertraf dich an Aufmerksamkeit und kam dir mit kleinen Gesten zuvor: der jeden Morgen auf dem Wohnzimmertisch bereitgelegten Zeitung, einem gelegentlichen Glas Weißwein.

Es gab keine Nacht, in der du ihn lange hättest schlafen lassen, oder war er es? Wenn du nicht nach einer Weile seine Schritte hörtest, bist du hingegangen. Die Küsse mußten die endlos langen Tage des Nichts, die Monate und Wochen, die einfach nur vorübergegangen waren, wieder wettmachen. Und erst nach zwei, drei Stunden fandest du Ruhe, und ihr konntet endlich schlafen.

Verhätschelt von euch Frauen, war der Doktor nach jenen schönen Tagen schließlich abgereist. Auch Virginia fuhr mit Freunden irgendwohin ans Meer. Dann machtet ihr, Mama und du, euch auf die Reise, und es waren keine schlechten Ferien. Mit anderen Augen hast du die Orte wiedergesehen, die du seit vierzig Jahren kanntest, und hast neue Schönheiten, neuen Zauber entdeckt. »Ich muß dem Doktor dies alles zeigen. Die Dörfer und die Barockkirchen, die Ruhe der Wälder und auch das Essen der Gegend werden ihm gefallen«, dachtest du und versuchtest alle Dinge mit seinen Augen wiederzusehen. Du stelltest dir vor, daß er bei dir wäre, und alle Verwandten fanden, daß du gut aussahst, »besser als je zuvor, jünger als früher und auch eleganter«.

Die Komplimente versetzten dich in gute Laune, lösten nur eine gewisse Sehnsucht in dir aus, ihn bald wiederzusehen und ihm zu sagen, was du gedacht und beschlossen hattest: daß du zu ihm ziehen würdest.

Es schien dir dringend, mit ihm zu reden, aber du hast gezögert, es per Brief zu tun, weil du dir nicht die Wirkung entgehen lassen wolltest, die es auf ihn machen würde. Und du hast dir vorgestellt, wie sich sein schönes Gesicht entspannen würde, kein direktes Lächeln, sondern noch etwas mehr. »Gut«, würde er sagen, »ich freue mich«, oder auch: »Das ist eine gute Idee«, und damit basta. Oder er würde gar nichts sagen, nur an seinen Augen würdest du sehen, daß er sich freute.

Telephonieren konnte man von dort aus nicht, es gab nur einen Apparat auf der Post, und außerdem, wo solltest du ihn erreichen und wie ihm so etwas durch den Hörer sagen? Du hast die Tage gezählt, gleichzeitig aber auch genossen, zufrieden, daß sie langsam vergingen, so daß du Zeit hattest, dir die Szene wieder und wieder auszumalen und umzugestalten, wobei du dich fragtest, warum du es nicht geschafft hattest, die einzig richtige Entscheidung früher zu treffen. Es war der schönste Sommer von allen, die du in den letzten Jahren erlebt hattest, mit Ausnahme jenes Kriegssommers im Gebirge, als du ihn kennenlerntest. Deine innere Ruhe machte dich geduldig und liebenswürdig gegenüber Mama, die sehr redselig geworden war und dir Dinge erzählte, die sie schon drei-, vier-, sechsmal erzählt hatte. Es irritierte dich, weil du dich an die Zeit erinnern konntest, als sie noch nicht so war, sondern ähnlich wie du, still, aufmerksam und schüchtern.

Deine Vorstellung war, den Doktor nach einiger Zeit, nach ein paar Jahren, zu euch nach Hause zu holen. Er würde seinen Beruf auch in M. ausüben können, vielleicht könnte er sich auch zur Ruhe setzen oder etwas anderes machen. Allerdings, das wußtest du, was in einer großen Stadt, wo niemand dich kannte, möglich war, würde in eurem Dorf unter all jenen, die dich von klein an erlebt hatten, die darüber klatschen und sich aufregen würden, nicht so einfach sein. Du müßtest der Familie eine Erklärung abgeben, vielleicht würde sich der Pfarrer einmischen und von der Tradition eurer Familie sprechen.

Die Traditionen. Das war letztlich die Kunst, Dinge zu verbergen, zu verschweigen, so zu tun, als gäbe es sie nicht. Über Generationen hin hattet ihr sie praktiziert und damit die Pfarrer glücklich gemacht. Aber dort, in diesem Sommer, schien alles lösbar, auf jede Frage hättest du eine Antwort gewußt. Du sprachst mit Mama darüber, um den schwierigsten Teil hinter dich zu bringen: Und sie antwortete dir, wie du es nicht erwartet hattest. Worte des Tadels hattest du dir vorgestellt, einen beunruhigten, schockierten Tonfall. »Ich weiß«, sagte sie statt dessen, »daß du es zu Hause nicht mehr aushältst. Du hast deine Jahre mit deinem Vater und mir verbracht. Du meinst jetzt, daß du diesen Mann willst, weil du dein Leben ändern möchtest.«

»Aber es ist nicht erst seit heute.«

»Ich weiß. Ich habe euch gesehen, habe euch gehört, das übrige wurde mir erzählt.«

»Und wenn ich ihn liebe?«

»Liebe«, sagte deine Mutter im mitleidigem Ton, als wäre sie dein Vater, »in deinem Alter! Und außerdem paßt er nicht zu dir. Er ist nicht wie wir, und gerade deshalb gefällt er dir. Er sagt Wörter, die wir nicht benutzen, er arbeitet, wahrscheinlich redet er sogar von Liebe. Auch Beppina gefällt er, ja, für sie wäre er der richtige Mann. Aber du, worüber willst du mit ihm reden, wenn du dich an alles Neue, an die Andersartigkeit, an seine direkte Art gewöhnt hast? Über Medizin? Über Politik?«

Es gab nichts zu antworten, und du hast das Thema gewechselt, um diese Unterhaltung rasch wegzuwischen. Mama ging sofort darauf ein, auch sie war bestrebt, die Vertraulichkeit zu vergessen, die es zwischen euch gegeben hatte, zu viel Vertraulichkeit für ihren Geschmack. Von Rosen war die Rede, von einer mehrfarbigen Sorte, die dort gut gedieh, zu Hause im Garten dagegen so schwierig zum Wachsen zu bringen war. Vielleicht begünstigte die Temperatur, der andere, stärker eisenhaltige Boden die außergewöhnlich üppige Blüte. Es war wie ungesagt, als hättet ihr euch den ganzen Vormittag über Blumen unterhalten; dann kamen andere fesselnde Themen, etwa jene Mandeltorte, die ohne die Füllung aus Pflaumenmarmelade etwas trokken wäre. Oder auch ein möglicher Ausflug in den nächsten Tagen zum Fluß hinunter, wo man vor dem Picknick baden könnte. Aber es blieb ein Schatten zwischen euch, die Erinnerung an jenes Gespräch, das erste nach so langer Zeit, vielleicht das einzige, in dem ihr ehrlich und offen miteinander geredet habt.

Die Worte deiner Mutter änderten deine Absicht nicht: Was konnte sie anderes sagen? Nicht einmal jetzt, da du um die Vierzig warst, wenn auch gut erhalten und jünger aussehend, als du tatsächlich warst, nicht einmal jetzt, da dich nur ein einsames Leben erwartete, hätte Mama eine »schlechte Ehe« akzeptiert. Besser Einsamkeit als einen »Fremden« im Haus, einen andersartigen Mann, mit anderen Ansichten, mit Erinnerungen, die höchstens bis zu einer Großmutter, aber nicht über Generationen zurückreichten. Ohne jenes fast hörbare Dahinfließen der Jahre im Rücken, von dem Bilder, Photographien, Briefe und Dokumente zeugten. Besser nichts als eine Verbindung mit jemandem aus einer anderen Schicht, der unbekannt, vielleicht gefährlich oder womöglich gar ansteckend war.

Verbieten? Verboten wurde nichts, aber jenes »Tu, was du für richtig hältst« war schlimmer als ein Verbot. Bei Virginia hatten sie nicht so viele Schwierigkeiten gemacht, vielleicht weil Tullio bewiesen hatte, daß er Geld und Lebensklugheit besaß, und außerdem, was konnte man bei einer getrennt lebenden Frau mit zwei Kindern schon für Ansprüche stellen? Dazu kam noch, daß Virginia sich ohnehin niemals etwas sagen ließ.

Aber du brauchst nicht im Vergangenen herumzuwühlen, nicht die Vergangenheit wiederzukäuen, denn letzten Endes ist der Augenblick der Entscheidung nie gekommen. Du wurdest nicht gezwungen, zwischen dem Doktor und deinen alten Gewohnheiten, zwischen dem Doktor und Mama zu wählen; es war dir vergönnt, in Frieden, dir selber treu und in der gewohnten Ordnung zu bleiben.

Doch du hast Angst weiterzugehen, du zögerst, drehst

und wendest dich, ohne an das Ende jener Ferien zu gelangen. Noch immer bist du nicht abgehärtet genug, um in Ruhe alles wieder heraufzubeschwören. Du verweilst bei jenem Sommer der Erwartung, dehnst die Erinnerung in die Länge und in die Breite, weil es danach nicht mehr viel zu erzählen gibt. Danach gab es nur noch das Leben, wie es für dich vorgezeichnet war, als Alleinstehende, die an Haus und Feldern hing, die wenig umgänglich war und leicht verrückt. Eine andere, nicht die melancholisch Lächelnde, aber auch Leidenschaftliche, die du gewesen warst, und gerade deshalb hattest du dem Doktor und dem anderen, der vorher gekommen war, gefallen. Jetzt zögerst du, wendest dich rückwärts, aber damals konntest du es kaum erwarten, heimzukehren, um ihm endlich sagen zu können: Ich komme.

Er rief dich an, sobald du zurück warst, und du bist fast sofort losgefahren, sobald es der Anstand zuließ, nachdem du den Koffer ausgepackt und wieder neu gepackt hattest, bei Beppina gewesen warst, das Haus wieder geöffnet und gelüftet und den Garten in Ordnung gebracht hattest, in dem die Astern explodiert waren und mit ihrem Blau die Rosenreihen überwucherten. Du hast die Bilder jenes Spätsommers noch deutlich vor Augen. Melonen, duftend und süß, waren in eurer Abwesenheit auf dem Komposthaufen im Gemüsegarten gewachsen, die Tomaten waren reif und auch die Birnen, so daß einem beim Hineinbeißen der Saft über das Kinn tropfte. Der Blumengarten hatte einen Hauch von Wildheit, wie du es gern hattest, langes Gras, üppig wuchernde Büsche, Beete wie leicht zerzauste Haarmähnen.

Wie schön waren die Gärten im September, auch in jenem September! Zurückgekehrt aus der Sommerfrische, wo sich Mitte August mit Regen und Grau schon der Herbstbeginn abgezeichnet hatte, nun hier noch wieder den Sommer zu erleben, mit Düften und Gerüchen wie auf dem Höhepunkt der Jahreszeit, war wie der Vorgeschmack eines Versprechens. Daß noch etwas Schönes kommen mußte, daß die unbeschwerten Tage noch nicht vorbei waren. Als berge dieser zerzauste Garten eine Überraschung. Er würde dir mindestens ebenso fehlen wie das Haus, Beppina und Mama.

Am Telephon hast du nichts gesagt, wieder dachtest du, so etwas könne man nicht über eine Sprechmuschel mitteilen. Und um Unheil zu bannen, bist du mit dem üblichen Koffer für drei Tage gereist, damit er bei deiner Ankunft auf dem Bahnhof noch nichts merkte. Und auch um deine Frauen nicht sofort zu erschrecken, die dich belauerten – Mama vor allem –, ohne daß sie etwas zu fragen wagten: immer diese Selbstbeherrschung, die das Dienstmädchen von der Herrin gelernt hatte, die euch für Monate stumm gemacht hätte, hätte es nicht die Unterhaltung über das Wetter, das Essen, das Haus und den Garten gegeben. Diese Selbstbeherrschung, der du entfliehen wolltest, deren lange Übung dich gelähmt, dich in deinem Handeln behindert, dir die Worte abgeschnitten und die Gespräche verstümmelt hatte. Deren Fehlen dir an dem Doktor gefiel, weil es ihn trotz seines schon lange erreichten mittleren Alters jungenhaft wirken ließ. Diese Selbstbeherrschung, der es trotzdem nicht gelang, die Gesichter unbewegt zu machen, denn beim Abschied konntest du in Mamas Gesicht ihre Angst lesen, dich nicht wiederzusehen. Während der Reise hast du dieses Gesicht vor dir gesehen: die aufgeregten Augen eines verlassenen Kindes, die leicht übertriebene Mimik, die die Angst verbergen sollte und diese Abreise zu einer wie alle anderen machen wollte.

Die Selbstbeherrschung erlaubte dir nicht, sie zu beruhigen, ihr ein Wort zu sagen und zu erklären, daß du wiederkommen würdest: Du hast versucht, dich zu verhalten wie immer, damit alles so schien wie sonst und deine Mutter sich trösten konnte. Der Doktor schien dir fröhlicher und mitteilsamer als je zuvor, aber vielleicht warst du durch die lange Abwesenheit nur nicht mehr an seine überschwengliche Art gewöhnt. Wie ein in irgendeiner Tasche verstecktes Bonbon hast du das Gespräch für den besten Moment aufbewahrt. Unterdessen hast du geredet, gefragt, erzählt, mit der Lust, es ihm zu sagen und auch wieder nicht zu sagen. Der Augenblick kam spät am Abend, als Stille eingekehrt, als die Selbstbeherrschung gewichen war und du nach den vielen Worten, die dir durcheinander über die Lippen gesprudelt waren, nach den Umarmungen, dem Sichwiederfinden, der Eile, einer so großen Eile, daß du nicht einmal Zeit hattest, den Koffer zu öffnen, gelöst und weich geworden warst. Er freute sich über deinen Entschluß, da bist du dir jetzt noch sicher.

»Ich hatte die Hoffnung schon aufgegeben«, sagte er mit einem erfreuten Gesichtsausdruck.

»Aber ich muß noch oft nach Hause fahren.«

»Ich komm' mit.«

Über seiner Erzählung von dem einsamen Urlaub, den er im Gebirge wandernd mit Sehnsucht nach dir verbracht hatte, schliefst du ein. Am nächsten Tag, als er gegangen war, galt es, deine Sachen einzuräumen und den Koffer auszupacken, der im Eingang stehengeblieben war. Von deinen ersten Besuchen an war es dir immer als eine symbolische Handlung erschienen, deine Kleider im Schrank neben seine zu hängen: Es gab dir ein Gefühl, dort hinzugehören, das dich für ein gut Teil des Tages vergnügt machte, ein Gefühl von Intimität wie zwischen Eheleuten. Zwei oder drei Kleiderbügel für dich neben seinen Jacketts waren die einzige wirkliche Spur von dir in dieser Wohnung, das einzige, was dich sichtbar mit ihm verband. Nichts anderes, weder Ringe, noch Geschenke, noch sonst ein Unterpfand von ihm.

Du hast den Schrank ganz und gar geöffnet, vielleicht um Ordnung zu schaffen, vielleicht auch nur aus Freude daran, in seinen Sachen herumzuspähen, sie zu berühren, ihren Geruch zu schnuppern und damit den schönen, starken Körper heraufzubeschwören, den du so gut kanntest. Und da, auf der anderen Seite, wohin du nicht hättest sehen können, wenn du nur einen Flügel geöffnet hättest, auf engem Raum zwischen dem letzten Kleidungsstück und der Holzwand des Schrankes, hing Virginias Morgenrock, und darunter standen ihre Pantöffelchen. Die neuen, die sie sich für die Reise ans Meer gekauft hatte. Sie hatte sie dir gezeigt.

Du brauchtest einige Minuten, bis du es begriffen hattest, und obwohl du lange vor dem offenen Schrank stehengeblieben bist, fiel dir kein anderer Grund ein, der das Vorhandensein dieser Kleidungsstücke erklären konnte. Du hast den Schrank offengelassen, damit auch er begriff, und hast erneut den Zug genommen. Nach Mailand bist du nie mehr zurückgekehrt, außer einmal vor zehn oder zwanzig Jahren, um von einem Antiquitätenhändler, auf den man dich aufmerksam gemacht hatte, ein Bild zurückzukaufen, das Virginia früher einmal verkauft hatte. Du warst alt, aber als du durch die Stadt fuhrst, überkamen dich beim Anblick der Häuser und Straßen wieder die Erinnerungen. Das Taxi fuhr durch seine Gegend, und du hättest gern darum gebeten, durch die Straße zu fahren, in der er wohnte, aber im letzten Moment kam dir das wie die Schrulle einer alten Jungfer vor.

Die Rückfahrt mit dem niemals ausgepackten kleinen Koffer war traurig. Du wolltest zu Hause in Sicherheit, im Schutz deiner Sachen, in deinen vier Wänden verborgen sein, um zu weinen und das Gift auszuspucken, das sich in dir angesammelt hatte; doch gleichzeitig hättest du gewünscht, die Reise würde lange dauern, um tagelang mit niemandem sprechen zu müssen, nicht einmal über das Wetter und die Blumen im Garten, um dich nicht zusammennehmen und ein heiteres Gesicht zeigen, deine Stimme beherrschen und die gute Laune wiederfinden zu müssen. Die Anonymität des Zuges war dir gerade recht. Zu Hause freuten sie sich, dich zu sehen, waren nur leicht überrascht, daß du früher zurückkamst als sonst, aber sie sagten nichts und fragten nichts. Leicht fiel es dir nicht, ruhig und gleichgültig zu bleiben, wie du es dir vorgenommen hattest, als der Doktor nach M. kam, nachdem er einige Male angerufen hatte, ohne daß du jemals an den Apparat hattest gehen wollen. Er war deprimiert und rührte dich fast mit seinem Reden, Versprechen, Bedauern und seinen verzweifelten, aufrichtigen Entschuldigungen. Schließlich kamen dir die Tränen und ihm beinahe auch, ihr wart gemeinsam unglücklich wie über eine schöne alte und kostbare Vase, die aus Versehen hingefallen und unwiederbringlich zersprungen war.

Er sagte Worte, wie sie noch niemand zu dir gesagt hatte.

»Wo soll ich hin? Was mache ich ohne dich?«

Aber jene Pantoffeln, der Morgenrock, die dort wie eine Gewohnheit oder zumindest mit der Absicht, daß sich eine solche einstellte, zurückgelassen worden waren, erlaubten dir nicht, umzukehren und deinen Entschluß zurückzunehmen. Zwar verlockte dich die Möglichkeit, wieder anzufangen wie vorher, so zu tun, als wäre nichts gewesen: aber nein. Waren es Wut, Stolz, verletzte Würde, die dich leiteten, oder war es nicht vielmehr die Überzeugung, daß jenes Leben letzten Endes nichts für dich wäre, daß du nicht fern von deinem Haus, deinen Orten würdest leben können? Und hast du nicht deshalb die Gelegenheit ergriffen, einen Schlußstrich unter jenes andere Leben zu ziehen, das nicht zu dir paßte, wie ein Kleid, das schön und elegant, aber für eine andere Person genäht war? Noch heute weißt du keine Antwort, willst du keine Antwort geben.

Briefe kamen noch über Monate und Jahre, erst melancholisch – und du hast hin und wieder ebenso melancholisch geantwortet –, dann resigniert, schließlich wie von einem alten Freund, mit dem etwas gewesen war, aber keiner wußte mehr, was. Du hörtest auf zu antworten, und daraufhin verstummte auch er.

Deine Schwester hast du einige Monate nicht gesehen: Es war besser so, die Gefühle hatten Zeit, sich wieder zu beruhigen. Als sie kam, war die Selbstbeherrschung wiederhergestellt, und zwischen euch fiel kein Wort. Als wäre nichts gewesen. Und wieder einige Zeit später sahst du sie zufällig eines Morgens in dem Morgenrock, ein Zeichen, daß sie zumindest einmal noch dorthin zurückgekehrt war, und sei es nur, um ihre Sachen abzuholen: Die Gewohnheit war abgebrochen worden oder hatte sich nie eingestellt.

Ein andermal sagte sie zu dir: »Schade, daß wir deinen Doktor nicht mehr sehen; er war nett, und wenn ich es brauchte, war er sogar so freundlich, mich zu untersuchen. Mir tut hier etwas weh, das würde ich ihm gern zeigen.«

War sie deshalb hingefahren? Hatte sie ihn in jenem Sommer wegen irgendeines Leidens aufgesucht, oder hatte es nicht einmal eines Vorwands bedurft? Was solltest du ihr sagen, ohne eifersüchtig, neidisch, besiegt, wütend oder ohnmächtig zu erscheinen? Lieber schweigen, so tun, als wenn nichts wäre. Deine Großmutter pflegte immer zu sagen, daß ein Leiden schneller heilt, wenn man nicht soviel davon spricht. Heute gilt diese Regel nicht mehr, aber früher war sie sehr verbreitet.

Danach gab es nur noch die Hochzeiten, die Scheidungen und die Todesfälle. Die Neffen haben geheiratet, aber jetzt ist nur noch einer mit der ersten Frau zusammen, die anderen sind schon bei der zweiten oder dritten, so genau weißt du es nicht mehr. Der eine hatte auch Probleme auf seiner Arbeitsstelle, doch auch darüber wurdest du nicht genau informiert. Durch Beppina – wer weiß, wo sie so etwas hört – hast du von einem Fehlbetrag in dem Büro, in dem er arbeitete, und von Geld, das er beim Spielen verloren hatte, erfahren. Von Virginia hörtest du eine andere Version: irgendeine Ungerechtigkeit am Arbeitsplatz, Neid und Eifersucht von Kollegen. Zu der Zeit ging sie erneut zum Angriff über und wollte die Felder, das Haus oder wenigstens einige Möbel verkaufen. Etwas hast du ihr gegeben, weil es für den Sohn war, der deiner hätte sein können, aber nicht so viel, wie Virginia verlangte. Übrigens wurde die Lage ein Jahr später wieder prekär für ihn, und so lebte er weiter auf Kosten deiner Schwester, das heißt auf deine Kosten. Dann fand er eine Freundin – älter als er –, die ziemlich reich war und ihn immer noch festhält, weil er ein Verführer ist.

Ach, wenn du zurückdenkst, welche Hoffnungen sich deine Mutter auf die drei Kinder gemacht hat! Schön waren sie, blond wie ihre Mama, die – ebenfalls – Großes für sie erwartete. Karriere und Heirat. Dabei wäre der eine jetzt ein Dieb, wenn er nicht zwei oder dreimal von euch gerettet worden wäre; der zweite ist ein mittelmäßiger Mann, ein wenig dick, mittleren Alters, verwöhnt von seiner Frau, seiner ersten und einzigen, die hauptsächlich um seine Gesundheit besorgt ist, mit hundert ständig einzunehmenden Pillen gegen imaginäre Störungen des Wohlbefindens. Er hat nichts Böses getan, ist ein guter, sogar recht frommer Mann, aber im Vergleich zu den Träumen! Ohne Geschmack, kleidet er sich wie die ausländischen Pensionäre, die im Sommer am See aus den Reisebussen steigen. Er weiß nicht und hat sich nie dafür interessiert, wen oder was die Bilder bei dir im Haus darstellen, kann keine Blume von der anderen unterscheiden, keinen Baum erkennen, draußen im Freien oder im Garten ist ihm immer zu heiß oder zu kalt; dafür pflegt er sein Auto, als wäre es ein Mensch.

Der dritte, Tullios Sohn, ist der beste, hat aber ständig Geldstreitigkeiten mit seinen Brüdern, und sie grüßen sich nicht einmal. Er ist in die Politik gegangen wie sein Vater, schachert mit den Parteien herum, mit welchen, weißt du nicht mehr. Man erzählt dir, daß er auf großem Fuß lebt: Er besitzt ein Haus am Meer und eins im Gebirge, seine Kinder, elegant wie im Kino und in den Zeitungen, hatten mit achtzehn sofort ein Auto; ja, ihr ganzes Leben ist so, wie es in den beim Tabakhändler auf der Piazza ausliegenden Zeitschriften vorgeführt wird. Dieser Neffe macht dir zu Weihnachten und zum Geburtstag teure Geschenke: einen Aschenbecher aus französischem Porzellan für dich, die du nie geraucht hast, eine in London gekaufte Marmelade, wo doch Beppina dir jedes Jahr von dem Obst aus dem Garten welche kocht, ein signiertes Halstuch, mit dem du wie eine Alte von hundert statt fünfundachtzig Jahren aussiehst. Oder Photobücher zum einmal Ansehen, nicht zum Lesen, kleine häßliche Figuren aus Biskuitporzellan, von denen es eine große Schachtel voll auf dem Dachboden gibt; oder auch Parfums, aber für junge Mädchen oder Frauen um die Vierzig. Die typischen Dinge, die sich später nach dem Tod, vielleicht sogar noch eingewickelt, in irgendwelchen Schränken und Schubladen finden. Auch weil man im Alter wieder schüchtern wird und nicht mehr wagt, sich mit fremden Gegenständen, die man nie vorher benutzt hat, vertraut zu machen. Wenn es dir wichtig wäre, würdest du sagen, daß er ein vulgärer Mensch ist. Auch er hat zwei Frauen gehabt.

Die, die jetzt zu dir kommen, zu Besuch zu der Tante in dem alten Haus, das sie zu erben hoffen, sind die Söhne der Neffen mit ihren Frauen und Kindern. Dem äußeren Anschein nach sind sie besser als ihre Eltern, aber wahrscheinlich hängt das vom Alter ab. Allerdings tragen sie keine Züge dieser Familie, nicht deine und vielleicht auch nicht Virginias, nicht in physischer Hinsicht. Wieder kommen dir die Hoffnungen in den Sinn. Nicht der mangelnde Erfolg oder die Zahl der Heiraten oder die Wahl der Frauen haben dich enttäuscht, sondern das Fehlen der Erinnerung. Sogar Beppina betrachtet sie wie Marsbewohner, Unbekannte mit anderen Gebräuchen.

All dies hat Mama zum Glück nicht gemerkt, weil sie in den letzten Jahren im Kopf nicht mehr ganz klar war, und dann ist sie hinübergegangen, alt, ja, aber doch noch nicht sehr alt. Es war deine Schuld, und darüber kommst du nicht hinweg. Sie hing an Beppina mehr als an einer Tochter, hatte sie gern. Vielleicht wußte sie nicht mehr, wer sie war, ob eine Verwandte, eine Freundin oder jene Schwester, mit der sie sehr verbunden war und die sie als Kind verloren hatte. Dich behandelte sie, als wärst du Beppina, gut und freundlich, aber sie erteilte Befehle, und Beppina behandelte sie, als wäre sie du, mit Zuneigung und Zärtlichkeit, sie hatte Angst um sie und sorgte sich. Es ging dir auf die Nerven.

Eins Abends bei schlechtem Wetter war Beppina noch spät zur Apotheke gegangen. »Paß gut auf, wenn sie klingelt, und lauf sofort hin, damit sie bei dieser Kälte nicht so lange draußen steht«, hatte dich deine Mutter gebeten, »sie ist ohne Hausschlüssel fort.« »Ja, ja«, sagtest du, aber dann warst du mit irgend etwas beschäftigt, ohne noch weiter daran zu denken, und hast nicht auf die Klingel am Haustor geachtet. Mama, die weiter im Korridor auf und ab gegangen war und gehorcht hatte, hörte sie. Ohne dir etwas zu sagen, eilte sie die – zu der Jahreszeit eiskalte – Treppe hinunter und lief über den noch kälteren Hof bis zum Hoftor und zurück.

Am nächsten Morgen hatte sie Fieber und blieb im Bett: erst eine Grippe, dann eine Lungenentzündung. Beppina pflegte sie besser als eine Tochter, ohne schlafen zu gehen, und ließ sich tausend Bemühungen und Aufmerksamkeiten einfallen, damit sie wieder gesund würde. Es dauerte noch einen Monat, und zuletzt warst du aus ihrem Zimmer, aus ihren Gesprächen nahezu ausgeschlossen. Eingeprägt haben sich dir Mamas verängstigte Augen: Erst hatte sie Angst vor ihrem Vater gehabt, dann vor deinem und später, als er nicht mehr lebte, vor der nun auf ihren Schultern lastenden Verantwortung, vor den Mißgeschicken deiner Schwester und ihrer Kinder und schließlich vor deinem endgültigen Fortgehen. Auch vor Krankheiten hatte sie Angst; um sich ihnen nicht stellen zu müssen, leugnete sie sie und sagte: »Es geht mir ausgezeichnet.«

Seitdem gab es nur noch das lange Zusammenleben mit Virginia, die sich nach Mamas Tod im Haus breitgemacht und sich eine Art Wohnung zugeteilt hatte. Ihr hättet diese Jahre genießen können, vielleicht zusammen reisen, manchmal Verwandte empfangen und einander Gesellschaft leisten. Doch es war nicht möglich: Jede lebt allein, nur mittags eßt ihr zusammen, unter schwieriger Abrechnung der zu teilenden Kosten; morgens und abends bleibt jede für sich in ihrem Zimmer, eine unnütze Verschwendung für alle beide. So viel Härte bringt sogar ihre Kinder und Enkelkinder in Verlegenheit, die zu Besuch kommen und nicht wissen, wie sie sich aufteilen, ob sie bei Virginia oder bei dir bleiben sollen. Natürlich eßt ihr bei solchen Gelegenheiten zusammen, aber dann trennt sich wieder alles, getrennte Wohnzimmer, sogar getrennter Garten, denn jede hat ihre Ecke: Virginia auf dem Rasen, neben der großen Zeder, wo sie sich sonnt, sooft sie kann, nur die Arme und Beine, nicht das Gesicht, um es nicht zu ruinieren; du neben dem Fliederbusch wegen des Duftes und weil du von hier aus, obwohl fast verborgen, einen schönen Blick auf die Berge hast. Trotz der akkuraten Aufteilung findet ihr immer noch Gelegenheit, euch gegenseitig zu ärgern. Deine Schwester weiß, wie sie dich quälen kann, indem sie dich mit einem hier und da fallengelassenen, scheinbar unschuldigen kleinen Satz lächerlich macht: Und du hast immer noch nicht gelernt, darüber hinwegzugehen, und wirst wütend, so daß sie bald wieder von vorn anfängt.

Absichtlich zieht sie ihre Schönheitsrituale, die dir auf die Nerven gehen, in die Länge: das ausgedehnte heiße Bad früh am Morgen, nach welchem sie sich, gut ins Handtuch eingewickelt, wieder ins Bett legt, um »die Giftstoffe auszuscheiden«, wie sie erklärt. Dann das Schminken und Frisieren, um endlich, fast schon gegen Mittag, ihr schönes, blasses und noch glattes Gesicht, die leicht mit dem Stift betonten blauen Augen, den sorgfältig nachgezogenen Mund und die scheinbar ungeordneten Locken zu zeigen. Und stets ein elegantes Kleid, wenn auch nur, um es dir vorzuführen und dir erneut das Gefühl zu geben, unordentlich und schlampig zu sein. Dünn ist sie geworden und nur ein wenig steif, ansonsten sieht sie von hinten wie ein junges Mädchen aus, groß, auf ihren schönen schlanken Beinen. Im Kühlschrank hält sie Cremes gegen Falten auf Vorrat, die sie sich von einem Schweizer Institut schicken läßt, und nach dem Essen ruht sie zwei Stunden eingecremt auf dem Sofa im Wohnzimmer.

Danach erscheint sie, äußerlich perfekt, nur ein wenig matt und wie durch ein unbestimmtes, verborgenes Leiden oder einen kleinen irreparablen Kummer leicht abwesend: was ihr noch immer etwas Faszinierendes verleiht. Beppina und du, ihr findet alle diese Zeremonien lächerlich, aber die Leute im Dorf und auch andere, die sie kennen, halten dich auf der Straße an und sagen: »Wie gut Ihre Schwester aussieht! Wie jung sie sich gehalten hat! Wenn man bedenkt, daß sie sicher nur ein paar Jahre jünger ist als Sie.«

Virginia

Irgend etwas ist an einem bestimmten Punkt meines Lebens schiefgegangen. Aber ich blicke vor und zurück, betrachte Jahr um Jahr, ganz langsam, wie durch eine Linse, und habe nicht den Eindruck herauszufinden, wann es passiert ist. Und doch muß es einen Webfehler gegeben haben, eine gefallene Masche in dem glatten, gleichmäßigen Gewebe, aus dem mein Dasein hätte bestehen sollen. Wo ich Schattenzonen finde, sehe ich näher hin und lege die Hand auf den Stoff, um zu sehen, ob ich Unebenheiten fühle, aber ich bleibe unsicher und kann nicht sagen, welches von diesen kleinen Hindernissen mein Leben auf das falsche Gleis gebracht hat.

Im Grunde hätte alles gutgehen müssen, zu unvorhergesehenen schlimmen Begebenheiten hätte es gar nicht kommen dürfen. Ich hatte alles, was nötig ist, um ruhig, selbstsicher und von anderen beneidet zu leben, mit Höhen und Tiefen, aber wie in einem Musikstück, wie in einer leichten Brise, die mich sanft und zart bald mehr in die Höhe, bald mehr in die Tiefe hätte führen können. Statt dessen tat sich in jenem Lüftchen ein plötzliches Vakuum auf, in der Tonleiter fehlte ein Ton, so daß danach alle Töne falsch und durcheinander klangen, ohne daß es je wieder gelang, eine Harmonie herzustellen.

Auch heute finde ich noch immer nicht den springenden Punkt und komme nicht darüber hinweg, ein wenig habe ich mich damit abgefunden, aber ich bin nicht im Frieden mit mir; im Gegenteil, neidisch betrachte ich das gleichmäßige Leben der anderen um mich herum, diese Ordnung, diese Vorhersehbarkeit, die mir heute warm und beruhigend erscheinen. Was habe ich schlechter gemacht als sie? In den stürmischen Zeiten meiner Jugend schaute ich mir die Alten an und sagte mir: »Schön wird es sein, wenn ich erst wie sie meine Ruhe gefunden, allen Aufruhr hinter mir habe und aus dem Getümmel heraus bin.« Jetzt bin ich aus dem Getümmel heraus, aber den inneren Aufruhr habe ich noch immer nicht hinter mir, und die Ruhe hat sich nicht eingestellt. Ich habe nicht gelernt, an den Tod zu denken, mit ihm zu reden, als wäre er etwas Normales, Vertrautes, eine Art Nachbar, der jeden Moment an die Tür klopfen kann. Ich dachte, wenn ich mein jetziges Alter erreicht hätte, würde er ganz von selbst in meinen Gedanken Platz finden, aber nein, ich bin wie ein Maulesel, der, am Zaum gezogen, die Beine in den Boden stemmt und nichts davon wissen will, gefügig weiterzulaufen. Ich kenne ihn nicht, erwarte ihn nicht, er ist ein Feind, den ich zu betrügen versuche, indem ich mein Gesicht glätte und die Haare hell färbe, damit ich, wenn er kommt, zu ihm sagen kann: »Nein, Sie irren sich, Sie suchen jemand anders, vielleicht dort nebenan. Ich bin noch zu jung, Sie irren sich.«

Ich gehe auch nicht, wie Leute meines Alters es zu tun pflegen, in die Kirche, um nicht an den Tod denken zu müssen. Die Kirchen sind wie geschaffen, um an den Tod zu denken, dunkel und trist, mit schrecklichen Bildern, offenen Wunden, tränenerfüllten Augen, leidenden Gesichtern, tropfendem Blut. Was sonst sollte einem in jenem kaum erleuchteten Dunkel in den Sinn kommen? Ich meide die Kirchen, und das ist nicht gut. Wenn ich vorbeigehe und von drinnen Gesang höre, möchte ich spontan hineingehen, die schöne Musik hören und das Schauspiel genießen, aber ich halte mich zurück, weil ich weiß, daß mich melancholische Gedanken überfallen würden. Wenn ich nachts wach bin, nehme ich Schlafmittel, denn die Nacht ist auch solch ein Ort, der dunkle Gespenster mit sich bringt. Früher brauchte ich nur Licht zu machen und mir ein Buch zu nehmen, und sofort entfernten sie sich, aber jetzt sind sie stärker geworden, streichen in meinem Zimmer um mein Bett herum und warten, daß ich die Lampe wieder ausschalte, um erneut über mich herzufallen. Ich habe Angst vor der Dunkelheit, wie schon immer, nur daß ich früher unsicher war, ob sie Wölfe, Räuber oder Schlangen enthielt, während ich jetzt weiß, was sich in ihr verbirgt.

Noch schlimmer als die Kirchen und die Nächte sind die Feste, die großen nächtlichen Kirchenfeste wie Weihnachten, Silvester und die Karwoche. Ich habe gelernt, mich gleichgültig zu zeigen, sie vorübergehen zu lassen, als ob nichts wäre, von morgens bis abends, wie jeden anderen Tag. Ich will niemanden sehen, damit mich niemand an den Festtag erinnert; wenn schon jemand kommen muß, dann lieber eine Woche vorher, oder besser hinterher, wenn alles vorbei ist und der Geist wieder nach vorn schauen kann. Ich will keine Glückwünsche, keine Geschenke, damit ich solche Tage, die die Jahre in das Leben eines Menschen wie Ringe in das Holz eines Baumes zeichnen, leichter vergessen kann.

Es ist ein Training, mit dem ich schon vor langer Zeit begonnen habe, um mich darin zu üben, die Feste vorübergehen zu lassen, ohne mit der Wimper zu zucken. Um mich vor der jedesmal enttäuschten Erwartung, vor der leichten Aufregung zu retten, die mich immer vorher erfaßte und mich hinterher noch melancholischer, noch verbitterter zurückließ. Ich habe alles ausgelöscht. Ich muß an solchen Tagen behutsam leben, mit Maß, und alles, was ich tue, genau kalkulieren. Automatisch reihe ich Schritte, Bewegungen, Handlungen aneinander, als wären sie auf einem Merkzettel vorgezeichnet. Alles mit Ruhe und Präzision. Doch sie müssen auch ausgefüllt sein, die Tage, damit nicht eine plötzliche, ungeplante Leere entsteht, in die unerlaubte Gedanken eindringen. Ich darf nicht gestört werden, damit ich nicht aus dem Rhythmus komme, nicht aus meiner Andacht ohne Heilige herausfalle.

Früher, als ich noch jünger war, war auch der Geburtstag gefährlich, er gab mir zu denken, ich glitt in Betrachtungen ab, die mir nicht nur diesen einen Tag verdarben. Aber ich habe die anderen das Datum vergessen lassen und weiß es fast selbst nicht mehr. Es geht schnell vorüber, nachdem es mir lediglich ein flüchtiges Herzdrükken bereitet hat.

So lebe ich, immer aufmerksam, wohin ich meinen Fuß setze, und blicke mich vorsichtig um, um keinen falschen Schritt zu tun, nicht stehenzubleiben, wo ich nicht sollte, nicht an falsche Orte zu gehen, wo ich dann nicht mehr imstande wäre, den Lauf der Gedanken unter Kontrolle zu halten. Ich bin so versiert, daß ich weiß, wo die Gefahren lauern: ein Fenster des Hauses zum Beispiel, aus dem ich schon seit geraumer Zeit nicht mehr hinausschaue, das sich zum Gebirge hin auf einen Hang hinaus öffnet, einen kühlen grünen Hang mit Robinien, die in der schönen Jahreszeit bis ins Haus hinein duften. Es ist eine alte Landschaft, die ich als seit jeher unverändert in Erinnerung habe, in der man nicht hat bauen können und wo das einzige, was sich verändert hat, die Höhe der Bäume ist. Dieses Stück Hügel zu betrachten, das ich genauso schon vor dreißig, vierzig, sechzig Jahren gesehen habe, erweckt in mir den Eindruck, die Zeiten von damals, vor den bitteren Erfahrungen, wiederzuerleben. Oder der Fluß, das eine oder andere kurze Stück, das sein früheres Aussehen behalten hat, mit seinem milchkaffeefarbenen Wasser, das langsam durch die Weinberge fließt. Er erweckt Sehnsucht in mir, dieser ruhig strudelnde Fluß, ich weiß nicht, warum. Vielleicht weil ich ihn schon sah, wie er war, als ich noch all die Dinge erwartete, die dann nicht eingetroffen sind. Milchkaffeefarben damals, als er noch sauber war, und auch heute, wo er verschmutzt ist. Es ist eine Richtung, in die zu blicken ich vermeide, ein weiteres Fenster, das ich nicht öffnen darf.

Da ist es fast besser festzustellen, daß sie die schöne Landschaft durch schreckliche Häuschen verschandelt und in einen grauen Kahlschlag verwandelt haben, wo nichts mehr wächst; zu sehen, daß sie die alten Häuser aus Flußstein abgerissen haben, um an ihrer Stelle seelenlose kleine Villen zu bauen; sich darauf zu konzentrieren, daß das Tal neben dem Fluß, das früher voller Kirschbäume war, durch die Fabrikhallen aufgefressen worden ist. Dann schläft die Melancholie, die Verbitterung bleibt unter Kontrolle, das Bedauern dringt nicht bis an die Oberfläche: Nehmt es hin, ihr habt, was ihr verdient, sage ich zu den Leuten, oder vielleicht sage ich es nicht, aber ich stelle mir vor, es zu sagen.

In meiner Umgebung lasse ich mir nichts anmerken, ich weiß mich zu beherrschen, bin freundlich und beinah fröhlich, seit Jahren erlaube ich mir nicht mehr, mein Herz auszuschütten, nicht ein Wort. Ich grüße alle, vielleicht finden sie mich liebenswürdig oder nur höflich. Vielleicht sehen sie aber auch, daß ich hier lebe wie eine Gejagte, die alle Eingänge ihres Hauses überwacht, jede Bewegung im Auge behält, die Ohren spitzt, damit keine Saite einen falschen Ton erklingen läßt. Vielleicht sehen sie, daß nicht mehr ich es bin, die hier umhergeht, sondern ein Bild, das mir gleicht, das innen leer ist oder ausgestopft, mit starren Glasaugen wie die Füchse, Rehe und Wildschweine, die mein Vater schoß und die dann mit steifem Kopf und Hals, aber schön wie lebendige Tiere von den Wänden herabsahen. Vielleicht spüren die, die mir begegnen, daß mein Leben vor einer unbestimmten Zahl von Jahren stehengeblieben ist, und was weiterging, waren nur Tage, Stunden, Wochen, auch Jahre, aber es war kein Leben mehr. Sie bemitleiden mich wahrscheinlich und sagen: »Die arme Frau, und wenn man bedenkt, daß sie früher…« Und das würde ich am meisten verabscheuen, denn dann wären alle Anstrengungen, alle Erstarrung, alle Selbstkontrolle vergeblich gewesen.

Ich kenne die Ausdrücke, die für Menschen wie mich benutzt werden: »eine Frau mit Vergangenheit«, »eine umgetriebene«, eine »unruhige Frau«, »eine, die sich nicht abfindet«, eine »arme Frau«. Und ich will sie nicht hören, nichts will ich hören. Es ist nicht leicht, weil sie mich ansehen, wenn ich ausgehe, noch immer gehe ich gern gut gekleidet, gut frisiert, trage gern schöne Schuhe. Das Straßenpflaster ist hier und da schadhaft, und ich muß mich konzentrieren, um gerade zu gehen, ohne zu wackeln. Es ist metaphorisch für mich, dieses Pflaster, ich habe es im Kopf, und es zwingt mich, ständig aufzupassen, mir nichts anmerken zu lassen, zu gehen, als wäre nichts, als wäre alles glatt, angenehm und leicht. Wenn ich einmal den Gedanken freien Lauf ließe oder einer Erinnerung nachhinge, würde ich sofort stolpern, den Schritt verlangsamen wie eine, die nicht ganz bei sich ist, betrunken womöglich, und alle würden sich auf mich stürzen. »Signora, sind Sie gefallen? Ist Ihnen nicht gut? Brauchen Sie etwas? Kommen Sie herein, trinken Sie ein Glas, nehmen Sie eine Tablette, ruhen Sie sich aus, legen sie sich hin, ich hole jemanden.« Schon höre ich sie um mich herum, neugierig, begierig auf meine Leiden, fürsorglich auch oder zuvorkommend, um dann um so mehr mein Leben auszuforschen, zu untersuchen, zu kommentieren und vielleicht Mitleid mit mir zu haben.

Das gilt für die Leute draußen; schwieriger noch ist es

hier im Haus, wo alle wissen oder zu wissen meinen, wie es gewesen ist. Hier kennen sie meine Unstimmigkeiten, ahnen, daß ich nicht so bin, wie ich scheine, geben vor, an die schönen Farben der Fassade zu glauben, und denken sich, mitleidig vielleicht, das übrige. Oder sie kümmern sich nicht darum. Wenn sie es nur nicht täten! Ich wäre zufriedener. Es ist schwieriger, etwas vorzutäuschen, wenn du weißt, daß man dir nicht glaubt; es bedeutet, eine Schauspielerin zu sein, die ohne die Hoffnung, noch irgend jemanden zu überzeugen, hartnäckig auf ihrer Rolle besteht. Abends und morgens sind meine Unstimmigkeiten eher zu erahnen; tagsüber, wenn ich in Bewegung bin, geht es besser. Wie eine Maschine, die, einmal in Gang gesetzt, gut läuft, aber sobald sie langsamer wird, anfängt zu stottern und nach dem Stillstand Mühe hat, wieder anzulaufen und sich mit voller Kraft zu drehen.

Morgens, nach der langen Freiheit der Nacht, wo ich während der Stunden, in denen ich wach bin, den Gedanken freien Lauf lasse, habe ich mich noch nicht wieder gesammelt. Es dauert lange, bis ich die Falten, die die Gedanken hinterlassen, getilgt habe; dazu braucht es Cremes, Massagen, Mundwasser. Wie bei den Haaren, die morgens die nächtliche Verwüstung sichtbar machen, sie sind zerzaust, als hätte ich gekämpft, sie würden mich verraten, wenn ich jemanden träfe. Deshalb halte ich mich stundenlang im Bad auf, nicht mit Schminke und Puder, wie alle glauben und darüber hinter meinem Rücken spotten. Ich warte einfach, bis sich die Risse, die sich über Nacht geöffnet haben, wieder schließen, damit ich vorzeigbar und wieder in Ordnung bin. So sind Legenden über meine seltsamen Schönheitskuren, Dampfbäder, Packungen und wer weiß was noch entstanden.

Abends geschieht das Umgekehrte. In der frühen

Dämmerung spüre ich, daß ich nicht mehr lange standhalten werde, ich unternehme vergeblich alle möglichen Anstrengungen, wenn im Haus das Licht angeschaltet wird. Von Jahr zu Jahr ziehe ich mich früher in mein Zimmer zurück, um zehn, um neun, jetzt kurz nach acht. Ich schlafe nicht, nein, unter meiner Tür sieht man Licht bis eins oder auch bis zwei. Sie denken, daß ich lese, Briefe schreibe, irgendwelche Papiere durchsehe. Ja, ich lese auch, aber nicht lange, weil meine Augen nicht mehr mitmachen. Aber schreiben tue ich nicht, weil das Schreiben zu viele Gedanken aufrührt und zwischen einem Satz und dem nächsten zuviel Raum für plötzliches Absinken in die Ströme der Erinnerung läßt, während das Lesen den Geist angenehm umnebelt und in andere Welten versetzt. Meistens gehe ich im Zimmer auf und ab und umkreise das Nichts. Solange ich in Bewegung bin, ist alles unter Kontrolle: die Ruhe, die Stille ist es, die den Gespenstern Raum gibt. Unzählige Male öffne und schließe ich die Schubladen, ordne Blusen, Wäsche, bemühe mich ständig, im Schrank, in der Kommode, etwas zu finden, was nicht in Ordnung ist. Ich bin glücklich, wenn ich irgendwo das Schrankpapier, mit dem die Fächer ausgeschlagen sind, zerrissen finde: Es zu erneuern ist eine Arbeit für sechs oder sogar sieben Abende. Im Normalfall muß ich mich mit Kleidern, die übereinander auf ein und demselben Bügel hängen, mit schlecht geputzten Schuhen und winzigen Löchern in der Wäsche begnügen. Es ist eine schwachsinnige Übung, die ich seit Jahren praktiziere, dankbar, daß ich all das machen darf, was ich früher verabscheut habe.

Nacht für Nacht setze ich mich erneut in Bewegung, wie ein rasender Kreisel, und wenn ich daran denke, macht es mich bestürzt, aber nicht genug, um von meinen Manien abzulassen. Die anderen im Haus halten mich für mürrisch und boshaft, weil ich sie nicht sehen will, für kalt, weil ich keinerlei Gemütsbewegung zeige und scheinbar hartnäckig an den Dingen hänge, denn ich pflege meine Kleider, meine Schuhe, meine Haare, meinen Schmuck.

»Sie liebt den Luxus«, so stelle ich mir vor, reden sie über mich, oder: »Sie ist immer noch gefallsüchtig, trotz ihres Alters.« Ganz bestimmt sagen sie es, denn sie behandeln mich so. Halten immer eine gewisse Distanz, höflich, aber ohne Wärme. Sie gehen mit mir um wie mit einer Kranken, die man im Auge behalten muß, aber nicht zu sehr aus der Nähe, weil die Krankheit anstecken könnte. Aus ihrem Tonfall meine ich immer eine Spur Hochmut, etwas wie eine ganz leise Verurteilung herauszuhören. Nicht die Überheblichkeit oder die Arroganz der Mächtigen gegenüber den Untergebenen, sondern die der gestrengen Armen gegenüber den reichen Tagedieben, der heruntergekommenen Adligen gegenüber den neureichen Millionären. Wobei dann ich die reiche Tagediebin, die neureiche Millionärin wäre. Es ist eine Rolle, die sie mir vor vierzig oder fünfzig Jahren zugeschrieben haben, vielleicht auch schon früher. Sie haben sie mir für immer gelassen, andere Rollen passen nicht zu mir. Deshalb geben sie mir, wenn ich mit ihnen esse, das schönste Stück, das zarteste Teil, das Weiße vom Huhn oder das Filet der Forelle. Oder sie decken den Tisch besser, mit drei Gläsern und den Fischbestekken, lassen mir den bequemsten Sessel, den sonnigsten Platz und die Zeitung, wenn sie gerade erst gekauft ist.

Sie erlauben mir nicht, auch nur irgend etwas zu tun, ein Möbelstück zu verschieben, einen heruntergefallenen Gegenstand aufzuheben, etwas Schweres zu tragen oder in der Küche zu helfen. »Streng dich nicht an, laß mich das machen«, laufen sie sofort besorgt herbei, aber ihre Fürsorge kommt mir nicht vor wie die für eine alte Frau, sondern wie der Wunsch, den Unterschied zwischen mir und ihnen hervorzuheben: ich, die ich Wert auf schöne Kleider, Schmuck, ordentlich frisierte Haare lege, ich, die Verwöhnte, die unfähig ist, irgend etwas Nützliches zu tun, und sie, die ernsthaften armen Leute, die immer gearbeitet haben, ohne sich um Frivolitäten zu kümmern, um das dumme Zeug, dem ich nachgelaufen bin. Es sind kleine alltägliche Szenen, um mir immer wieder meine Fehler in Erinnerung zu rufen. Sie stellen mir Fragen, ohne eine Antwort abzuwarten, sprechen leise miteinander, ohne mich teilhaben zu lassen, diskutieren Probleme ohne mich; ich habe nichts zu tun, nichts zu sagen, nichts zu bedenken. Ich ziehe mich soviel wie möglich in mein Zimmer zurück, und es kommt vor, daß sie deshalb beleidigt tun.

Mit meiner Schwester reden, mich aussprechen, klarstellen? Ich habe es probiert. Von Zeit zu Zeit überkommt mich immer wieder einmal die Versuchung, aber es ist, als würden die Worte zu Stein, zu großen Steinen, die sich, zu groß für den Mund, querlegen, von einer Backe in die andere rutschen, ohne herauszufinden. Mit Mühe schaffe ich es, sie auf der Zunge anzuordnen, eins nach dem andern, schon richtig geformt, ich meine schon, ihren Klang, den vollständigen Satz zu hören, und er ist nicht übel, aber im letzten Moment ist es, als ob er mir zwischen den Zähnen einrostete. Ich muß die dicken, schweren Worte mühsam hinunterschlukken, muß mein Gesicht, das bereits den Ausdruck des Sprechens angenommen hat, wieder neu ordnen.

Wenn ich in der Vergangenheit versucht habe, ein ehrliches Gespräch in Gang zu bringen, hatte ich immer den Eindruck, daß es mir nicht gelang, bis auf den Grund zu gehen, als wollte ich einen Fisch im tiefen Wasser fangen und er entschlüpfte mir. Ich wollte die Umstände meines Lebens erklären, und sie entzog sich, verstand nicht, wollte nicht hören, wich eilig aus, und ich stand wieder vor derselben verschlossenen Tür. Oder sie ließ mich reden, ohne etwas dazu zu sagen, und wenn ich ein Wort, einen Satz erwartete zum Zeichen, daß sie begriffen und nachgedacht hatte, blieb sie stumm, so daß ich unsicher war, ob ich mich mit mehr Eifer, mehr Hartnäckigkeit, mehr Einzelheiten noch weiter erklären oder ob ich still sein sollte. Während ich sprach, ließ sie den Blick umherschweifen oder konzentrierte sich – Gleichgültigkeit zur Schau tragend – auf einen Kratzer in der Tischplatte, ein wenig Staub auf einem Bild, auf etwas, das nicht an seinem Platz war und das sie sofort zurechtrückte, ohne sich um mich zu kümmern. Wenn ich mich dann, unfähig innezuhalten, wiederholt über denselben Gedanken ereiferte, sagte sie ungeduldig: »Ich hab' schon verstanden«, nur um mich zum Schweigen zu bringen und fortgehen zu können, ohne mir länger zuzuhören und auch ohne mir ein einziges meiner Worte zu glauben.

Aber so einfach ist es nicht: Auf diese Weise, vergessen von den anderen, ganz für mich, hätte ich zu sehr meine Ruhe. Hin und wieder, wenn ich ihrer Ansicht nach lange genug in meinem Saft geschmort habe, gut darin geübt, allein zu sein und zu leben, als gäbe es im Haus sonst niemanden, dann habe ich ein Recht darauf, wieder zur Ordnung gerufen zu werden. Also fällt ein kleines Wort, das mich aus meiner Trägheit weckt und mich daran erinnert, daß nichts vergessen ist, daß ich weiterhin diejenige bin, mit der etwas nicht in Ordnung ist. Bemerkungen, die jemand anderem, wenn er sie hörte, harmlos erschienen, die mir jedoch einen Stich versetzen. Jedesmal aufs neue bin ich nicht darauf gefaßt; beinahe gelassen in meiner erzwungenen Ruhe, verstehe ich oft die erste Andeutung nicht und bitte sie, den Satz zu wiederholen, so daß er deutlicher herüberkommt. In anderen Fällen ist die Andeutung so versteckt, daß mir erst abends, wenn ich noch einmal daran denke, klar wird, daß es eine Bosheit gewesen sein muß, und diese Hiebe mit verzögerter Wirkung, die mich erst erreichen, wenn ich schon wehrlos bin, sind mir fast noch unangenehmer.

Sie hat noch ein anderes Mittel, mir zu zeigen, wieviel besser sie ist als ich. In regelmäßigen Abständen macht sie mir große Geschenke – schöne und zu teure Dinge –, die ich nicht erwidern kann, weil alles ihr gehört. Sie thronen in meinem Zimmer wie fremde Trophäen, sammeln sich an und verstauben. Ich schaue umher und sehe eine elegante, unberührte, innen mit Pappe versteifte Krokodilledertasche. Wann sollte ich sie benutzen? Bei meinem Spaziergang bis zum Fluß und zurück oder bis zum Kurzwarenladen, um Knöpfe, ein Gummiband, eine Rolle Garn für meine Ausbesserungsarbeiten zu kaufen? Es gibt auch einen Blumenübertopf aus dänischem Porzellan, in dem ich Bonbons aufbewahre; oder die Kristallampe, die meine alte hätte ersetzen sollen, damit ich abends, wenn ich im Bett lese, besser sehe, aber ich habe die alte behalten und die neue in den Schrank gestellt. Oder ein Lederkoffer für Reisen, die ich nicht mehr mache; ein Seidenschal zum Umlegen, wenn es kalt ist: den benutze ich allerdings; und auch Parfums, aber ausgesucht, ohne an meinen Geschmack zu denken. Geschenke für eine frivole, oberflächliche, den Luxus liebende Person, zu der sie mich in ihren Köpfen verurteilt haben.

Vor langer Zeit habe auch ich solche Geschenke gemacht, daran erinnere ich mich. Manchmal denke ich, daß meine Schwester so viel ausgibt, weil sie weiß, daß diese Dinge bald wieder ihr gehören werden, als ob sie sie im voraus für sich kaufte. Aber wahrscheinlich gefallen sie ihr auch nicht; es sind keine Dinge, wie sie sie liebt, dergleichen hat sie nie besessen. Nein, sie schenkt sie mir, um mich zu bestrafen, damit ich mich darin spiegele. Sie hat eine Leere um mich herum geschaffen, meine Schwester: Meine Freunde sind alle tot, und für die Verwandten bin ich fast eine Fremde. Besonders die Kinder hat sie mir abspenstig gemacht, die Kinder ihrer Neffen, die mehr zu ihr als zu mir zu Besuch kommen, obwohl ich die Großmutter bin. Sie hat die Kinder an sich gezogen, ich weiß nicht, wie, mit kleinen Spielen, Überraschungen, Geschichten, die sie zu erzählen weiß; sie hat sich die einzigen genommen, an denen mir läge.

Vielleicht weil ich nicht mit Kindern umgehen kann: Nicht einmal als meine Kinder klein waren, hatte ich Geduld. Und außerdem waren es andere Zeiten, es gab eine Gouvernante, man erwartete nicht, daß die Mama so viel mit den Kindern zusammen war. Als meine Enkelkinder geboren wurden, fühlte ich mich vielleicht noch zu jung, um die Großmutter zu spielen, und meine Söhne besuchten mich selten.

Jetzt, wo ich mich um die Urenkel hätte kümmern wollen, erreiche ich sie nicht mehr, sie gehören mir nicht mehr. Jetzt hätte ich die Geduld, aber wahrscheinlich halten sie mich für zu alt, über das Alter hinaus. Jedenfalls sagt das meine Schwester immer, wenn sie kommen: »Laßt die Urgroßmutter in Ruhe, strengt sie nicht an, sie muß sich jetzt ausruhen«, und schon verschwinden sie. Aus dem Fenster sehe ich ihnen im Garten zu, wie sie alle um sie herumtoben, die noch wie ein junges Mädchen läuft, fröhlich, wie sie es gewöhnlich nicht ist, und ich sage mir, daß sie es absichtlich tut, um mir zu zeigen, wie unfähig ich bin, mich mit Kindern abzugeben. Natürlich kann ich sie nicht mit noch schöneren Geschichten, noch schöneren Überraschungen zurückholen. Dann aber sage ich mir, daß ich mir alles nur einbilde, daß ich mir nicht vorhandene Gespenster erschaffe, Hirngespinste einer zu alten Frau. Vielleicht erfinde ich alles, schreibe Alpträumen schlafloser Nächte Realität zu und vergifte mir die übrige Zeit.

Meine Schwester denkt wahrscheinlich gar nicht an mich, hat weder Lust noch Kraft, all dies gegen mich zu organisieren, sie geht ihren Weg, und ich bleibe zurück und bilde mir Verfolgungen ein. Dann wieder sage ich mir: Und doch, etwas Wahres muß dran sein, und ich kann mich des Gefühls nicht erwehren, daß sie gegen mich ist. Sie war immer gutherziger, klüger, vernünftiger, fleißiger, konnte sich besser bei allen beliebt machen, denn für jeden findet sie die rechten Worte. Sie nimmt sich Zeit, auch den Bauern und Dienstboten zuzuhören. Hingebungsvoll in der Kirche und zu Hause, niemals ungeduldig. Flink im Kopf beim Rechnen, vorausschauend, um Haus und Felder besorgt, mit aufmerksamem Blick für die anstehenden und die schlecht ausgeführten Arbeiten. Tüchtig auch im Kochen oder in der Gartenarbeit, im Blumenarrangieren, im Zubereiten heilsamer Kräutertees; nicht frivol, nicht eitel und auch sonst ohne jedes häßliche Laster. Auffällige oder – um Himmels willen – vulgäre Dinge konnte sie mit ihrem angeborenen Geschmack für das Gute und Richtige nie ausstehen. Wie hätten nicht alle sie lieben sollen, erobern wollen, halten wollen? Auch mir hätte sie gefallen.

Außerdem war sie ordentlich: Oh, ihr Zimmer, welch ein Vergnügen, dort hineinzukommen, heute wie früher! Jedes Ding brav an seinem Platz, der Schrank im Innern perfekt, die Schubladen vorbildlich, das Bett glattgestrichen mit der hellgeblümten Bettdecke darauf, die ich im Lauf der Zeit nach und nach habe verblassen sehen. Einen Hauch von Duft riecht man immer, wenn man hineinkommt, Duft nach Lavendel oder anderen Kräutern, die in selbstgenähten und Jahr um Jahr erneuerten Säckchen in den Schubladen zwischen der Wäsche liegen. Ja, sie kann auch nähen, nicht für sich, eitel ist sie nicht, aber für die armen Kinder, die von ihr Hosen und Hemden und was sie sonst noch brauchen bekommen. Dieses Zimmer spiegelt ihr Leben wider, gemäß dem Ausspruch meines Vaters, der nicht müde wurde, immer wieder zu sagen: »Wer äußerlich ordentlich ist, ist es auch innerlich.« Makellos, wie neu und ohne Eselsohren sind auch die Bücher, die sie liest: Wenn sie sie weglegt, sehen sie aus wie unaufgeschnitten, und genauso war es früher auch mit ihren Schulbüchern und Heften.

Sie wurde mir von den Eltern stets als Beispiel vorgehalten; fast von Anfang an war sie die Lieblingstochter. Sie hatte jenen Charakterzug – und hat ihn immer noch nicht verloren –, der den Alten im Haus so sehr gefiel: alles aufheben, ob klein oder groß, wichtig oder unbedeutend. Den Wollrest wie die Paketschnur, die ungestempelten Briefmarken und die erhaltenen Ansichtskarten. Alles konnte nützlich sein und landete, ja, landet noch, in bestimmten Schachteln oder Schächtelchen, die ebenfalls vor dem Mülleimer gerettet wurden. Seit Jahrzehnten sammelt sie lauter Zeug, alles für eine eventuelle zukünftige Verwendung, zu der es bei den meisten Dingen nie gekommen ist, und erstaunlicherweise schafft sie es, in ihrem riesigen Lager alter Sachen Ordnung zu halten. Immer hat sie alles Nötige, was aus irgendeinem normalen Anlaß oder in einem Notfall gebraucht wird; sie sammelt auch, was andere – ich zum Beispiel – wegwerfen.

Schon mehr als einmal ist es mir passiert, daß ich etwas suchte – ein Buch, einen Stoffrest, eine Photographie – und nicht mehr wußte, daß ich es weggeworfen hatte: Und siehe da, sie zog es aus ihrem unerschöpflichen Archiv hervor. Sie hat die Spielsachen aufgehoben, die wir als Kinder hatten, und wenn man sie jetzt wiedersieht, sind sie schön, schöner beinah als die heutigen; einige habe ich vergessen, aber an andere erinnere ich mich, und sie erscheinen mir sehr reizvoll, nicht häßlich oder armselig wie damals. Sie hat die Kleidung meiner Kinder aufgehoben, wohl aufbewahrt zwischen Kampfer und Seidenpapier in den Koffern auf dem Dachboden. Sie hat sie meinen Enkeln und Urenkeln geliehen und jedesmal wieder weggelegt, nicht ohne sie vorher ausgebessert, gewaschen und gebügelt zu haben. Wenn etwas nicht zurückkam, fragte sie nach und gab keine Ruhe, bevor sie nicht alles wiederhatte. Im

Grunde waren es meine Sachen, aber durch ihre Sorgfalt hat sie sie rechtens erworben. Ich habe einmal darum gebeten, sie zu sehen, aber beim Anblick dieser plattgedrückten kleinen Leichen von alten Matrosenanzügen, dieser Gespenster von bestickten Hemdchen, dieser Geister von Höschen, Schatten dunkler Mäntelchen, all dieser einbalsamierten kleinen Toten, die verblichen waren wie getrocknete Blumen in einem Buch, habe ich sofort den Blick abgewendet.

Schulhefte und Zeugnisse, Briefe, Karten und Einladungen hat sie in zeitlicher Reihenfolge gesammelt und unnützerweise vor ihrem gerechten Schicksal, dem Papierkorb, bewahrt. Jedes kleinste Belegstück ihres Lebens hebt sie auf, als diente es ihr als Beweis für die vergangenen Zeiten, als könnte sie ohne es nicht glauben, daß sie gelebt habe. Sie ist die Verwalterin der alten Sachen, herrscht über sie wie über ein stummes Heer und hat die Macht über Leben und Tod – wegwerfen oder aufheben –, aber sie verdammt nie jemanden.

Ich dagegen habe die Briefe, die Photographien, die Gegenstände, die Dinge, die mich umgaben, weggeworfen. Dreimal habe ich die Wohnung gewechselt, und jedesmal war es eine Gelegenheit, unendlich viel Überflüssiges abzustoßen, das sich um mich herum angesammelt hatte. Manchmal wurde mir beim Wegwerfen klar, daß ich etwas wegwarf, dem ich vielleicht nachtrauern würde, etwas, dem ich innerlich verbunden war, etwas, das meinem verworrenen Leben Kontinuität gab, das Symbol einer Vergangenheit, die besser war als die Gegenwart; und obwohl mir dies bewußt war, warf ich es trotzdem weg. »Sentimentalitäten«, sagte ich mir und öffnete fast gewaltsam die Hand, um es in den Papierkorb fallen zu lassen. Hinterher fühlte ich mich frei, modern, positiv.

Heute jedoch fehlen mir manche dieser nichtigen Dinge. Ein Bilderrahmen aus blauem Samt mit den Photos meiner kleinen Kinder, den mein Vater jahrelang auf dem Nachttisch stehen hatte. Er war verschlissen, abgenutzt und hatte keine Stütze mehr, die ihn aufrecht hielt: In der ersten Zeit habe ich die Photos aufgehoben, dann sind sie verschwunden, eins nach dem andern, ich muß sie weggeworfen haben, ohne daß es mir bewußt war. Oder auch ein kleines Etui für Nähzeug, sehr alt, in Form eines Eies, versilbert, mit allem, was dazugehört, Schere, Nadeln, Fingerhüten und lauter ineinander verwirrten Fäden. Ich habe es weggeworfen, weil ich es häßlich und nutzlos fand. Jetzt fehlt es mir, weniger weil es das Kommunionsgeschenk einer Großtante war, die kein Geld hatte, mir etwas Neues zu kaufen und mir deshalb etwas von sich geschenkt hatte, sondern eher, weil es zu meinem Leben gehörte und in meinen Kindheitserinnerungen immer dabei war. Ich muß herzlos gewesen sein, das alles wegzuwerfen. In der Erinnerung hänge ich an diesen Dingen, ich sehe sie, sie sind um mich herum und doch nicht da.

Schuld daran, daß ich so viel weggeworfen habe, ist auch meine Unordentlichkeit. Früher, als ich noch bei meinen Eltern lebte, sah mein Zimmer unmöglich aus, Kleider übereinander, Schubladen voller Krimskrams, in denen man nichts finden konnte, wo die Strümpfe zwischen den Briefen, die Haarnadeln neben dem Geld und der Puder neben den Schreibfedern lagen. Mama hatte den Zimmermädchen befohlen, nichts anzurühren, um mich zum Aufräumen zu zwingen, aber ich dachte nicht daran. Später war es das gleiche mit meinen Wohnungen, die scheinbar ordentlich und aufgeräumt, bei näherem Hinsehen aber voller Chaos waren. Zur Vernunft bin ich erst seit kurzem gekommen, weil ich nichts anderes mehr zu tun habe, als mein Zimmer in Ordnung zu halten, und es gibt niemanden mehr, der der Hausangestellten befiehlt, alles liegenzulassen, im Gegenteil: Ich darf nicht eine einzige Sache herumliegen lassen, denn sofort räumt irgend jemand sie an ihren Platz zurück. Es kommt mir vor wie ein Grab, dieses so perfekte Zimmer, nicht mehr wie mein eigenes, als lebte eine andere darin.

Ich habe so viel fortgeworfen, weil ich alte Sachen verabscheute. Die ganze Welt war voll von Stilmöbeln, Bildern aus anderen Epochen, Teppichen aus anderen Zeiten, zweihundert Jahre altem Silberzeug und jahrhundertealten Büchern. Und wenn etwas nicht alt war, konnte es nicht schön sein, es war vulgär, geschmacklos. Alle neuen Sachen wurden von oben herab angesehen, modern war geradezu ein Schimpfwort. Wer keinen alten Plunder im Haus hatte, wurde bemitleidet, oder man hielt ihn für merkwürdig, nicht normal. Völlige Ergebenheit gegenüber dem Alten herrschte bei uns, es wurde mit Hingabe gepflegt, damit es nicht seinen Glanz verlöre: Nichts Neues war erlaubt, und selbst die Rosensorte im Garten mußte stets die gleiche sein, fast weiße Kletterrosen für das Haus, rote mit einfachen Blättern um den Brunnen herum, weiße und gelbe mit üppiger Blüte den Gartenweg entlang.

Alles unbeweglich, damit das Leben nicht schlimmer werden konnte, als es ohnehin schon war, alles festgefügt, alles wie gewohnt. Jede noch so geringe Bewegung, jede Verschiebung, Veränderung, Anpassung an die Zeit hätte die gute Ordnung, die heilige Ordnung, der unser Überleben anvertraut war, aus den Angeln heben können. Wenn eine von uns etwas zerbrach, war das eine Tragödie. Wegen eines Tellers, eines Aschenbechers gab es eine strenge Bestrafung, gar nicht davon zu reden, wenn es sich um eine Vase, eine Lampe, die Glasscheibe eines Bildes handelte oder, Gott bewahre, um eines unserer zerbrechlichen Stühlchen mit den dünnen Beinen. Tagelang verzieh Papa es nicht. Das Taschengeld wurde uns gestrichen, als wäre unser armseliges Taschengeld, das es im übrigen niemals gratis, sondern als Belohnung für irgendeine Arbeit gab, ausreichend gewesen, das zerbrochene Stück zu ersetzen.

Genauso war es im Garten, wo Blumen, Hecken, Bäume und Rasen sehr viel wichtiger waren als wir. Im Garten durfte man nur spazierengehen, niemals laufen, denn es bestand immer die Gefahr, im Ungestüm eine Rabatte zu beschädigen, Streifen im Kies auf den Wegen zu hinterlassen oder in ein Beet mit frischer Saat hineinzutreten. Wir liefen trotzdem, aber heimlich. Wenn es dann passierte, daß wir eine Fußspur in der Erde eines Beetes, einen abgebrochenen Zweig an einem Strauch oder eine abgerissene Rose hinterließen, gab es einen

Prozeß. Alle diese Schäden kosteten Geld, wurde uns immer wieder vorgehalten, Geld, das wir nicht hätten oder das zu anderem dienen sollte. Und dabei waren wir die Reichsten im Dorf – das begriff ich auch als Kind schon –, niemand hatte ein Haus wie wir mit alten Sachen darin, und niemand sonst besaß so viele Felder.

Die gepflegten, bewunderten und mit wütender Eifersucht geschützten alten Dinge wurden deshalb bald zu meinen Feinden, und insgeheim, ohne darüber nachzudenken, begann ich, Sachen wegzuwerfen: einen Schwan aus Messing, den ich vom Großvater geerbt hatte, die weißen Söckchen, wenn sie Löcher hatten, denn die Stopfstellen hätten beim Tragen die Haut abgeschürft, und alle Puppen, sobald sie kaputt waren, auch die schönen großen, alten Puppen, die Mama gehört hatten, die sich jedoch aus meiner Sicht zu sehr von denen der anderen Mädchen unterschieden. Mehr als einmal wurde mir eine hinterhergetragen, die das Dienstmädchen aus dem Papierkorb gefischt hatte, und ich war gezwungen, sie mit gespaltenem Kopf und unter vielen Vorwürfen zu behalten.

Während Papa über Haus und Garten herrschte, war Mama für den Wäscheschrank zuständig, einen riesigen Schrank, vielmehr zwei oder drei, die mit all ihren Fächern wie Städte mit Türmen aus Handtüchern, Häusern aus Laken, Mauern aus Tischtüchern wirkten. Alles makellos weiß und in Stapeln mit blaßblauem Band drum herum, mit Inventarlisten auf der Innenseite der Schranktüren und Lavendelsäckchen überall in der weißen Metropole. Knarrend öffneten sich die Türen zu diesem Reich, und Mama war nicht erfreut, wenn jemand anders daran rührte, und sei es die Weißnäherin. Sie selbst legte die gebügelte Wäsche wieder hinein und nahm die benötigte heraus, wobei sie es niemals versäumte, über einen Kniff an der falschen Stelle, ein schlecht gebügeltes Tischtuch oder den Schatten eines Flecks zu schelten. Sie stellte sich vor den Schrank mit den offenen Türen und prüfte ihre Aussteuer, die zu der ihrer Schwiegermutter und zu der der Schwiegermutter ihrer Schwiegermutter hinzugekommen war. Gehütet wurden dort wahrscheinlich die einzigen Güter, die sie besaß, außer dem Schmuck und den Kleidern, die einzigen, über die sie nach ihrem Belieben verfügen konnte.

»Heute decken wir das große flandrische Leinentuch auf und übermorgen das Leinen mit der Ajourspitze. Ins Gästezimmer die Frotteehandtücher, ins Kinderzimmer die kleinen, die fürs Personal.« Oft zählte sie die Anzahl der Teile, während sie mit sauberen, ordentlichen Händen über die Rücken der übereinanderliegenden Tischtücher, Kopfkissenbezüge und Bettücher streifte, vollkommen parallele Stapel aus Stoff. Und wieder wurde sie wütend, wenn ein Tischtuch die Vorder- statt der Rückseite zeigte und damit jene eleganten Symmetrien durcheinanderbrachte. »Wer hat diesen Schrank geöffnet? Man kann nicht einen Tag fort sein, ohne daß jemand kommt und darangeht.« Die ersten Verdächtigen nach dem Personal waren wir Mädchen, die, angezogen von den geheimnisvollen Riten, die unsere Mutter regelmäßig vor dem Schrank zelebrierte, tatsächlich manchmal der Versuchung nicht widerstehen konnten, den Schrank zu öffnen und hier und dort etwas zu berühren, und dabei immer irgendwelche Spuren hinterließen. Schlimmer noch war es, wenn wir – oder ich –, ein wenig größer geworden, Spuren von Puder oder Lippenstift auf einem Kopfkissenbezug zurückließen oder uns ein großes Badetuch holten und nicht immer nur die kleinen Handtücher »fürs Personal«.

Vorwürfe trafen mich, wenn ich in guter Absicht die älteste Wäsche nahm, die nie benutzt wurde und im obersten Fach lag. »Das ist die Aussteuer deiner Urgroßmutter«, wurde mir erklärt, »die kostbarsten Stücke, alle handgenäht. Sie sollen liegenbleiben und geschont werden, sonst gehen sie kaputt.« Lieber läßt man sie also im Schrank einen langsamen Tod sterben – dachte ich –, als daß irgend jemand etwas davon hat? Und so bekam ich Lust, das Alte wegzuwerfen.

Die gleichen Sparsamkeitsregeln galten auch in der Küche, die wie die Wäsche meiner Mutter unterstand. Immer fades, geschmackloses Essen ohne Saft und Kraft, ohne Salz, weißes Fleisch oder freitags Fisch ohne Würze, gekochtes Gemüse, Salat aus dem Garten mit zu großen Blättern, die man wachsen ließ, damit es mehr wurde, Radieschen, dick und holzig aus dem gleichen Grund, überreife Erbsen, riesengroß und hart, denn sie klein zu pflücken wäre eine Verschwendung gewesen. Viele Suppen oder vielmehr Brühen, Dampfkartoffeln, niemals braungebratene Röstkartoffeln, wie ich sie gern mochte; niemals in Fett Gebackenes oder andere ungesunde, aber leckere Dinge, niemals aufwendige Süßspeisen mit Sahne und Creme und nicht einmal Eis oder Obst außer den kleinen Äpfeln aus dem eigenen Garten oder den getrockneten Weinbeeren, eher Rosinen als Trauben, die in der Vorratskammer neben dem Keller hingen. Immer wenig Öl, wenig Butter, wenig Gewürze, aus drei Gründen zugleich: Sparsamkeit, Gesundheit, Vornehmheit.

Kräftig gewürztes Essen, das schöne Obst aus den Läden, aufwendige Süßspeisen galten als ordinär. Erlaubt waren als Süßspeisen nur Mürbeteigkuchen, Sandkuchen oder vielleicht Obstkuchen, aber ja nicht zu oft, unter der Woche womöglich, ohne einen triftigen Grund zum Feiern. Zuviel Verschwendung, zuviel Luxus, wie bei Neureichen. Wirklich gewöhnliche Gerichte wie Polenta oder Knödel waren dagegen erlaubt und wurden aus unerfindlichen Gründen für gut gehalten. Und da in der Küche die Regel »nichts wird weggeworfen« noch strenger galt als anderswo, mußte sich die Köchin mit den Resten abplagen, bis das letzte Stückchen verschwunden war, nicht im Freßnapf des Hundes oder im Hühnerstall, sondern in unseren Mündern. Die Reste kehrten zwei-, drei-, viermal wieder und wurden trotz der ständigen Umwandlungen immer trostloser. Wenn wir dann etwas auf dem Teller ließen, das Fett vom Suppenfleisch oder die Fischhaut, fanden wir es zu jeder Tageszeit wieder auf dem Tisch, einmal sogar beim Frühstück. Und deshalb bin ich schnell damit bei der Hand, alles wegzuwerfen.

Wer weiß, vielleicht war das Essen bei dem Fräulein, das uns Klavierunterricht gab, besser als bei uns, weniger vornehm, aber schmackhafter. Wenn ich daran zurückdenke, roch ich manchmal so etwas wie Küchengeruch, wenn auch vom Duft ihres Puders oder dem der Veilchenbonbons überdeckt, die sie in einem Kristallglas auf der Kommode stehen hatte. Er sickerte durch die Türen, dieser ordinäre Einfache-Leute-Geruch nach Gebratenem, kroch unter die anderen Düfte, ein wenig diffus, abgemildert sozusagen, aber ich roch ihn.

In der schönen Jahreszeit kam sie zum Unterricht zu uns nach Hause, in der schlechten mußten wir in Begleitung oder allein zu ihr gehen. Sie war groß, die Klavierlehrerin, dünn, mit kleinen, vollkommen geraden Füßen, so daß man den rechten nicht vom linken unterscheiden konnte. Sie sprach mit sanfter Stimme, immer lobend, immer geduldig. Sie hatte im Klavierzimmer – dem einzigen, das ich von ihrer Wohnung kannte – überall Porzellandosen mit Keksen, Bonbons und Pralinen stehen. Nach der Stunde durften wir davon nehmen, aber das erzählten wir zu Hause nicht.

Einmal sah ich Papas Handschuhe auf dem Tischchen im Eingang liegen, und einmal vielleicht auch seinen Hut. Er wird gekommen sein, um die Stunden zu bezahlen, sagte ich mir, aber seltsam, denn normalerweise kümmerte sich Mama um diese Dinge. Während des Unterrichts zu Hause kam gelegentlich jemand von den Eltern herein, um uns einige Minuten zuzuhören, und wenn es unser Vater war, wurde das Fräulein aufgeregt und errötete. Sie erhob sich sofort und wagte nicht, ihn anzusehen; erst wenn er ging, entspannte sie sich wieder. Ich wunderte mich also, daß das Fräulein uns nichts zu den Handschuhen auf dem Tischchen sagte. Da Papa an jenem Tag nicht mit uns gegessen hatte, war ich auf den Gedanken gekommen, er könnte bei dem Fräulein gegessen haben, wo die Essensgerüche besser waren als bei uns. Aber wenn ich es mir recht überlegte, konnte ich mir nicht vorstellen, wie er plaudernd mit dem Fräulein in ihrer Küche oder in dem kleinen Wohnzimmer saß, denn ein Eßzimmer, so schien mir, gab es dort nicht. Sie hätte weder gewagt, das Wort an ihn zu richten, noch hätte sie in seiner Gegenwart gegessen.

Dann passierte es eines Tages, daß ich einen Klavierauszug bei dem Fräulein vergessen hatte: *Schumann, Klavierübungen* hieß er, und wir hatten einige Seiten daraus zum Üben aufbekommen. Ich ging zurück, um ihn zu holen, und hörte von der Haustür aus die Stimme meines Vaters, was meine Hand von der Klingel zurückhielt. Er sprach mit seiner freundlichen Stimme, die uns nur selten zuteil wurde, wenn Papa sich und seine Rolle zu vergessen schien. Er lobt sie, dachte ich, weil er gehört hat, daß wir gut spielen. Aber ich lief still fort und erzählte zu Hause nichts.

Ich entdeckte auch noch andere Spuren von ihm in der Wohnung des Fräuleins, eine gelbe Zeitung, die ich nie bei anderen gesehen habe außer bei ihm, Zigarrengeruch und seltsame Launen bei unserer Lehrerin, die gewöhnlich so sanft, so liebenswürdig und so beharrlich in ihrer entschlossenen Begeisterung für unsere pianistische Zukunft war. Das übrige ahnte ich, obwohl es mir schwerfiel, mir das Fräulein, steif wie eine wohlerzogene Puppe, das makellose Gesicht reichlich gepudert, in den Armen meines Vaters vorzustellen, während sie ihn mit zitternden, bonbonrosa bemalten Lippen küßte und ihre trockenen Hände mit den makellosen Nägeln, die bestimmt nicht angemalt waren – um Himmels willen! –, ihn streichelten. Bestätigt wurden meine Vorstellungen später durch den Klatsch und Tratsch in der Küche.

Es gab dann noch einige andere, als das Fräulein offensichtlich zu verstaubt wurde, als sie anfing, ihr Haar, das hier und da vom Blond ins Blau hinüberspielte, mit einem Netz zu bedecken, um es in Ordnung zu halten, als jene guten Soßen, die ich roch, nicht mehr halfen, ihn zu verlocken. Eine englische Gouvernante zum Beispiel, die eines Winters gekommen war, um uns zu betreuen. Sie hatte lange Fingernägel, erinnere ich mich, und weinte oft in ihrem Zimmer, mit seltsamen Schluchzern in den höchsten Tönen, rasch hintereinander, anders als wir. Anfangs aus Heimweh und wegen unseres feindseligen Verhaltens, später, als das eine wie das andere vorbei war, aus anderen Gründen.

Eines Nachts – aber für Kinder beginnt die Nacht um acht, und vielleicht war es deshalb erst abends – mußte ich weinen, weil ich Angst vor der Dunkelheit hatte. Ich stand auf, um bei der Engländerin, unter deren Tür ich Licht hervorschimmern sah, Trost zu suchen. Ich fand meinen Vater vor ihr kniend, während sie die Beine geöffnet hielt, und erst Jahre später wußte ich, was er dort gemacht hatte. Ich dachte – hinterher – daran, daß er ebenso kniend sonntags die Kommunion nahm und uns dabei mit inquisitorischem Blick ansah, wenn wir in der Bank sitzen blieben. An jenem Abend lief ich in mein Bett zurück und hoffte, daß er mich nicht gehört hatte. Meine Tränen trockneten, und mir blieb auch keine Zeit mehr, Angst vor der Dunkelheit zu haben, denn an ganz andere Dinge hatte ich nun zu denken, die geheimnisvoller waren als die Dunkelheit und beunruhigender. Nach einigen Monaten wurde die englische Gouvernante, die nie aufgehört hatte, nachts in ihrem Zimmer zu schluchzen, fortgeschickt. Von dem Fräulein wurde nicht mehr gesprochen, aber inzwischen hatte ich begriffen, worauf man achten mußte, um zu erkennen, ob es zwischen zweien ein Einverständnis gab. Vor allem auf die Gesichter der Frauen, wenn ein Mann spricht, auf ein gewisses Lächeln, den Klang der Stimme; oder bei ihm eine Lustigkeit, die er sonst nicht zeigt, eine vertrauliche Miene, wie wenn man ein Geheimnis teilt, eine bestimmte Art, sich ganz dicht über sie zu beugen und ihr etwas Scherzhaftes zu sagen. Oder auch, im Gegenteil, wenn ein Mann eine Frau völlig ignoriert, so tut, als höre oder sehe er sie nicht.

Auf diese Weise habe ich viele Geschichten von Papa bemerkt oder erahnt, und ich überwachte ihn wie ein Gendarm, belauerte ihn jedesmal, wenn ein Frau zugegen war, hin und her gerissen zwischen Angst, Abscheu und dem Wunsch zu erfahren, wie es ausgehen würde. Zum Beispiel kam einmal eine Cousine meiner Mutter, die wir liebten, weil sie uns immer ein kleines Geschenk mitbrachte. Sie war dick, gutherzig und hatte einen großen Busen. Sie war mit anderen zusammen zum Tee gekommen, den wir im Garten tranken, wo wir in Korbstühlen auf dem Rasen saßen. Aber ich hatte mich, um niemanden begrüßen oder womöglich gar Tee einschenken zu müssen, auf einem dunklen Baum versteckt, auf dessen Ästen man leicht wie auf einer Leiter hinaufklettern konnte. Nach einer Weile sah ich meinen Vater Arm in Arm mit der Cousine in meine Richtung kommen und im Schutz der Büsche stehenbleiben.

Die junge Dame hatte etwas Ungewöhnliches an sich, war weniger gutmütig als sonst, weniger lustig, nicht so spontan. Sie wirkte angespannt – das sah ich sogar von weitem –, bewegte sich geziert, hielt den Kopf graziös, redete im Flüsterton, ohne wie sonst lauthals zu lachen. Ihre Hände, die ich als schöne große, ruhige und friedliche Hände kannte, umschwirrten anmutig meinen Vater, sein Gesicht, seinen Hals, seine Brust, seine Schultern. Er fing an, sie auf den Mund zu küssen, und nach einer Weile sah ich, daß er sie unter der Bluse küßte. Sie waren verborgen, aber nicht weit von den anderen entfernt, die Tee tranken und deren Stimmen man gut hören konnte. Plötzlich, als ich wieder zu den beiden hinsah, nachdem ich einen Moment auf das Geplauder der Gruppe gehorcht hatte, sah ich, daß die Cousine fast nackt war. Der heruntergerutschte Unterrock gab den Blick auf ihren großen, schweren weißen Busen frei, den sie leicht mit den Händen stützte, wie um ihn besser zu zeigen. Diese helle Nacktheit zwischen dem frischen Junigrün der Blätter machte einen merkwürdigen Eindruck auf mich: Sie erschien mir fehl am Platz, unpassend, so unpassend wie jemand, der im Badezimmer, umgeben vom Weiß des Marmors und der Keramik, einen Teller Suppe äße.

Auf einmal rief mich Mama mit lauter, langgezogener Stimme, um mich noch mehr Milch holen zu schicken; sie fand sich mit meinem Schweigen nicht ab, sondern rief wieder und wieder. Ich rührte mich nicht, aber die Cousine bekam Angst: Sie raffte sich auf, kam zu sich und nahm wieder die schlichte, vernünftige Art an, die ich von ihr kannte. Als wäre sie allein, zog sie sich langsam, sicher, ohne weiter auf ihre Bewegungen zu achten, wieder an. Mein Vater versuchte, sie zurückzuhalten und mit erneuten Umarmungen und Küssen den Ablauf zu verzögern, aber sie schob ihn einfach mit dem Arm zur Seite, als wäre er lästig. Ich beobachtete sie genau, als wir wieder bei den anderen waren: Nur weil ich Bescheid wußte, schien sie mir leicht gerötet, leicht verwirrt, beinah ängstlich. Er dagegen war wie immer brillant mit den Gästen, scherzte mit der Cousine ebenso wie mit den anderen, als hätte er die Zahl der Worte, die Häufigkeit des Lächelns und der Aufmerksamkeiten, die es jedem zu widmen galt, genau bemessen.

Irgend etwas jedoch mußten jene Umarmungen im Herzen der Cousine hinterlassen haben. Sie kam nun öfter, zur Freude von Mama, die ihr sehr zugeneigt war. Bestimmt machte sie auch meinen Vater glücklich, wenn ich sie auch nie mehr zusammen gesehen habe wie jenes eine Mal. Wohl aber gehört.

Ich ging zum Üben ins Klavierzimmer hinauf, als ich Papas Stimme vernahm, ganz aus der Nähe, aber gedämpft, als lehnte er an der Tür:

»... Du könntest auch hier schlafen.«

»Und dann?«

»Das laß nur meine Sorge sein ...«

»Du bringst mich noch so weit, daß ich mich schäme.«

»Aber es gefällt dir doch.«

Es kam keine Antwort. Vielleicht hatte die Cousine gelächelt. Dann hörte ich sie beide seufzen, aber vielleicht war es auch nur Einbildung.

Ich lernte zu der Zeit viel von Papa. Indirekt daraus, wie er und seine Freundinnen sich verhielten, indem sie hinterher immer taten, als wenn nichts wäre, locker und gleichgültig miteinander umgingen, auch wenn sie sich fünf Minuten vorher noch umarmt hatten. Direkt, weil er keine Gelegenheit ausließ, uns etwas zu verbieten, uns zu drohen, uns zurechtzuweisen und uns Befehle zu geben.

»Ich will nicht, daß ihr mit Jungen redet.« »Ihr dürft beim Laufen nicht die Beine zeigen.« »Hört auf, auf die Bäume zu klettern, aus dem Alter seid ihr heraus.« »Und du, Virginia, zeig ein bißchen mehr Anstand, das Kleid ist zu eng, ich will keinen Lippenstift sehen, diese Locken sind albern, wem willst du mit diesem Parfum gefallen?« Oder: »Du bist zu kokett, du gehst nicht regelmäßig zur Kommunion, ich möchte dich in der Kirche andächtiger sehen.« Mein Vater war der Hüter der Moral im Haus und wachte darüber, daß sie eingehalten wurde. Diese Moral schloß auch saubere Fingernägel bei Tisch, die Länge der Röcke, die Farbe des Lippenstifts und sogar die Häufigkeit des Lächelns gegenüber einem männlichen Gast mit ein. Es spielte keine Rolle, ob er alt oder jung war: Gefahr bestand seiner Meinung nach immer. Es wurde auch keine Ausnahme geduldet, nicht einmal bei Onkeln und Vettern.

Einmal ließ ich mich bei einem Fest von einem jungen Mann unterhaken, und irgendwann legte ich ihm, um mich erwachsen zu fühlen, eine Hand auf die Schulter, wie ich es bei anderen Leuten gesehen hatte. Am Abend bekam ich, in Gegenwart aller, Bemerkungen meines Vaters über die mangelnde Vornehmheit dieser Geste zu hören und über die Vertraulichkeit, die ich diesem fast Unbekannten gestattet hätte. Er hielt mir eine Strafpredigt, daß ich der Familie damit Sorgen bereitete und daß man mich ins Internat geben müßte. Und als er sah, daß ich nicht mit hinreichender Zerknirschung reagierte, setzte er hinzu, daß ich kein Moralgefühl hätte und nicht Gut und Böse unterscheiden könnte.

Mama schwieg bei alledem, weinte hin und wieder, betrachtete ihren Wäscheschrank, zählte die Einmachgläser und die Marmeladen, die in einem anderen Schrank standen, und stickte Kreuzsticharbeiten.

Sie wartete, bis mein Vater alt war und ihm die Kräfte fehlten, um sich für alles, was sie hatte erdulden müssen, zu rächen. Fast den Rest ihrer Tage ließ sie keine Gelegenheit aus, ihm etwas vorzuhalten, niemals das, was tatsächlich vorgefallen war, sondern Schatten von Schatten. Mit beharrlichem, unersättlichem Groll, mit täglichem Gift ließ sie ihn alles bezahlen, jeden Blick auf eine andere, jeden Kuß, jede Liebkosung, jede Umarmung. Sie warf ihm den Sonnenschein vor, wenn Regen nötig war, Wind und Gewitter, wenn sie schönes Wetter erwartete; wenn die Rosen nicht gediehen, war er schuld, weil er keinen Dünger besorgt hatte, wenn es kein warmes Wasser gab, hatte er es auf irgendeine Weise abkühlen lassen. Wenn im Sommer Fliegen im Haus waren, hatte er die Fenster offengelassen, wenn die Birnen in der Vorratskammer faulten, lag es an ihm, weil er nicht die Handwerker bestellt hatte, um die Belüftung der Kammer zu verbessern.

Lange Zeit seines Lebens war er der Stärkere gewesen, derjenige, der alles bestimmt und entschieden hatte; im Alter war sie die Stärkere, weil sie jünger und bei besserer Gesundheit war. Aber ich bin voreilig, ich greife voraus. Die Episode, die mein Leben auf das falsche Gleis brachte, ereignete sich früher, viele Jahre früher. Im letzten Jahr des Krieges, des ersten Krieges.

Wir lebten zu der Zeit in dem schrecklichen österreichischen Dorf, tausend Kilometer weit weg von zu Haus, wohin man uns evakuiert hatte. Obwohl wir weitaus besser untergebracht waren als unsere Landsleute, war der Ort armselig und trist: graue Fabrikgebäude, die sich hinter dem armseligen Städtchen aneinanderreihten, sumpfige Wiesen, die im Herbst und im Frühling zu Schlamm wurden. Weiter weg die Baracken der Evakuierten, die wie die Fliegen starben, an Krankheiten, an Heimweh und auch weil es alles alte Leute, Frauen und Kinder waren. Wir, gut gekleidet und der deutschen Sprache mächtig, wurden geachtet und gut behandelt, sie nicht. Alle redeten sie von ihrem verlassenen Haus, selbst die, die gar keins besaßen. Sie trösteten sich, indem sie sich um die Priester versammelten, die die Messe mit einer Predigt auf Italienisch hielten. Einigen gelang es, das eine oder andere gute Geschäft zustande zu bringen, andere – einige Mädchen – fanden jemanden zum Heiraten, aber ansonsten schafften die Leute aus den Baracken es nicht, sich mit den Einheimischen zusammenzutun.

Mama besuchte die Kranken, und wir mußten sie begleiten. Wir strickten Pullover und Strümpfe für die Soldaten. Wir hatten – wahrscheinlich durch irgendeine Intervention von oben – einen kleinen Obst- und Gemüsegarten und ein richtiges Haus für uns, keine Baracke. Der Garten wurde jedoch regelmäßig geplündert, und die Eier unserer sechs Hühner wurden nachts gestohlen. Deshalb wandten wir uns an Verwandte und Bekannte, die uns Päckchen schickten, aber immer dürftigere, je länger der Krieg dauerte. Bis sie schließlich ganz aufhörten und wir, wie die anderen, zum Tauschhandel mit den Bauern der Umgebung übergingen. In den Baracken waren Schulen eingerichtet worden, aber wir hatten eine Erzieherin, die uns Unterricht gab. Und obwohl Mama den Lebensstil von zu Hause oder wenn nicht den Lebensstil, so doch wenigstens die Zeitpläne, die Rhythmen und die Formen vollkommen nachzuahmen versuchte, gab es trotzdem mehr Freiheit. Der Krieg, das Durcheinander der Evakuierung, die Notwendigkeit, jeden Tag außer Haus zu gehen, um etwas zu essen aufzutreiben, hatten zahllose Lücken in den von unserer Mutter festgelegten Tagesablauf gerissen. Plötzlich durften, ja mußten wir mit Leuten auf der Straße reden, auch wenn es Männer waren, oder wir mußten sogar mit ihnen irgendwo hingehen, um Hühnerfutter oder Brennholz zu holen.

Im Sommer hatten wir mehr freie Zeit und weniger Unterricht: Dann gab es den kleinen See, eher ein Teich als ein See, etwas außerhalb des Dorfes, mit Schilf ringsum und Enten, die die Soldaten abends schossen, mit Bäumen, die Schatten spendeten, und hier und da kleinen Stellen mit grobem Sand, wo man gut ins Wasser hineinkommen konnte. Wir gingen dorthin und nahmen etwas zum Mittagessen mit, Schwarzbrot, in kleine Stücke geschnitten, denn um es mit den Zähnen auseinanderzubrechen, war es zu hart, gekochte Maiskolben und Pflaumen von dem Baum im Garten. Wir nahmen Handtücher mit und unsere weiten Badeanzüge, die hinderlich im Wasser und kompliziert anzuziehen waren. Es war fast nie jemand da, denn die Leute aus den Baracken konnten nicht schwimmen, und die Dorfbewohner kamen lieber nicht mit den Evakuierten zusammen, auch nicht mit uns.

Die einzigen, die kamen, waren die Soldaten aus der Garnison, aber sie sagten uns nur guten Tag oder guten

Abend. Wenn wir allein waren und dort irgendeinen Soldaten vorfanden, zogen wir uns nicht einmal aus, sondern setzten uns nur ans Ufer und hielten die Füße ins dunkle Wasser, um den Blicken zu entgehen, die, wenn auch nur von fern, auf uns ruhten und jede Bewegung belauerten. Im übrigen fixierten sie uns, auch so bekleidet, noch stundenlang, in der Erwartung, daß der Rock ein wenig hochrutschte und die Knöchel sehen ließe. Einige etwas Mutigere versuchten ein Gespräch anzuknüpfen, nur ein paar Worte jeweils, ein Kompliment, aber wir durften nicht antworten, nicht einmal ein wenig plaudern. Ich ging auch allein an den See, wenn es drückend heiß war, jedesmal wenn es mir gelang, mich einer häuslichen Pflicht, dem ewigen Strümpfestricken oder den Besuchen in den Baracken, zu entziehen.

An einem Vormittag entwischte ich dorthin, und niemand war da, vollkommene Ruhe, die ich nicht stören wollte. Deshalb glitt ich, ohne zu plantschen, ins Wasser und schwamm so geräuschlos wie möglich, um nicht die Aufmerksamkeit irgendeines Vorübergehenden auf mich zu lenken. Es war ein schöner Vormittag, der aus dem Rahmen der pflichtreichen Tage fiel.

Von der Kirchturmuhr im Dorf schlug es zwölf durch die drückende Hitze gedämpfte Schläge; und ich stieg eilig aus dem Wasser, denn allem Durcheinander zum Trotz hatte sich Mama erneut an die Zeitpläne geklammert wie an einen Rettungsanker und verlangte, daß wir sie noch genauer einhielten als zu Hause, um unserem entwurzelten Flüchtlingsdasein einen Anschein von Ordnung zu geben. Schnell griff ich die unter einem Baum zusammengelegten Kleidungsstücke und trocknete mich ab, um sie anziehen zu können, ohne daß sie an mir kleben blieben, und fing dann hinter dem Gebüsch an, mir den Badeanzug auszuziehen. Sicher, wenn ich es gemacht hätte, wie es mir Mama und die Gouvernante immer eingeprägt hatten, wäre nichts passiert. Sie sagten, man müsse sich beim Umziehen zuerst das Kleid überstreifen und dann unter dem Rock wie unter einem großen Zelt ganz langsam, ohne sich viel zu bewegen, den Badeanzug herunterrutschen lassen. So daß man sogar sich selber daran hinderte, den eigenen Körper zu sehen. Aber ich hatte diese Regel nicht befolgt.

Als ich schon halb ausgezogen war, hob ich, durch irgend etwas veranlaßt, durch ein Geräusch, eine Luftbewegung, vielleicht einen Atemzug, den Kopf. Drei Meter entfernt stand ein Soldat, der mir erhitzt, mit aufgeknöpfter Jacke und offenem Hemd zusah.

»Geh weg!« befahl ich ihm, nachdem ich ihn entsetzt angestarrt hatte.

»Nein.«

»Ich bitte Sie, gehen Sie weg!«

»Nein.«

»Dann drehen Sie sich um!«

»Nein.«

»Bitte!«

»Nein, bitte«, antwortete er.

Und statt Angst zu haben, statt mir so schnell wie möglich den Badeanzug auszuziehen, mir das Kleid überzuwerfen und nach Hause zu laufen, blieb ich stehen und zog mir vor den Augen des Soldaten, der mich ernsthaft und aufmerksam betrachtete, als wäre er in der Kirche, den Badeanzug ganz aus, so daß ich völlig nackt war. Dann zog ich mich, immer noch ganz ruhig, wieder an, die Unterwäsche Stück für Stück, die Strümpfe, die Schuhe, und während ich es tat, freute ich mich, daß er mir zusah, ja, ein- oder zweimal blickte ich sogar auf, um ihn meinerseits direkt anzusehen. Als schließlich der letzte Blusenknopf zugeknöpft war, zitterte ich, wahrscheinlich rot im Gesicht und völlig durcheinander, am ganzen Leibe. Aber ich hatte mich nicht geschämt, ich fühlte mich kühn wie noch nie zuvor und bedauerte es fast, als auch die letzte Schleife zugebunden war. Erschrockener noch als ich, lief der Soldat davon; ich konnte mich also ungehindert auf den Nachhauseweg machen, mit einem weitaus besseren Gefühl als auf dem Hinweg: Jener Blick hatte mich von all meinen kleinen Wehwehchen, Nöten, Melancholien, Neidgefühlen und Unzufriedenheiten eines jungen Mädchens geheilt. Schade war nur, daß ich niemals mit jemandem darüber würde sprechen können.

Wie angewurzelt sah ich plötzlich ein paar Schritte weiter meine Schwester stehen, die gekommen sein mußte, um mich zum Essen zu rufen, ganz leise, denn weder ich noch er hatten sie kommen hören. Sofort brach mein Wohlbefinden zusammen, und mein Stolz schwand dahin: Sie hatte die Szene mitbekommen, hatte alles gesehen, mein Geheimnis belauert. Ekelhaft erschien mir daraufhin mein Glücksgefühl, schrecklich mein Verhalten. Natürlich sagte sie nichts und verdammte mich dadurch, meinerseits still zu sein, aber ihr Schweigen schien mir anders als sonst, finster, entsetzt, nicht mehr jenes ruhige, tagsüber ein wenig zerstreute Schweigen. Ich fing an zu laufen – und sie hinterher –, damit die Ermüdung des Körpers die Gedanken verjagte, damit sie nicht sah, daß ich ihr böse war. Mit ihrer Anwesenheit hatte sie mir den Vormittag vergiftet, mit einem Blick jenes Erwachsenengeheimnis zerstört.

Daß Clara mit jemandem darüber reden könnte, hatte ich nicht in Betracht gezogen. Doch sie erzählte alles und wer weiß was noch, und seitdem war ich das schwarze Schaf in der Familie, teils nur in ihrer Einbildung, teils auch in Wirklichkeit, denn sie haben nie etwas anderes von mir erwartet. Es war das Ende der Freundschaft mit Clara, und obwohl ich sie später wieder zu kitten versucht habe, ist es mir nicht mehr gelungen; das lange Getrenntsein und das viele Schweigen hatten uns einander entfremdet. Ich wurde von meinem Vater gerufen, als er auf Urlaub kam, und ausgiebig getadelt. Je länger das Gespräch dauerte, desto größer wurde mein Vergehen: Es genügten nicht mehr, wie ich mir eingebildet hatte, ein paar Worte zum Beichtvater und ein Bußgebet, um alles wieder in Ordnung zu bringen. Mir drehte sich der Kopf vor Verwirrung über die Größe meiner Missetat, die ich für kaum schwerer als eine Lüge, einen Streit mit meiner Schwester oder einen Obstdiebstahl in der kargen Kriegszeit gehalten hatte. »Außerdem bist du die Älteste, du gibst Clara ein schlechtes Beispiel, ja, du hast sie mit deinem Betragen schockiert.«

Ich wußte nichts darauf zu antworten, war gelähmt und begriff nichts mehr von den Regeln des Lebens. Mir fiel nicht einmal ein, wie mein Vater mich mit der Musiklehrerin, mit dem englischen Fräulein und Mamas Cousine schockiert hatte. Erst später erinnerte ich mich daran, aber seine Wut war so groß, daß mein Vergehen schwerwiegender schien als seines, vielleicht weil ich noch jung war. Ich versuchte, mich zu rechtfertigen, zu sagen, ich hätte es nicht gewußt, hätte mir nichts Böses dabei gedacht, es sei alles so schnell gegangen, aber die Scham, über diese Szene zu sprechen, die Scham, abstrakt über diese Dinge zu reden, nahm meinen Worten die Kraft, und sie klangen leer und wenig überzeugend. Mir war, als würde ich, von meiner Sünde, dem Verrat meiner Schwester und dem Zorn meines Vaters fortgerissen, versinken.

Das ganze Haus schien von meiner Missetat zu wissen. Mama war mit Sicherheit informiert, schwieg aber, weil sie über heikle Themen immer schwieg, niemals auch nur ein Wort, das unters Kleid hätte schlüpfen, den nackten Körper streifen, mit sexuellen Dingen zu tun haben können. Ich fühlte jedoch ihren erschütterten Blick auf mir, als hätte sie mit einem fremden, mit einem noch nie gesehenen, unbekannten, etwas gefährlichen Menschen zu tun. Aber wenigstens hatte ich bei ihr meine Ruhe, denn sie würde weiter tun, als ob nichts wäre. Und wenn ich jemals den Mut gehabt hätte, darauf zurückzukommen, hätte sie getan, als verstände sie nicht, und hätte rasch das Thema gewechselt. Schlechter erging es mir mit der Erzieherin, die wie ein Hund witterte, was in der Luft lag. Sie hatte den Zorn meines Vaters bemerkt und orientierte sich daran; vielleicht wußte sie es, vielleicht auch nicht. Jedenfalls kontrollierte sie mich wie besessen, pedantisch in allen Dingen, von der Kleidung bis zum Essen, beim Lernen und beim Beten, als müßte ich umerzogen werden.

Auch in der Küche, wo ich mich immer wohl gefühlt hatte, spürte ich andere Blicke als sonst, Mißtrauen, als wäre ich nicht mehr eine von ihnen. Natürlich kam es nicht mehr in Frage, allein zum See zu gehen, auch nicht mit meiner Schwester, nur noch mit Mama oder der Erzieherin, und selbst dann mußten wir mit äußerster Vorsicht baden. Wenn jemand dort war – ein Soldat womöglich, Gott bewahre! –, durften wir uns nicht ausziehen, und unsere riesigen, sittsamen Badeanzüge blieben trocken in der Tasche.

Den Soldaten, der mir zugeschaut hatte, traf ich nicht mehr wieder, nirgends, obwohl ich jeden Soldaten, der mir begegnete, prüfend betrachtet habe. Ich hätte ihn gern wiedergesehen, denn ich empfand ihn als Freund, den einzigen zu der Zeit. Später erkannte ich sein Gesicht – oder glaubte es zu erkennen – in der Zeitung unter den Photos der Gefallenen. Josef hieß er oder Anton, ich erinnere mich nicht mehr. Ich war versucht, meinem Vater die Zeitung zu zeigen, damit er beruhigt sein konnte, aber ich ließ es, um ein Wiederaufleben der Erinnerung, begleitet von neuen Beschuldigungen, zu vermeiden.

Als wir nach dem Krieg wieder zu Hause waren, begann die Suche nach einem Ehemann für mich, obwohl ich erst siebzehn war. Es gab Einladungen, Tee im Salon oder Nachmittagskaffee im Garten – für Bälle war kein Geld da –, damit »die jungen Leute sich treffen können«, wie die Erwachsenen sagten. Dabei war ich die eine, der andere war ein Unbekannter, zumindest für mich.

»Sie versuchen sie unter die Haube zu bringen, damit sie nicht noch mehr Unheil anrichtet«, hörte ich eines der Dienstmädchen sagen, das, als es mich kommen sah, im gleichen Ton weiterredete, aber zu einem ganz anderen Thema überging. Ich wurde rot und hatte auch nicht die Unbefangenheit weiterzugehen, als wenn nichts wäre. So blieb ich stehen und lief dann davon. Als eine Bestätigung für diese Worte sah ich die Überwachung, die man mir schon lange vor dem Krieg hatte angedeihen lassen. Aus dem Bücherschrank des Hauses verschwand ein Reiseführer mit nackten griechischen und römischen Statuen, in dem ich früher nachgeschlagen hatte. Aus dem dunklen Korridor, wohin sie verbannt worden waren, verschwanden gewisse Drucke mit halb liegenden, etwas fülligen Frauen in ausgeschnittenen Kleidern, um die ein junger Mann mit rotem Mund und schmachtendem Blick herumscharwenzelte.

Es veränderte sich auch das Ritual des Badens am Samstagabend in dem grauen Waschbottich, den das Hausmädchen in unser Zimmer schleppte und dann mit drei, vier Krügen heißem Wasser füllte. Es wurde zu einem hastigen Hinein und Hinaus, ohne daß einem mehr Zeit blieb, sich in der angenehmen Wärme zu entspannen oder sich mit dem Schwamm abzureiben, bis das Blut schnell kreiste. Hinein, sofort energisch eingeseift, abgespült und hinaus und gleich ins Handtuch eingewickelt. Geändert wurde auch der Ort des Rituals. Es fand nicht mehr hinter dem Wandschirm statt, wo der Frisiertisch mit dem Spiegel stand, sondern in der anderen Ecke des Zimmers, weit weg vom Spiegel. Der Wandschirm wurde extra dafür jedesmal verschoben. Und Mama kam und paßte auf, wie früher, als wir noch klein waren, daß das Hausmädchen nicht irgendeine Anordnung außer acht ließ.

Meinen Ehemann fand ich selber, aber mich zu verlieben, dazu ließen sie mir keine Zeit. Der Auserwählte war keiner der Teegäste in unserem Haus. Ich lernte ihn am Lido von Venedig kennen, wohin mich eine entfernte Cousine eingeladen hatte. Es war eine Reise gegen Widerstände, sowohl von seiten meiner Eltern als auch meinerseits. Ich wollte nicht fahren, weil ich nichts anzuziehen hatte. Nach dem Krieg waren wir arm geworden, und von neuer Kleidung konnte keine Rede sein. Ich hatte Angst, wie ein Mädchen vom Lande aufzutreten, schlecht hergerichtet, unmodern, in meinen schrecklichen Sonntagskleidern, die im Dorf noch einen gewissen Staat machten, aber außerhalb unserer Grenzen nicht mehr tragbar waren. Papa sagte sofort Nein, weil ihm die Aufsicht dort unzureichend erschien. »Da leben nur Italiener«, argumentierte er, »sie sind abenteuerlustiger als wir und haben weniger Moralgefühl. Sie würde mit neuen Flausen im Kopf zurückkommen.«

Wochenlang wurde darüber gesprochen, und es war Mama, die das Thema immer wieder anschnitt. Schließlich änderte Papa seine Meinung, wahrscheinlich weil ich dagegen war. Es lief wie vorhergesehen. Ich sah schrecklich aus in meinen Kleidern, in denen ich einer Tante vom Lande glich: die Haare schlecht frisiert, der

Schmuck bescheiden. Vergeblich hatte ich meine Sachen durchsucht, um ein passenderes Kleid zu finden, irgendeins, das ich hätte umändern können, damit es mehr Ähnlichkeit mit den Modellen bekäme, die ich sah. Aber es waren nicht nur die Kleider und die Frisur. So viele kleine Einzelheiten unterschieden mich von den anderen Mädchen, daß ich glaubte, alle zeigten auf mich. Die langen, lackierten Fingernägel zum Beispiel, meine waren stumpf und kurzgeschnitten. Oder das Parfum überall, auch in den Haaren. Ich hatte noch nie eins besessen, nur Fläschchen mit Kölnisch Wasser, mit dem ich das Taschentuch benetzte, wie ich es bei Mama und Großmutter gesehen hatte. Die feinen, eleganten, bogenförmig gezupften Augenbrauen, die ein raffiniertes Aussehen verliehen, während meine dicht und unordentlich waren, so daß sie mir wie Büschel vorkamen. Zwar waren die anderen Mädchen schon zwanzig, aber ich sah genauso alt aus, und man hätte den Unterschied nicht bemerkt, wäre nicht meine schreckliche Aufmachung gewesen.

Ich war dauernd ein wenig verkrampft und versuchte, meine Nonnenhände zu verbergen, unglücklich darüber, daß ich angesehen wurde, aber sehr begierig, mir selber jedes Detail anzusehen, um so gut wie möglich zu lernen, wie man sich herrichtete. Ich mußte auch die Demütigung hinnehmen, daß über mich geflüstert wurde. Sie lachten über mich, diese jungen Damen, und meine Cousine verteidigte mich nicht, sondern beleidigte mich höchstens. »Was wollt ihr, sie kommt aus den Bergen. Wir haben sie eingeladen, um ihr was Gutes zu tun, sie kommt nie aus ihrem Tal heraus.«

Seit damals hat, glaube ich, nie mehr jemand abfällige Bemerkungen hinter meinem Rücken über mein Aussehen und meine Kleidung gemacht. Ich lernte alles, und wie ich es lernte! Abends mit der Cousine in einem Zimmer mußte ich mich zusammennehmen, um nicht ins

Kopfkissen zu weinen, und war zum ersten Mal verzweifelt, vielleicht sehr viel verzweifelter als nach jenem Vorfall am See, als alle über mich hergefallen waren. Unglücklich schon bei dem Gedanken, daß ich am nächsten Morgen wieder in meiner bescheidenen Kleidung würde erscheinen müssen. Unglücklich sogar wegen der Schuhe, nur vier Paar, keines davon neu, auch sie schrecklich gewöhnlich und bäurisch. Nachts ging es noch, auch wenn mein Nachthemd züchtig und ohne Stickereien und nicht aus duftiger Spitze und ausgeschnitten war wie das ihre; nachts waren wir wenigstens gleich frisiert, beide die Haare heruntergebürstet, die Schminke aus dem Gesicht gewaschen, ohne Schuhe und ohne Parfum; aber der Tag machte mir zu schaffen.

Zu üppig im Vergleich zu jenen fadendünnen Mädchen, in der Sonne sofort rot im Gesicht trotz Hut und Schleier, wurde ich je unglücklicher, desto plumper. Dahin war meine Unbefangenheit, und in Gesellschaft redete ich so wenig wie möglich, auch um nicht meinen schrecklichen deutschen Akzent zu hören, der mein Italienisch rauh und steinhart machte.

Dies alles schien Giorgio gar nicht wahrzunehmen. Er betrachtete mich, wie man eine schöne Frau betrachtet, und nahm, was immer ich sagte, wohlwollend auf. Er sah weder meine gerötete Haut noch meine Unbeholfenheit, die bäurischen Schuhe, die alten Kleider, die unmoderne Frisur, die Nonnenhände oder die zu üppigen Formen. Er gefiel mir, weil ich mich mit ihm ausruhen und frei und unbekümmert um meinen Akzent reden und mich bewegen konnte, ohne mich ständig in Glastüren und Schaufensterscheiben zu kontrollieren, sogar essen konnte ich, soviel ich wollte, von all den köstlichen, unbekannten Speisen, die die anderen Frauen und Mädchen kaum probierten und mit gelangweilt abgewandtem Gesicht auf dem Teller liegenließen.

Ich konnte tun, was ich wollte, und ihm war es recht. Er gefiel mir, weil er schön anzusehen war mit seiner braunen Haut und dem dunklen Haar, endlich keiner von den farblosen Blonden mehr, die mein Leben bevölkert hatten. Er sprach kein Deutsch und wußte nichts über unsere alte Welt, und auch das gefiel mir. Er gab aus, ohne zu rechnen, vergaß, in die Kirche zu gehen, und gute Manieren waren ihm nicht wichtig: alles Dinge, die ich nicht gewohnt war. Wenn ich erzähle, wie er einmal war, kann ich es fast nicht glauben. Und wenn ich denke, wie er dann im Laufe der Jahre durch mich und durch das Leben geworden ist: nachdenklich, fromm, zurückhaltend mit dem Geld, melancholisch, vielleicht traurig.

Er gefiel mir, weil er sich eine abenteuerliche Flucht für mich ausdachte, damit ich ihn eines Abends am Strand treffen konnte, als die Cousine schon schlief oder vorgab zu schlafen. Ohne mit Worten oder Küssen Zeit zu verlieren, zog er mich sofort aus – und damals waren die Kleidungsstücke schwierig auszuziehen –, liebkoste mich lange, und fast ohne es zu merken, wurde ich seine Geliebte.

Mich zu verlieben, hatte ich keine Zeit, auch deshalb nicht, weil ich sofort verliebt zu sein glaubte. Da war der Prinz, der mich aus der Verzauberung befreien würde, der mich aus der Verdammnis, in jener Welt zu leben, die mir bescheiden, eng, langweilig und freudlos vorkam, herausholen würde. Jemand, der mich außergewöhnlich fand und besser als alle anderen, der mich nicht kontrollierte, tadelte, ausschimpfte. Damals wenigstens, denn später veränderte er sich und fing ebenfalls an, Fehler an mir zu finden, einsilbig zu sein oder gar nicht mit mir zu reden und kaum oder überhaupt nicht hinzuhören, was ich sagte. Er seufzte, ohne mir erklären zu wollen, welches Unglück ihn quälte, und bestrafte mich mit endloser Übellaunigkeit. Außerdem war da noch meine Schwiegermutter, vor der er größeren Respekt hatte als vor mir. Von ihr ließ er sich, stets gefügig, Vorschriften machen, auch wenn sie für mich größtenteils nachteilig waren. Um sie kreisten seine Gedanken mehr als um mich, und jeder Wunsch von ihr hatte Vorrang vor meinen.

Aber damals dachte ich nur daran, ihn zu heiraten, als wäre ich am Ende des Weges angelangt, als könnte ich mich nun setzen, nachdem ich tagaus, tagein auf den Beinen gewesen war. Er dagegen sagte trotz seiner Zärtlichkeiten und Liebkosungen, trotz seiner Blicke und seines Lächelns kein Wort davon. Und je länger er schwieg, desto mehr glaubte ich, ihn zu lieben, für ihn bestimmt zu sein. Wir sahen uns wieder, öffentlich und heimlich; er zögerte weder, zu uns nach Hause zu kommen, noch schien ihn die Atmosphäre abzuschrecken oder ihm Unbehagen zu bereiten. Trotz Mamas Mißtrauen, die sich einen Italiener für mich nicht vorstellen konnte, und der prüfenden Blicke von Papa, denen keine seiner Bewegungen entging. Er zeigte sich lustig, locker und unbekümmert, als wäre er auf einem schönen Ausflug, an einem angenehmen Ort, um in netter Gesellschaft Bergluft zu atmen. Ich saß wie auf Kohlen, und er sagte nichts.

Wenn er fort war, aß ich tagelang nichts, lauerte auf den Postboten und wartete mit beklommenem Herzen auf ein Wort. Aber noch mehr als ich wartete mein Vater, der beschlossen hatte, daß dieser Bräutigam ihm gefiel. Er begann, mich quälenden Verhören zu unterziehen und stellte mir Fragen, auf die ich nicht antworten wollte.

»Einen guten Namen hat er, aber wie ist seine finanzielle Situation? Und seine Absichten? Hat er mit dir darüber geredet? Habt ihr besprochen, wann ihr heiraten wollt?«

»Ich sofort«, hätte ich ihm gern geantwortet, »aber er,

das weiß ich nicht.« Doch ich blieb still oder gab nur vage Antworten: »Ich weiß nicht, noch nicht. Vielleicht warten wir lieber noch ein bißchen.«

»Kennst du denn seine Eltern und seine Familie schon?«

»Nur seine Schwester. Sie ist nett.«

»Vielleicht sollten wir die Eltern einladen. Ich werde Ihnen einen Brief schreiben . . .«

»Bitte nicht«, flehte ich, »es ist noch zu früh.«

»Aber ihr verkehrt seit fast sechs Monaten miteinander.«

»Wir kennen uns seit fast sechs Monaten.«

»Er darf dich nicht so kompromittieren.« Und so weiter, und immer wieder von vorn.

Er redete weiter, und da er aus mir nichts herausbrachte, ging er zu meiner Mutter, und ich hörte sie abends im Wohnzimmer diskutieren. Sie allerdings, nicht sehr begeistert, antwortete einsilbig, ließ sich Zeit; er insistierte, wie besessen von der Angst, ihm könnte eine Gelegenheit entgehen, mich unter die Haube zu bringen. Horchend erfuhr ich, daß er über die finanziellen Verhältnisse Informationen eingeholt hatte, die positiv waren. Wie unangenehm mußte ihm daher der Gedanke sein, diesen unverhofften Schwiegersohn womöglich wieder zu verlieren. Schließlich konnte er es nicht länger aushalten und fing an, Reisen und Besuche zu machen. Während dieser ganzen Zeit sah ich meinen Verlobten nicht mehr, er war wie verschwunden und verstummt. Aber vielleicht durfte ich ihn gar nicht meinen Verlobten nennen: einen Freund, einen Bekannten, wenn er auch mein Liebhaber war. Natürlich kehrte mein Vater nach mehrmonatigen Reisen und Besuchen siegreich zurück und brachte die gezähmte Beute mit, die nun bereit war, ihre Pflicht zu erfüllen. Ich habe nie erfahren, wie er es zu diesem Erfolg seiner Unternehmung gebracht hatte. Mein Freund machte gute Miene zum bösen Spiel. Vielleicht, sicher sogar, liebte er mich auch ein wenig, nur war er noch jung und hatte – am Tag der Hochzeit gerade eben zweiundzwanzig Jahre alt – sein Studium noch nicht beendet.

Ich hätte glücklich sein müssen, und glücklich war ich auch, ihn zu heiraten, nur schien es mir, als sei ich Komplizin eines Schwindels, Gewinnerin des Preises, ohne am Wettkampf teilgenommen zu haben. Und alles begann vergiftet, lief fast von vornherein schief. Ich gab meinem Vater die Schuld, der meine Heirat erdrückt hatte. Nicht nur, daß er sie bereits im Entstehen, noch vor der Hochzeit, durch seine Reisen, sein Drängen und seine Gespräche erdrückte, auch hinterher hat er mir meine Ehe durch seine Anwesenheit erstickt.

Gleich nach unserer Rückkehr von der Hochzeitsreise begann er, nach Venedig zu kommen, wo er vorher nicht mehr als einmal im Jahr gewesen war. Plötzlich schien er sich unter den Italienern wohl zu fühlen. Jeder Vorwand war ihm recht für einen Besuch: Er kam zu einem Theaterbesuch, einem Ballettabend, einer Ausstellung, sogar aus geschäftlichen Gründen, obwohl ich mir nicht vorstellen konnte, was für Geschäfte ein Mann vom Lande in Venedig haben konnte. Und meine – in dieser Beziehung höfliche – Schwiegermutter beherbergte ihn. Er faszinierte, weil er ein brillanter Mann war, mein Vater, er konnte in allen Sprachen Konversation machen und verstand es, wie immer übrigens, die Damen zu hofieren. Ich fühlte mich aber unwohl, weil ich nicht so sein konnte, wie ich wollte, frei von Befangenheit. Ich war wieder angespannt und ängstlich, als wäre ich noch zu Hause. Auch wenn er tatsächlich in Venedig vergessen machen wollte, daß er mein Vater war: Er hatte einen anderen, komplizenhaften Ton, ich und er zusammen in Freiheit, fern von den Blicken meiner strengen Mutter, die, aus welchen Gründen immer, auf diesen Besuchsreisen nicht mitfuhr, während sie ihn früher, als die Reise einmal im Jahr stattfand, stets begleitet hatte. Es verging kein Monat, ohne daß er kam, und in der Familie dachte man, es geschähe aus Zuneigung zu seiner Tochter. Ich nahm an, seine Besuche seien Kontrollbesuche, um zu sehen, wie ich mich aufführte, da er in den letzten Jahren immer um meinen Ruf gefürchtet hatte. Er kam jedoch, weil er eine Liaison mit meiner Schwägerin, der ältesten Schwester meines Mannes hatte, die achtundzwanzig Jahre alt und noch unverheiratet war.

Es gab einen Skandal mit bitteren Reden ohne Ende, und ich wurde natürlich mit dem Schuldigen in Zusammenhang gebracht. Das Mädchen schickte man zu einer Tante nach Triest, wo mein Vater sie noch zwei-, dreimal heimlich besuchte, dann nicht mehr: Die Reise war zu weit, sechs, sieben Stunden mit dem Zug. Mein Mann hat es mir später erzählt. Meine Schwiegermutter verzieh mir Papas Verhalten nicht und behandelte mich schließlich genauso, wie mein Vater mich in den letzten Jahren behandelt hatte: wie eine verantwortungslose, verworfene Person mit zweifelhafter Moral.

Ströme von Gesprächen entsprangen dieser Geschichte, und monate-, vielleicht jahrelang verstummten alle jedesmal sofort, sobald ich irgendwo zur Tür hereinkam. Ich wußte, worüber sie sprachen, immer über meinen halb inzestuösen Vater, der es fertiggebracht hatte, mir einen Stiefbruder-Neffen zu zeugen. Denn das kam noch dazu oder vielmehr, deshalb wurde die Geschichte aufgedeckt, und die Flucht nach Triest sollte diesen Vorfall vertuschen. Wahrscheinlich wußte es auch Mama, denn alle wußten es, aber ihrer Gewohnheit gemäß sprach sie nie darüber, mit niemandem, und schluckte auch diese Kränkung hinunter.

Ich denke an jenes Leben zurück wie an ein anderes, das, zu fern und fremd, nicht mehr mein eigenes ist. Ich habe nur wenige Photos von damals, die anderen sind dort in der Wohnung geblieben. Auf allen bin ich sehr gut gekleidet, denn Kleider gestanden sie mir wirklich großzügig zu. Im Gesicht dagegen sehe ich schlimm aus, ein unechtes Lächeln, wie eingefroren, steif und fast überall zu dick. Aber das lag schon an der Schwangerschaft, über die ich, wie die Photos verraten, nicht besonders glücklich war. Tatsächlich war sie von den anderen gewollt, gewünscht und praktisch befohlen worden. Es lief wie bei der Heirat.

Da sich trotz der häufigen Anspielungen von Schwiegermutter, Papa und Mama zwei Jahre nach der Hochzeit noch immer nichts tat, redete man offiziell mit mir darüber, auch mit meinem Mann, mehr aber mit mir. Ich wurde zum Arzt geschickt, dann zum Pfarrer, dann machte meine Mutter eine Reise, um das Thema zu besprechen. Konnte ich ihnen sagen, daß mein Mann sehr bald nach der Hochzeit die Lust an mir verloren hatte und gewisse Dienstmädchen und Verkäuferinnen vorzog, die nicht schöner und nicht einmal viel jünger, aber vielleicht weniger bäurisch, weniger naiv waren als ich? Ich weiß es, weil ich ihn in dem unbenutzten Gästezimmer überraschte, wo Feuchtigkeit die blaue Tapete verdorben hatte, die meine Schwiegermutter schon lange renovieren lassen wollte: Er war dort mit dem Mädchen, das beim Bügeln half, im Bett. Statt wegzulaufen, blieb sie da, vor Schreck gelähmt oder aus Schamlosigkeit. Ich schloß die Tür und blieb stehen, um mir die beiden anzusehen, und ihm gefiel es, daß ich zusah.

Danach schien er wieder Feuer für mich gefangen zu haben und bat mich oft, aber ich empfand Ekel oder vielleicht Stolz. Klar, daß so die Schwangerschaft auf sich warten ließ.

Durfte ich denen, die mich drängten und an unsere Pflicht erinnerten, so etwas erzählen? Nein, und doch tat ich es, ließ aber jenes letzte Detail mit dem Gästezimmer aus. Dem Pfarrer und dem Arzt gegenüber schwieg ich, aber ich erzählte es Mama und meiner Schwiegermutter.

»Redet mit ihm, es ist nicht meine Schuld, wenn er Vittorina oder die Verkäuferin aus dem Handschuhladen vorzieht!«

»Was meinst du damit?«

»Das, was ich gesagt habe.«

»Unsinn! Und außerdem kennt eine Ehefrau viele Möglichkeiten...«

»Fragt ihn doch!«

Betroffenheit machte sich breit. Um mit meinem Mann zu sprechen, schickten sie seinen Vater. Was er ihm sagte, weiß ich nicht, aber dem Wunsch beider Familien entsprechend, wurde ich schwanger. Jedoch erwarb ich dadurch noch keine Verdienste oder größeres Wohlwollen als vorher. Was ich erzählt hatte, erregte Mißfallen: Über so etwas spricht man nicht. Unzufrieden mit mir und mißtrauisch war von da an auch mein Mann, der es mir damit heimzahlte, daß er mich immer mehr allein ließ. Mich tröstete das Kind, aber mehr als ein Kind brauchte ich einen Mann. Eine Zeitlang allerdings glaubte ich, daß alles sich arrangieren könnte. Auch weil Giorgio viel Freude an dem Kleinen hatte. Er war sehr zärtlich zu ihm und stand ihm auch später als guter Vater immer nah.

Im Sommer, wenn es in Venedig heiß wurde, brachte ich das Kind zu uns nach Hause in die Frische hinauf.

Plötzlich fühlte ich mich dort wohl, vielleicht wegen des Kleinen, der mir Gesellschaft leistete und den die anderen sich gegenseitig streitig machten. Vielleicht weil eine Frau mit Kind zwangsläufig respektabel ist, so daß der Argwohn gegenüber ihrer Vergangenheit in Vergessenheit gerät. Vielleicht weil die Ehe ein wenig enttäuschend gewesen war und auch die Jahre in Venedig mir kein wirkliches Glück gebracht hatten. Jedenfalls fand ich nun dort zu Hause alles schöner als vorher. Sogar die Berge, die hohen dunklen Berge, die den Blick versperrten, erschienen mir weniger trist als früher, weniger bedrückend, besser als das viele Meer, das mich anfangs angezogen hatte. Als ich noch nicht in Venedig wohnte, fuhr ich von Zeit zu Zeit hin, das Meer erschien mir wie ein Versprechen all dessen, was ich nicht hatte: Freiheit, Vergnügen, Liebe. Doch dann hatte sich nach und nach die Ernüchterung eingestellt.

Als das Kind zwei Jahre alt war und ich mich anschickte, den zweiten Sommer im Elternhaus zu verbringen, kam die Nachricht, daß Clara sich verlobt hatte. Ich freute mich für Clara, und dennoch überraschte mich die Wahl des Bräutigams. Nicht, daß sie *ihn* gewählt hatte, denn er stand im Ruf, attraktiv, gutaussehend, auch begütert zu sein und schon seit vielen Jahren Frauengeschichten zu haben. Überrascht war ich, daß er *sie* gewählt hatte, der man nichts Schlechtes, aber auch keine besondere Gabe nachsagen konnte. Sie war weder faszinierend noch schön, noch künstlerisch talentiert und alles andere als reich. »Schlicht« war der Ausdruck, der gut auf meine Schwester paßte, nicht im negativen, aber auch nicht im positiven Sinn.

Nicht häßlich, das kann ich nicht sagen, lange dunkle Haare, dunkel auch die Augen bei einer blassen Haut, sehr dünn oder – um einen netteren Ausdruck zu verwenden – schlank, nicht groß, fast schon dürre Beine und in einer Weise gekleidet, die nur auf dem Lande elegant erscheinen konnte. Ein etwas nichtssagender Typ, so hätte ich sie bezeichnet, wenn auch mit einem gewissen Charakter. Beileibe kein schlechter Mensch, auch intelligent, aber diese Intelligenz nutzte sie nicht, um sich das Leben ein wenig angenehmer zu gestalten. Besondere Leidenschaften habe ich nie an ihr bemerkt, außer ihrer Melancholie, einer untröstlichen Melancholie, aber ich weiß nicht, ob man diese als Leidenschaft bezeichnen konnte. Ich wußte nicht einmal, ob sie irgendein Interesse an Männern hatte. Zu derartigen Vertraulichkeiten konnte ich sie nie bewegen. Außerdem interessierte es zu jener Zeit niemanden, ob ein Mädchen großen oder geringen Gefallen an Männern fand; das war gleichgültig, darüber sprach man nicht. Aber ich sah auch nicht, was einen Mann an Clara reizen konnte, zumindest einen solchen, wie er ihr zugefallen war. Ich wußte, daß trotz ihres altjüngferlichen Äußeren auch sie eines Tages heiraten würde, aber ich stellte mir einen anderen vor, ein wenig wie sie, vielleicht einen reifen, gesetzten Mann mit irgendwelchen wissenschaftlichen Interessen: einen Naturforscher, einen Experten in Wappenkunde oder Kirchengeschichte.

Vielleicht hatte ich Clara falsch eingeschätzt und irgendeine Seite ihres Wesen außer acht gelassen, zum Beispiel ihre Herzensgaben: Wahrscheinlich war sie großmütig, nachdenklich, klug, auch phantasievoll, obwohl man es ihr von außen nicht anmerkte. Sicherlich naiv und unschuldig. Ja, in Liebesdingen sogar völlig unschuldig. Mit Sicherheit hatte sie noch nie jemanden geküßt und umarmt. Vielleicht hatte nicht einmal ich sie nach ihrem sechsten, siebenten Lebensjahr nackt gesehen. Sie las viel, hatte ihre eigene Welt, war fromm. Gut zurechtgemacht, entsprechend gekleidet, hätte auch sie eine gute Figur gemacht, doch das kam selten vor.

Vielleicht suchte ein solcher Mann, der viele Abenteuer hinter sich hatte, ein wenig Ruhe in einer Vernunftheirat; nach all dem Hin und Her mit so vielen Frauen wollte er eine ruhige Ehefrau und gute Mutter und Hausfrau. Ja, manch einer machte es so, aber das waren dann – vielleicht durch die Eltern angeregte – Ehen aus Berechnung. »Zur Vernunft kommen« war ein Ziel, das viele anstrebten, aber nur wenige imstande waren zu erreichen, weil sie Schwierigkeiten hatten, sich auf ein vernünftigeres Leben umzustellen. Ich stellte mir vor, daß meine Schwester von vielen beneidet wurde, vielleicht auch von mir: wegen der Wahl des Bräutigams, aber vor allem weil sie sich mit noch unbeschädigten Illusionen verlobt hatte.

Da ich jedoch diesen Typ von Mann ein wenig kannte, wußte ich, daß ihr schwere Zeiten bevorstanden. Ihr Leben würde ein ständiges Wettrennen werden, damit sie, den Blick immer auf eventuelle Konkurrentinnen geheftet, mit den Schönen der Vergangenheit auf gleicher Höhe wäre. Ich hatte den Eindruck, daß die Wahl meiner Schwester – aber hatte sie ihn denn gewählt? – auf einen Ehemann gefallen war, der allzusehr unserem Vater ähnelte.

Unsere Eltern allerdings waren froh, denn über ihn wußte man alles, bis in mehrere Generationen zurück, was der Großvater und der Urgroßvater gemacht hatten. Man beschäftigte sich auch mit seinem Charakter und dem Einvernehmen zwischen den beiden, aber mehr rhetorisch. Das Wichtigste, worauf geachtet wurde, waren die Familie, die Herkunft und das Geld. Papa vertrat die Ansicht, verliebt zu sein sei schön und gut, aber nicht notwendig und manchmal sogar hinderlich. Besser also, sich nicht zu lieben, sondern befreundet zu sein, dann würde die Ehe ohne weiteres gutgehen. Das sagte er noch nicht damals, aber später, als die Sache passierte. Und er behauptete weiterhin, wenn Clara weniger verliebt gewesen wäre, wäre das Unglück weniger schwerwiegend gewesen.

Froh war also auch ich, wegen meiner Schwester und weil etwas passierte. Was mir gefiel, war die Atmosphäre der Vorbereitungen auf einen Mann. Zu Hause, wo wir bis auf meinen Vater alle Frauen waren, herrschte eine Stimmung wie vor einem besonderen Weihnachtsfest außer der Reihe. Mama war eleganter und trug eine Frisur, die mir neu vorkam, voller, weniger streng als sonst. Ganz zu schweigen von Clara mit ihren neuen Kleidern in Blauviolett, Hellgrün, Weiß, schmal geschnitten an den Hüften, die mager wie bei einem Jungen, aber in diesen enganliegenden Kleidern wenigstens zu sehen waren. Und eine weitere Neuheit: Sie hatte angefangen, Parfum zu benutzen, das heißt Kölnisch Wasser, gut für eine Großmutter, eine alte Tante, aber immer noch besser als der vage Seifengeruch von vorher.

Selbst die Köchin, die wenig Chancen hatte, den Bräutigam zu Gesicht zu bekommen, machte sich durch sorgfältiger hergerichtete Platten bemerkbar. Auf die Auswahl der Gerichte hatte sie wenig Einfluß, denn darüber entschied Mama, aber bei Tisch erschienen die Speisen nun schöner dekoriert als sonst, mit zu Spiralen, Kränzen oder Kuppeln geschnittenen Zitronen, mit Papierkräuseln auf den Hühnerbeinen, mit dunkleren, krosser gebratenen Krusten. Eine Botschaft, die sie uns – oder ihm – schickte, wie um zu sagen: Ich kann nichts entscheiden, aber dies ist mein Geschenk...

Und sogar Beppina, die schlampige Beppina, jung, aber häßlich und mit einer großen Nase, fing an, sich hübscher zu machen. Sie holte einige besondere Schürzen hervor, die das ganze Jahr über zusammengefaltet im Schrank lagen und ihr jetzt ein reinliches, frisches

Aussehen verliehen. Obwohl wir Frauen im Haus uns schon seit geraumer Zeit nicht mehr viel zu sagen hatten – zumindest was mich betraf, die ich seit langem fort und auch vorher schon ein wenig fremd gewesen war –, das gemeinsame Warten auf einen Mann vereinte uns wieder.

Auch um das Haus kümmerte man sich: Geruch nach Bohnerwachs in jedem Zimmer, Blumen überall. Geputztes Silber, aus den Schränken hervorgeholte wertvolle Nippsachen und die Chinoiserien, die sonst weggestellt wurden aus Furcht, die »Mädchen« könnten sie zerbrechen. Die Mädchen waren inzwischen über zwanzig, aber die Vorsicht war geblieben. Licht fiel ins Haus, da die Türen zwischen den Zimmern offenstanden, während unser Vater gewöhnlich umherging und alle Türen schloß. Die Fenster wurden geöffnet, auch die, die ich nur halb verdunkelt kannte, weil Mama die Sonne auf den Vorhangstoffen und Sofabezügen fürchtete und Papa argwöhnte, daß alle von draußen hereinsehen wollten. Abends wurde reichlich Licht gemacht, ohne daß man darauf achtete, Strom zu sparen, wie es uns immer gepredigt worden war. Beinahe fröhlich also war das alte düstere Haus mit den Blumendüften, die abends ins Zimmer drangen und mich mit unbestimmter verzehrender Sehnsucht erfüllten.

Auch ich war von dieser Atmosphäre der Vorbereitungen angesteckt. Aus Venedig ließ ich mir einige meiner besten Kleider schicken, diejenigen, die ich nie mitnahm, wenn ich nach Hause fuhr, weil sie zu elegant und bei uns auf dem Lande unnütz waren. Ich beteiligte mich begeistert an jenem außerplanmäßigen Weihnachten, und wenn wir in einer anderen Familie Schwestern gewesen wären, hätte ich mit Clara gesprochen und sie gefragt: »Wie ist er? Wo hast du ihn kennengelernt? Was hat er zu dir gesagt? Wie hat er dich gefragt, ob du ihn heiraten willst? Freust du dich? Gefällt er dir?« Oder auch: »Zeig mir ein Photo von ihm! Wie ist seine Stimme? Hat er dich schon geküßt?« Doch das ging nicht, das war verboten. Ich weiß nicht, ob es ein ungeschriebenes Gesetz unserer Familie so wollte, eine jener Regeln, denen zufolge man nicht über Liebe und ähnliches sprechen durfte, oder ob nur wir beide voreinander gehemmt waren.

Auch von Mama bekam ich keine befriedigende Auskunft: »Clara hat einen würdigen Menschen gewählt, der sie glücklich machen wird«, war ihr Kommentar. Bald lernte ich diesen würdigen Menschen kennen, und er erschien mir nicht nur würdig, sondern auch schön, schön in jener etwas wilden und unebenmäßigen Weise, wie sie Frauen gefällt, und lustig und melancholisch zugleich. Ich erinnere mich noch, wie ich ihn das erste Mal sah: Er gefiel mir, und wenn ich neben ihm stand, ohne mit ihm zu sprechen, ohne ihn zu berühren, spürte ich seine Gegenwart, bedrängend wie die eines etwas gefährlichen Tieres, das mich forschend betrachtete. Es war nicht sein Parfum, auch nicht sein Geruch oder sein

Atem, es waren sein Geist und sein Körper. Wie man nachts in einem Zimmer in tiefer Dunkelheit und absoluter Stille sofort spürt, ob noch jemand anwesend ist, so hätte ich, ohne ihn zu sehen oder zu hören, genau an dem Punkt, wo er stand, seine Umrisse nachzeichnen können. Lag es an mir? Aber mit anderen hatte ich so etwas nicht erlebt. Oder lag es an ihm, und übte er auf alle Frauen diese Wirkung aus?

Ich hatte nur wenige Worte mit ihm gewechselt, ich wußte nichts von ihm, aber schon spürte ich ihn ständig bei mir, nachts, tags, in der Küche und auf dem Feld, im Salon mit den steifen Sofas oder beim Spazierengehen mit dem Kind. Seine Anwesenheit verfolgte mich sogar, wenn ich mit Giorgio sprach oder auch mit Clara, aber ich mied sie, um ihn zu meiden. Wie ein Schatten, eine Schleppe, eine Krankheit folgte er mir auf Schritt und Tritt, nicht er als Person, sondern seine Gestalt in meinem Kopf, der Gedanke an ihn.

Die Krankheit verschlimmerte sich, weil ich anfing, mit ihm oder besser mit seiner Gegenwart zu sprechen, die wie feste Luft an einer Stelle wärmer war als anderswo, schwerer, raumfüllender, lebendiger. Sieben-, acht-, zehnmal am Tag knüpfte ich eine stumme Unterhaltung mit ihm an, und noch häufiger abends oder nachts; ich sprach und er antwortete, was ich mir vorstellte, wie eine von mir bewegte Marionette. Er sagte mir Dinge, die andere nicht sagten, nichts Banales, wie es Männer sonst zu tun pflegen, sondern besondere, auf mich zugeschnittene Wörter. Wörter, die keine Vokale oder Konsonanten hatten, die ich also nicht wiedergeben könnte, die mir aber direkt ins Herz drangen, ohne den Weg über die Ohren oder das Gehirn zu nehmen.

Begünstigt durch die Tatsache, daß er sehr wenig sprach und mit mir fast gar nicht, konnte ich unsere Unterhaltungen stundenlang dauern lassen. Und obwohl ich es war, die Fragen und Antworten erfand, kam es hin und wieder vor, daß irgendein Satz von ihm mich unerwartet traf und mich beinah erstaunte. Ich war wie eine Pflanze, die sich, weil sie nicht in die Höhe wachsen kann, nach unten entwickelt, am Boden entlangkriecht, sich dorthin ausstreckt, wo man sie nicht sieht. Hoffnungslos in ihn verliebt, lebte ich in Phantasien. Das sage ich mir heute. Damals, nein, damals dachte ich, es läge an meiner besonderen inneren Verfassung. Ich war unsicher, was ich von der neuen Schwangerschaft halten sollte, empfand keinerlei Freude, außer der rein körperlichen. Auch Giorgio hätte gern darauf verzichtet, denn einen Stammhalter gab es schon.

Es waren Wochen unerwarteter, grundloser Glückseligkeit. Ich dachte damals, es käme durch den Reiz der Neuheit, die Erregung bei den Vorbereitungen, die Kleider, die Anproben, die Geschäftigkeit im Haus. Doch es war Liebe, auch wenn ich es nicht wußte. Es hätte ja für mich gar kein Glücksgefühl geben dürfen, denn es war nicht mein Fest, ich war nicht an der Reihe, mir standen kein Wort, kein Blick zu. Außer meinen heimlichen Unterhaltungen und meiner Wahrnehmung seiner Gegenwart höchstens ein Lächeln von Schwager zu Schwägerin, zwei, drei nur aus Höflichkeit hingeworfene Worte.

Sie waren so stark, meine Phantasien, so wirklich, daß ich nichts anderes wollte. Doch da war diese magnetische Kraft, ich weiß nicht, ob in mir oder in ihm, die uns nach einer Weile zueinander hinzuziehen begann und uns dazu brachte, immer näher zusammenzusein, nebeneinander bei Tisch zu sitzen, uns gleichzeitig auf eine Tür zuzubewegen, nacheinander in den Garten hinauszugehen und ständig aus Zufall nur wenige Meter, Zentimeter voneinander entfernt zu sein. Nein, er sah mich nicht an, aber ich konnte nicht glauben, daß er nicht an mich dachte. Er machte keinen Schritt auf mich zu, kein Wort mehr als notwendig, kein Blick, keinerlei Aufmerksamkeit. Er war gleichgültig, aber er tat nur so als ob. Ich wußte es, ich weiß es. Es konnte nicht anders sein: Er, dessen Gegenwart ich spürte, mußte die meine ebenfalls wahrnehmen. In meinen Phantasien über uns war ich schöner, jünger, besser gekleidet, provozierender; voller Ironie und Anmut, bescheiden und kühn zugleich, leidenschaftlich und verführerisch. Wahrscheinlich träumte ich mir auch ihn schöner, als er war.

Abgesehen von seinem Gesicht, das ein wenig benommen war wie das eines unausgeschlafenen Kindes, seinen weichen und ungeschickten Händen, seinem etwas trägen Körper mit den zerstreuten Bewegungen und seiner gesetzten, ruhigen, distanzierten Stimme wußte ich nichts über ihn, weder wie er war, noch was er dachte. Vielleicht war er sogar dumm, und ich wußte es nicht. Doch nein, ich wußte alles, nicht umsonst hatte ich ihn Tag für Tag betrachtet und versucht, jedes seiner Worte zu ergattern, jeden Satzfetzen aus der Unterhaltung zu isolieren. Ich sammelte alles wie kostbare Steine in ein Säckchen und schüttete es abends auf meinem Bett aus, um mir den Inhalt abermals anzuschauen und Stück für Stück zu untersuchen, neu zu ordnen, zu zählen und nochmals zu zählen und festzustellen, ob ich schon reich geworden war oder noch warten mußte.

Wenig hatte ich zu sammeln, zumindest wenig, was ich als mir gehörig betrachten konnte und nicht meiner Schwester oder jemand anderem aus der Familie: fast immer ein guten Tag oder guten Abend, manchmal das zufällige, flüchtige Berühren einer Hand, eines Arms, das ich jedoch als Liebkosung deutete. Hinzu kamen die Phantasien, die stummen Zwiegespräche, die ich abends, während ich auf den Schlaf wartete, nochmals Revue passieren ließ und verschönert und vervollständigt erneut durchlebte.

Habe ich meine Schwester beneidet? Habe ich sie gehaßt? Ich wollte nur, daß sie nicht da wäre, daß sie ihre Absicht änderte, sich Zeit ließe, auf einen anderen Bräutigam zu warten. Doch das waren Gedankenspiele, ich versteifte mich nicht darauf. Ich versuchte mir vorzustellen, wie es hätte sein können, wenn er nicht mit ihr verlobt und ich nicht verheiratet, Mutter eines Kindes und mit einem weiteren schwanger gewesen wäre. Ich wäre sogar gern schwanger gewesen, aber von ihm, und ich stellte mir vor, es wäre so. Ich hatte mir eine Welt für mich geschaffen, lächerlich, noch wie ein junges Mädchen, obwohl ich schon lange eine Frau war. Es dauerte eine ganze Weile, dieses Spiel, und als das Kind geboren wurde, fand ich, daß es ihm ähnlich sah. Es wurde der meistgeliebte, aber auch der mißratenste Sohn.

Als die Unterhaltungen, ja, auch das Liebesgeflüster, die endlosen Wortgeplänkel, die uns – im Traum – einander immer näher gebracht hatten, erschöpft waren, begannen die Umarmungen und Liebkosungen. Ich gewährte mir immer nur wenige zur Zeit, damit nicht gleich alles zu Ende war. Ich ging behutsam vor, damit es ewig dauerte. Sein Kopf auf meiner Schulter, in der Halsbeuge, ich fühle seine Wange auf meiner Haut, etwas borstig, weil es schon Abend ist, seine Hand, die sich leicht und nicht mehr ungeschickt bewegt, meine Hand, die versucht, ihn zu entdecken, um ihn kennenzulernen, zu fühlen, wie er beschaffen ist, und seine Geheimnisse zu erkunden, die er mir nicht zeigt, wenn er hinter Clara durch das Haus geht, fremd, unberührbar, nicht mir gehörig.

Und Clara? Sie war so selbstbewußt, wie ich sie noch nie gesehen hatte, und zu Recht glücklich. Ich konnte die Gedanken nicht verhindern, die sie mir suggerierte: Siehst du, schließlich ist meine Bescheidenheit doch belohnt worden. Findest du nicht, daß mein Verlobter besser ist als dein Mann? Gefällt er dir nicht auch? Wir werden eine gute Ehe führen, nicht so eine wie deine, die schon bröckelt. Du, die du nur Kleider und Vergnügungen im Kopf hast, weißt nicht, was wahre Liebe ist. Ein bißchen tust du mir leid, meine arme Schwester, weil ich mehr Glück gehabt habe als du. Aber sei nicht neidisch, du hast ein hübsches Kind, und außerdem hast du das Alter der Leidenschaften hinter dir. Nicht ein Wort kam ihr über die Lippen, im Gegenteil, sie lächelte mich an. Oh, wie sie mich anlächelte! Und diese Reden gab es nur in meiner Vorstellung.

Doch es kam der Tag, an dem ich den Eindruck gewann, daß auch er in den gleichen Phantasien lebte wie ich. Es war bereits in der schönen Jahreszeit, der Hochzeitstermin nicht mehr allzu fern, und wir waren im Garten. Wir Frauen pflückten Lindenblüten für den Tee im Winter, jede mit ihrem Korb, und die Männer saßen um uns herum. Auch jemand vom Personal, vielleicht Beppina, vielleicht die Köchin, war aus dem Haus gekommen, um uns zu helfen.

Und als mein Korb voll war, setzte ich mich neben ihn auf die weiße Holzbank mit den gußeisernen Füßen und Armlehnen, die leuchtend grün gestrichen waren wie Blätter. Auf der anderen Seite saß Clara, und wir hatten nicht sehr viel Platz. Ich erinnere mich an das Kleid, das ich anhatte, kein besonders schönes, ein Kleid für die Arbeit, geeignet, um die an den Baum gelehnte Leiter hinauf und hinunter zu klettern. Es war fliederfarben, eine Farbe, die mir nicht steht; ich hatte den Gürtel abgenommen, um besser arbeiten zu können, und wegen der Hitze die Ärmel aufgekrempelt. Meine Haare waren vom Lindenlaub zerzaust, der Rock mit Sicherheit zerknittert.

Ich sehe mich noch gut dort auf der Bank sitzen und sehe auch die anderen: Mama, in die Arbeit vertieft, schnell, akkurat – sie machte es schon seit Jahren, und im Winter war sie es, die die Teeaufgüsse überwachte –, mit einer großen blaugrauen Kittelschürze, derselben, die sie auch trug, wenn sie Quittenmus kochte, eine Arbeit, die sie nicht von der Köchin machen ließ. Unseren Vater, der uns voller Wohlgefallen mit einer so nützlichen Arbeit, einer für Töchter aus gutem Hause so schicklichen, so geeigneten Arbeit beschäftigt sah. Auch Giorgio irgendwo, aber weiter weg, undeutlicher – vielleicht nur, weil ich mich nicht so genau an ihn erinnere –, und die Gouvernante mit dem Kind, so von der Hitze überwältigt, daß ihr bisweilen die Lider zufielen.

Ich habe die Szene im Kopf wie eine Photographie, die vielleicht einmal existiert hat; ich sehe uns starr in unseren Positionen, eine in der Luft angehaltene Bewegung, eine Haarsträhne, die unbeweglich Claras Kopf umflattert, die Hand meines Vaters an die Stirn gehoben, wie um sich gegen die Sonne abzuschirmen, die ihn beim Zeitunglesen stört. Und doch haben wir alle uns im Lauf der Jahre innerhalb dieses Bildes immer wieder bewegt. In meiner Phantasie.

Mein Vater und meine Mutter haben den Platz gewechselt, das Kind ist hin und her gelaufen, einmal ist es neben mir stehengeblieben, andere Male weiter weg, einmal auch unter dem Lindenbaum; Clara saß nicht immer so dicht neben ihrem Verlobten, wie es mir jetzt scheint, und ihr Kleid, da bin ich sicher, war nicht immer weiß. Jede Szene hat ein paar Jahre gedauert, dann hat sie sich gewandelt. Nur eines hat sich nie verändert, die Erinnerung an jenes heißkalte Gefühl, als er meinen nackten Arm berührte. Es brauchte eine Ewigkeit, Minuten fast, bis ich begriff, daß es keine zufällige, sondern eine absichtliche, furchtsam, aber hartnäckig gesuchte Bewegung war. Auch er hatte die Ärmel hochgezogen, und da ich neben ihm saß, konnte es passieren, daß wir uns berührten, doch obwohl ich es gewünscht und erfunden hätte, achtete ich genau darauf, daß es nicht dazu kam. Er streifte also meinen Ellbogen, einmal, zweimal und dann noch einmal; er schob seinen Arm vor, unsicher, aber entschlossen, bis sein Arm an meinem lag, und ich zog ihn nicht weg.

Es war, als hätte er von mir Besitz ergriffen, und ich hätte mich in Besitz nehmen lassen. Wir wollten uns nicht mehr voneinander lösen, beide – das weiß ich – verwirrt, und gleichzeitig war es ein Kuß, eine enge Umarmung, die kühnste Liebkosung, die wir je gewagt hatten. Wie gern wäre ich so sitzen geblieben, um es zu genießen. Wir sahen uns nicht an. Wenn ich mich recht erinnere, redete er sogar weiter mit Clara, ihr zugewandt, während er mit mir zusammenwar. Sein Arm war kühl und heiß, oder meiner, ich weiß es nicht, denn ich wußte nicht mehr, wo er war und wo ich. Berührt er mich zufällig, weil die Bank eng ist, und bemerkt mich nicht einmal? Dann jauchzte ich innerlich, denn ich sah, daß er sich auf unnatürliche Weise vorbeugte und mit der linken Hand den Korb heranrückte, statt mit der rechten, um seinen Arm nicht von meinem lösen zu müssen. Wir sahen uns nicht ein einziges Mal an, wir wechselten kein Wort, aber das war auch nicht nötig: Auf diese Weise sagten wir uns alles, was ich tagelang phantasiert hatte und wozu es danach keine Gelegenheit mehr gab.

Als ich endlich aufstand, denn ich konnte nicht länger dasitzen und nichts tun – auch Clara war schon wieder an die Arbeit gegangen –, spürte ich, daß er sich nur widerwillig von mir löste. Auch ich tat es widerwillig, aber glücklich, beruhigt, mit der Gewißheit, ihn wiederzufinden. Es war, als hätte er mich gebeten, seine Frau zu werden. Das ist alles, womit wir Clara betrogen haben; ich, schuldig wegen meiner Träume, er, wegen einer zu engen Bank.

Sie haßt mich, aber sie hat alles für sich behalten. Noch jetzt betrachtet sie mich mit einem Blick, der Anteilnahme an meinem Leben heuchelt, dabei sieht sie mich nicht einmal. Nie hat sie mit mir gesprochen, hat mich nie etwas gefragt, statt dessen hat sie hier und dort kleine Bemerkungen fallenlassen, unter Verwandten, gegenüber dem Personal, so daß alle mich als die herzlos Neidische betrachteten, die das Glück ihrer Schwester zerstört hat. Mir erschien es albern, auf solche Beschuldigungen zu reagieren. Sollte ich etwa sagen: »Wir haben uns nur einmal berührt, mit den Armen, und das vielleicht nur aus Zufall, und ihr alle wart dabei und habt es gesehen?« Ein lächerlicher Betrug, passend zu meinen lächerlichen Träumen, und doch haben die einen wie der andere mich glücklich gemacht. Zumindest in der Vorstellung. Ich hätte reden müssen. Aber zuerst erlaubte es mir meine Angst nicht, der Gedanke, wirklich eine große Sünde begangen, durch meine Phantasien den Bräutigam von seinem Versprechen abgebracht zu haben; später habe ich aus Stolz, aus Rache, aus Gleichgültigkeit nicht geredet. Denn sie hat mich nie etwas gefragt.

Dieser Haß hat unser Leben vergiftet und unsere Gefühle – Freundschaft, Zuneigung, Mitleid – gelähmt. Vergiftet sind wir, und wenn auf der Straße irgendeine Alte aus dem Dorf zu mir sagt: »Ihr Schwestern habt es gut, ihr könnt euch Gesellschaft leisten«, dann klingen solche Worte für mich hohl. Noch heute haben wir, wenn wir eine Zeitlang zu zweit sind, wir beide allein – beim Essen zum Beispiel, wenn nur das Geräusch der Bestecke auf den Tellern im Zimmer zu hören ist –, wenig Gesprächsthemen. Das Wetter und die Temperatur retten uns eine Weile (wie alle Alten widmen wir diesen Dingen viel Aufmerksamkeit und haben überall Thermometer und Barometer hängen). Danach kommen die Gespräche über das Essen, dies ist gut, das ist schwer verdaulich, dies müssen wir noch einmal machen. Oder über das Haus: Jene Wand ist feucht, das Strohgeflecht dieses Stuhls muß erneuert werden, dieser Stoff ist zu verschlissen.

Dann herrscht Schweigen. Niemals ein: »Erinnerst du dich?« Niemals ein Erwähnen von Personen aus der Vergangenheit, das könnte zu verfänglichen Themen führen. Nicht einmal die Kinder darf ich erwähnen, denn sie würde nur vielsagend den Mund verziehen.

Früher fiel es mir leicht, die Leere zu füllen, ich konnte lange über nichts reden, über Kleider, eine Begegnung, eine Unterhaltung, über alles, um nur nicht in jenes Schweigen zu verfallen, das uns sogar hinderte, uns anzusehen. Aber jetzt bin ich müde, es ist, als fehlten mir die Worte, ich habe im Laufe der Jahre zuviel geredet. So sind wir also still, so still, daß man das Essen den Schlund hinunterrutschen hört, obwohl wir vergeblich versuchen, auch dieses letzte Geräusch noch zu unterdrücken, verzweifelt, daß wir nicht noch schneller essen können. Ich leide, aber sie ebenso, und ich habe Mitleid mit mir und mit ihr. Dann sehe ich, wie sie alles hinunterschluckt, auch die Sehnen und das Fett vom Fleisch, die welken Blätter vom Salat, die schon ein wenig verdorbenen Beeren von den Weintrauben, ostentativ, um zu unterstreichen, wie verwöhnt ich bin, weil ich das eine oder andere auf dem Teller lasse, und dann tut sie mir nicht mehr leid. Noch immer will sie mir Lektionen erteilen, den Unterschied zwischen uns, zwischen meiner kapriziösen und oberflächlichen Art und ihrem ernsten, tüchtigen, konstruktiven, unbestechlichen Wesen hervorheben. Doch auch sie ist nach solch allzu langem Alleinsein zu zweit erschöpft und stürzt sich dann in die Küche auf der Suche nach ihrer Beppina, die von ihr zur Sklavin gemacht wird, die arme Frau, sie ist ihr völlig hörig, und zusammen reden sie leise stundenlang, vielmehr sie tuscheln, so daß ich höre, wieviel sie sich zu sagen haben, aber nicht, was.

Ich weiß nicht, wie ich mich trösten soll, ich gehe hin und her in diesem Haus, das nicht meins ist, passe auf, daß ich nicht zu weit über die Grenzen hinausgehe, die sie mir gesteckt haben, mein Zimmer, den Korridor, ein Stück Treppe und noch ein Zimmer, das mein Wohnzimmer sein soll. Natürlich sagen sie nicht: Hier darfst du dich nicht aufhalten. Sie sagen nichts, aber sie schauen, beobachten und reden dann untereinander. Ich weiß nichts mit mir anzufangen. Frei zugänglich wäre der Garten, zumindest hat sie dort nicht ihre Möbel, ihre Sachen, ihre Photographien aufgestellt, um das Terrain abzugrenzen. Ich begebe mich in dieses Niemandsland hinunter, wenn meine Enkelkinder mich besuchen kommen, auch wenn sie sich dann nicht lange bei mir aufhalten, nur gerade so lange, wie für die Unterhaltung nötig ist, bis sie zur Tante hinübergehen. Manchmal würde ich gern ein Gespräch mit ihnen anfangen, etwas über ihr Leben erfahren, sie besser kennenlernen, aber ich sehe, daß sie zerstreut sind und Eile haben, in das andere Territorium hinüberzuwechseln. Clara schenkt ihnen jedesmal etwas, irgendeinen alten Gegenstand, vielleicht auch Geld. Ich täte es auch gern, aber ich habe nichts; sie glauben sicher, daß ich nicht nur arm, sondern auch noch geizig bin.

Was mich am meisten belastet, ist die Einsamkeit. Mein Leben lang habe ich sie gefürchtet wie den Teufel, als wäre sie meine Erbsünde, eine Schuld, die man nicht los wird. Wenn ich jetzt also versuche, allein zu bleiben, um nicht mein Schweigen mit Clara teilen zu müssen, ist es ein Zeichen, daß ich meiner Natur Gewalt angetan habe. Verrückt bin ich geworden wie die Wale, die sich dem Sterben überlassen. Ich schaue dann aus dem Fenster, um Leute vorbeigehen zu sehen, manchmal stundenlang, ich habe ja nichts zu tun. Gelegentlich sieht jemand herauf, vielleicht weil ich mich bewegt oder ein Geräusch gemacht habe oder weil die Fensterscheibe die Sonne reflektiert hat und irgendwo ein Lichtstrahl aufgezuckt ist. Sie sehen eine Alte, deren Haare nicht so ordentlich sind, wie sie es gern hätten, ein verwirrtes Gesicht in der großen Hauswand. Nicht fröhlich, nicht traurig, nichts, eine Alte, die heruntersieht und damit basta, ohne jemanden, an den sie wirklich denken könnte. Später gehe ich wieder hinein, höre Radio oder lege Patiencen, Dinge, die ich früher schrecklich fand und die heute beweisen und bestätigen, daß ich wirklich niemanden habe außer mir selbst.

Durch zuviel Langeweile und zuviel Stille denke ich unweigerlich an die Vergangenheit zurück, erlebe Tage aufs neue, höre Gespräche noch einmal, sehe Menschen wieder. Und Zeiten, die schlimm waren, mit qualvollen Stunden des Unglücklichseins, erscheinen mir heute angenehm. Wie jene Wochen, von denen ich weiß, daß sie eine Qual waren. Ich erwartete mehr, das war das Quälende, eine weitere Berührung des Arms, einen verständnisinnigen Händedruck, eine Umarmung womöglich oder auch nur ein Wort. Daß er mir sagte: »Ja, ich denke an dich.« Ein solcher Satz hätte genügt, nichts Besonderes, Spektakuläres. Einen Weg hätten wir dann gefunden. Zu den Erklärungen, die wir abgegeben hätten, war ich in meinen Gedanken noch nicht vorgedrungen, dieser Teil war noch nicht geschrieben, und ich war zu sehr damit beschäftigt, mir den Satz, das Wort, die Umarmung, vielleicht den Kuß vorzustellen. Alles war festgelegt, der Ort, der Tonfall der Stimme, das Lächeln, meine Angst.

Nichts geschah. Es waren schlimme Tage, während ich auf das Näherrücken des Hochzeitstermins wartete. Es passierte dann auch noch – und das machte mich vollends niedergeschlagen –, daß Giorgio sich in eine andere verliebte. Ihm war das gleiche widerfahren wie mir, aber zu jener Zeit waren die Männer glücklicher dran als die Frauen: Für sie war die Ehe kein Gefängnis, und sie brauchten sich nicht wie ich in Träume zu flüchten. Mein Stolz litt darunter, und es gab ja auch das Kind. Wie oft hatte ich schon daran gedacht, meinen Mann zu verlassen, aber dann hatten mich die Abhängigkeit von meinem Vater und die Angst, es Giorgio sagen zu müssen, zurückgehalten. Ich fürchtete, ihm Kummer zu machen, Bestürzung in seinem Gesicht zu sehen. Um meine Bestürzung wird er sich keine großen Sorgen gemacht haben. Mich erfaßte eine irrsinnige Eifersucht auf jene Frau, die ich vom Sehen kannte: nicht so schön wie ich, nicht jünger als ich, nur neu. Es waren schlimme Tage, und doch erscheinen sie mir in der Erinnerung angenehm.

Da waren die Eltern, die der Welt eine Ordnung gaben und in gewisser Weise das Leben regelten, auch das meine. Gegen mich, gegen das, was ich wollte, wahrscheinlich auch gegen Clara und gegen sich selbst, aber das Haus stand, hatte dicke Mauern, ein Dach, eine Küche, die jeden Tag des Jahres in Betrieb war, stets mit Feuer im Herd, vom ersten Kaffee bis zum letzten Kräutertee. Es war eine große Maschine, die man nicht abstellen konnte, die eine große Leistung und große Wärme produzierte. Wie oft regte sich Mama darüber auf und versuchte die Gewohnheiten zu ändern. »Was für einen Grund gibt es, schon morgens um neun mit dem Kartoffelkochen anzufangen?« fragte sie die Köchin. Und die Antwort war jedesmal die gleiche: »Das haben wir doch immer so gemacht.« Ein unaufhaltsames Getriebe, das die Grundmelodie des Lebens darstellte. Heute weiß ich es, damals nicht. An so etwas dachte ich nicht, und es ärgerte mich. Jetzt brennt nicht mehr den ganzen Tag Feuer, es wird mittags mit einem »ratsch« des Streichholzes angezündet und reicht völlig aus, um unser Krankenhausessen warmzuhalten. Schon um halb zwei ist die Küche wieder kalt, sauber und leblos, und abends belebt sie sich noch weniger, vielleicht nur zehn Minuten Feuer unter dem kleinen Suppentopf.

Ich hätte nicht gedacht, daß ich an solchen Dingen hängen könnte, an der Küche! An den regelmäßigen Rhythmen, an der Ordnung. Ich hatte geheiratet, um all diesen Dingen zu entfliehen, der vorhersehbaren Eintönigkeit der Tage, den unzähligen, strengen Ritualen, die die Monate und Wochen markierten. Nicht nur Weihnachten, Ostern, die Fastenzeit, die Totengedenktage, die Fronleichnamsprozession, die Sonntagsmesse, der Maienrosenkranz, sondern auch die kleineren Rituale, die uns den ganzen Tag über einschränkten: niemals vor den Mahlzeiten Süßigkeiten essen, niemals laut sprechen, niemals ins Ohr flüstern, niemals spät ins Bett gehen, immer früh aufstehen, sich immer bescheidener kleiden als die anderen, immer gerade sitzen, niemals auf der Straße laufen, niemals mit Fremden reden, immer den Teller leer essen ...

Diese Ordnung war unsere Sicherheit: Unser Haus ist eine Festung, gut bewacht und isoliert, damit keine Geräusche von draußen hereindringen können. Und ich verging vor Sehnsucht nach jenem Draußen. Von klein an stand ich so oft wie möglich am Fenster und sah hinunter, auf die Straße, den Platz, die Leute. Regelmäßig getadelt von Mama und Papa, wenn sie mich sahen. »Du benimmst dich wie die Dorfmädchen.« »Das tut man nicht.« »Hast du uns jemals am Fenster stehen sehen?« »Überlaß das den Dienstmädchen.« So begnügte ich mich damit, abends bei geschlossenen Fenstern vom Zimmer aus auf die Straßengeräusche zu horchen, wenn im Haus alles still war und die Stimmen klar und deutlich aus der engen Straße herauftönten. Ich konnte jedes Wort hören, und wenn es Stimmen von Jungen waren, schlief ich nicht mehr und lauschte.

Nachts stieg eine fremde Welt zu mir in mein Zimmer herauf, die mir lebendiger vorkam als meine, die ich mir schöner vorstellte: Flüche von Betrunkenen, Geschwätz und Lachen von Frauen; selbst das Knarren der Ochsenkarren schien mir besser, munterer als die strenge Ordnung zu Hause. Heftig wurde die Sehnsucht, das Verlangen, draußen zu sein, an den Maiabenden, wenn ich die Jungen und Mädchen aus der Kirche kommen, lachen und mit lauten Stimmen reden hörte, während ich schon im Bett sein mußte. Manchmal konnte ich nicht widerstehen und drückte ganz leise die Fensterläden auf, um auf die Straße zu sehen. Sie war in der Dunkelheit belebt und vom Duft der Gartenbäume erfüllt, die ihre Zweige über die Mauereinfassung streckten. Verzaubert beobachtete ich, atmete die Luft ein, schnappte Gespräche auf, soviel ich konnte, bis sich die Menge nach und nach verlief und wieder Stille einkehrte.

Später fand ich Mittel und Wege, aus der Festung zu entkommen, Vorwände, die Tore waren, Lügen und Ausflüchte, die sich als Durchgänge erwiesen, und ich entdeckte, daß diejenigen, die ich von oben aus meinem Zimmer beneidet hatte, die Jugendlichen, die nach dem Rosenkranz auf der Straße vorbeigingen, in Wirklichkeit weder sorglos noch unbeschwert, sondern arme Teufel waren, die vielleicht sogar mich beneideten. Das alles ist vorbei, geblieben ist nur das Haus, die Festung. Aber jetzt suche ich keine Spalten mehr; im Gegenteil, die wenigen, die es gibt, möchte ich fest verschließen. Die dikken Mauern, die verrammelten Türen, die Ketten und Riegel, durch die ich mich früher eingesperrt fühlte, geben mir kein Gefühl von Sicherheit mehr. Ich fürchte immer etwas oder jemanden, der kommt und mich überfällt, besonders abends. Ein Dieb, ein Bösewicht, eine Krankheit, ein Feuer, ein Erdbeben. Ruhelos gehe ich, bevor ich mich schlafen lege, durch das Haus auf der Suche nach Löchern, durch die der Feind eindringen könnte. Ich kontrolliere die Balkone, die Gartenpforte, die Fenster im Erdgeschoß. Manchmal steige ich hinauf, um auf dem Dachboden nachzusehen, falls sich jemand über das Dach eingeschlichen haben sollte, durch die

Fenster, die wegen der Wäsche, die dort zum Trocknen hängt, offenstehen. Meine Angst, auf den großen, schwach beleuchteten Dachboden voller Schatten zu gehen, ist die gleiche wie vor fünfzig, sechzig, siebzig Jahren.

Ich gehe leise, setze vorsichtig einen Fuß vor den anderen, damit der Fußboden nicht knarrt. Denn ich habe Angst vor meinen Geräuschen, die ein Geräusch des Diebes überdecken könnten. Und doch gehe ich und genieße fast täglich meine Dosis Schrecken. Clara und Beppina sagen, ich sei verrückt, und sie haben recht. Wenn ich dann endlich ins Bett gehe, mit der Sicherheit, alles kontrolliert zu haben, spitze ich immer noch die Ohren und stehe wieder auf, um noch einmal die bereits dreimal geschlossene Balkontür zu kontrollieren. Ich fühle den Feind in drohender Nähe. Die Tragödien, die ich in den Zeitungen lese, können doch nicht immer nur anderen widerfahren; eines Tages werden sie auch mich oder uns treffen. Es sind natürlich nicht die Diebe, die ich fürchte; es ist der Tod, vor dem ich Angst habe.

Ich beneide Clara, die offenbar nicht von diesen Gespenstern verfolgt wird. Außerdem hat sie an das Haus, an die Felder, an die Instandhaltung, an das gute Funktionieren der Dinge, an die Erträge zu denken. Darüber hinaus hat sie zu ihrer Aufmunterung die Befriedigung, die Rollen getauscht zu sehen: Ich, die ich Liebesaffären, Ehemänner, Kinder und Enkel hatte, habe jetzt nichts mehr; sie, die immer für sich, niemals verheiratet, niemals von zu Hause fort war, ist solide, ruhig, zufrieden, und meine Enkelkinder sind auch ihre und jetzt sogar mehr ihre als meine.

Als Claras Verlobter nicht zur Trauung erschien, dachte ich, es wäre meinetwegen. Sein Verschwinden kam mir vor wie ein Versprechen. Es spielte auch keine Rolle, daß ich nie ein anderes Zeichen von ihm bekommen hatte als jene unsichtbare, vielleicht eingebildete Liebkosung, geschweige denn ein Wort oder etwas Schriftliches. Ich war ruhig: Er hatte sich in mich verliebt und konnte meine Schwester nicht mehr heiraten. Aus meinem Traum weckten mich die Manöver, mit denen man um mich herum versuchte, die geplatzte Heirat doch noch zustande zu bringen. Er tauchte wieder auf, wie vorher, düsterer als vorher, begehrenswerter, für mich wenigstens. Mir schien, als finge das einige Monate zuvor abgebrochene Spiel wieder von vorne an: die Blicke, das besondere Lächeln, das Suchen meiner Nähe. Oder vielleicht war ich es, die seine Nähe suchte. Der Klang seiner Stimme, der Geruch seiner Kleidung, sein Gang, etwas zögernd, als wäre er schüchtern, zogen mich an. Niemals Worte, nicht ein einziges, abgesehen von der Konversation, die im übrigen obligatorisch war, denn ohne sie wären wir aufgefallen, die anderen hätten wer weiß was gedacht.

Wenn es andere Zeiten gewesen wären, Zeiten wie jetzt, in denen die Leute normal miteinander reden, sich etwas fragen, ohne sich hinter der Konversation verstekken zu müssen, wäre mir ein weiteres überflüssiges Unglück erspart geblieben. Ich hätte ihn gefragt, warum er geflohen und warum er zurückgekehrt sei, warum er mich ansähe und warum er meine Nähe suche. Aber nein, das ging nicht. Ich wollte es, aber man hatte mir nur zu gut beigebracht, daß es verboten war. Vielleicht war es ein Verbot, das nur für Leute wie uns galt, um zu betonen, daß wir anders und über solche Erbärmlichkeiten erhaben waren. Intimität galt, vielleicht weil sie der Promiskuität so ähnlich ist, als eine große Gefahr. Und sei es auch nur eine Intimität in Worten oder nur unter Frauen. Daher rührten alle Übel, die das solide, geordnete, achtbare Leben unserer Familie bedrohten. Und das anderer Familien wie der unseren. Deshalb glitt man über die Themen hinweg, lächelte weiter und bewunderte die majestätische Landschaft, das so milde Wetter, die so angenehme Temperatur, das wirklich ganz besondere Dessert, den exzellenten Wein. Oh, diese liebenswürdige Konversation, die, immer gleichbleibend, wie ein Bächlein plätschernd, Stunden oder auch Wochen dauern konnte – je nachdem wie lange der Gast blieb – und einen betäubte, bis man vergaß, an andere, lustigere, traurigere Dinge zu denken.

Es war wie ein Schutz, ein Puffer, der jeden daran hindern sollte, zu nah heranzukommen. Man hatte uns gelehrt, die Leute durch Konversation auf Abstand zu halten. Als wir dann alle älter, müder, mutloser wurden und die Zeiten sich geändert hatten, fanden wir Gästen, Fremden gegenüber immer noch die Kraft, leicht obenhin zu reden, wie man es uns beigebracht hatte; aber nicht in der Familie. Die Folge war Schweigen. Nachdem diese luftigen, nichtigen Worte verschwunden waren, fanden wir keine anderen mehr. Wir schwiegen, unzählige Mahlzeiten verliefen ausschließlich begleitet vom Geräusch der Bestecke, dem Rascheln des Dienstmädchens, das bei Tisch servierte, einem Husten, höchstens einer Bemerkung über das Essen. Und gleich danach stürzten sich alle auf irgendeine Lektüre, eine Hausarbeit, eine Besorgung, die uns daran hinderte, uns jenes langen Schweigens zu schämen. Wer sich nicht damit abfand und mehr als alle darunter litt, war Mama, die vergeblich versuchte, uns vor dem Schweigen zu retten, und in Ermangelung von anderem eine Zeitung, ein Buch nahm und laut etwas vorlas, was ihr interessant erschien. Wenn niemand ihr zu Hilfe eilte, kommentierte sie die Passage von sich aus, um die in den Regeln nicht vorgesehenen Minuten ohne Konversation zu füllen.

Nichts hat sich geändert, noch immer – oder besser wieder, denn inzwischen war ich einige Jahre fort – schweigt alles. Ich bedaure jetzt, daß ich nicht mehr so Konversation machen kann wie früher. Vielleicht könnten jene leeren, nichtigen Worte als Brücke zu anderen konkreteren, wahren Worten dienen, die Clara und ich endlich wechseln müßten, um zu erklären, was in meinem und in ihrem Leben geschehen ist. Doch diese Kunst ist verlorengegangen, ich wenigstens beherrsche sie nicht mehr, und das Schweigen bedrückt mich wie eine Strafe. Manchmal möchte auch ich es machen wie meine Mutter und laut aus einem Buch vorlesen, doch mir fehlt dazu der Mut.

Es gab dann einen weiteren bösen Streich, die Tatsache, daß Claras Verlobter auch beim zweiten Mal nicht erschien. Ein böser Streich für meine Schwester, die sich von da an viele Jahre lang wie eine Schwerkranke verhielt und auch so behandelt werden mußte; ein böser Streich für meine Eltern, die bestürzt und gekränkt waren und diesen Affront nicht begreifen konnten; ein böser Streich auch für mich, die ich mir Illusionen gemacht hatte und doppelt bestraft war, denn ich konnte nicht die Kranke spielen, von mir durfte niemand etwas wissen. Zwei-, drei-, viermal verhöhnt fühlte ich mich, weil sich der Mann bei seinem Versuch, wieder mit Clara zusammenzukommen, an mich wandte. Mit zweideutigen Briefen, die, auf eine bestimmte Weise gelesen, an mich, anders gelesen aber an meine Schwester gerichtet zu sein schienen. Ich habe nie geantwortet; aber noch heute trauere ich jenem Herzklopfen nach, das mir der Anblick seiner Schrift auf dem Briefumschlag jedesmal verursachte; mein Name von ihm geschrieben, war das Intimste, was zwischen uns stattgefunden hat; nicht jene imaginäre Liebkosung, sondern diese Annäherung. »Für Virginia...«, schwarz auf weiß, von ihm gedacht, von ihm gewollt, wenn auch nur auf Briefpapier.

Jahrelang habe ich sie aufbewahrt, als wären sie das Dokument einer heimlichen Ehe, und erst lange Zeit später, als ich überzeugt war, daß sie keine Bedeutung mehr für mich besaßen, konnte ich mich von ihnen lösen. Das Papier war völlig zerfleddert, als ich beschloß, sie wegzuwerfen, weniger durch das lange Liegen in einer Schublade, als dadurch, daß ich sie, zumindest in der ersten Zeit, immer wieder in die Hand genommen, berührt, betrachtet, gedreht und gewendet hatte. Ich habe ihn nicht mehr gesehen, nie wieder, aus Zufall oder weil er uns mied, mich und meine Familie. Als ich es schließlich leid war, an ihn zu denken und Gründe für sein Verhalten zu suchen, vergaß ich ihn.

Zu seiner Beerdigung aber bin ich gegangen, vor nicht allzu langer Zeit, scheint mir, und dabei muß es zwanzig oder dreißig Jahre her sein. Dort ist alles wieder in mir erwacht, und endlich konnte ich mit ihm reden, wie es mir im Leben nicht gelungen war. Ich habe ihn verflucht und noch mal verflucht. »Bist du froh darüber«, habe ich ihn gefragt, »wie du uns behandelt hast? Ich wünsche dir, daß du mit allen deinen drei Frauen unglücklich gewesen bist! Waren sie vielleicht besser als wir? Besser als ich vielleicht, aber nicht besser als Clara. Zur Hölle sollst du gehen! Was sollte das, hast du deinen Spaß mit uns getrieben? Wer warst du denn schon? Hast du uns ausgelacht in den Jahren, uns zwei Enttäuschte? Über mich konntest du vielleicht lachen, aber warum über Clara? Du hättest die eine oder die andere haben können, oder sogar alle beide, statt dessen hast du uns weggeworfen. Wie ein ausgesuchtes, bestelltes, maßgeschneidertes und niemals abgeholtes Kleidungsstück hast du uns sitzenlassen. Alle diese Leute, die zu deiner Beerdigung gekommen sind, ahnen nicht einmal, was du uns angetan hast. Für sie bist du ein alter Ehrenmann, der mit den religiösen Tröstungen gestorben ist, einige weinen sogar, erzählen rührende Geschichten aus deinem Leben und welches Ansehen du dir im Laufe der Jahre erworben hast. Sie wissen nichts. Und womöglich hattest du selber auch schon alles vergessen, mein Gesicht und das von Clara und die Zeit der Verlobung. Ich hoffe, daß dir dies nicht gewährt worden ist.

Ich denke, ich will denken, daß alles gutgegangen

wäre, wenn du mich nicht kennengelernt hättest, daß du Clara dann geheiratet hättest. Danach war es nicht mehr möglich. Sie zu verlassen, um mit mir zu gehen, dazu fehlte dir der Mut, und auch ich konnte nicht heiraten. Zu jener Zeit durfte man in unseren Familien eine Flucht, ein Zusammenleben nicht einmal erwähnen. Dies will ich glauben, es ist meine Wahrheit, die mich über die Jahre getröstet hat. Aber warum hast du es mir nie gestehen wollen, warum bist du nicht gekommen, vielleicht später, Monate oder Jahre später, als es nicht mehr so skandalös gewesen wäre? Warum niemals auch nur ein Wort? Hattest du ein Gelübde abgelegt wie ein alter Mönch, oder war mein Bild zu schnell verblaßt? Hast du mein Gesicht schon mit dem von Clara durcheinandergebracht und konntest dich an meine Stimme, meine Art zu sprechen, meine Haarfarbe schon nicht mehr erinnern?«

Danach konnte ich nichts anderes tun, als mir schnell einen neuen Ehemann zu suchen, auch wenn es kein richtiger Ehemann werden sollte. Nicht sofort, denn ich hatte ja das Neugeborene, das nicht besonders gut aufgenommen wurde. Giorgio verlor sein Interesse an ihm, als gehörte es ihm nicht mehr, und etwas Ähnliches versuchte er auch zu sagen. Er kam nur, um es sich anzusehen, als es drei Wochen alt war, zusammen mit meiner Schwiegermutter, die zum Glück eine große Ähnlichkeit mit meinem Mann feststellte.

Ich fand also wieder jemanden zum Heiraten, obwohl es auch diesmal keine selbständige Entscheidung war.

Nicht daß dieser Mann mir besonders gefallen hätte, daß ich besonders verliebt gewesen wäre. Er war kaum ein Freund, durchbrach jedoch mit seinen Besuchen, seiner Anwesenheit ein wenig das bedrückende Schweigen im Haus, brachte die Ordnung unseres Tageslaufs, den Rhythmus der Gespräche durcheinander und lockerte die ewig melancholische, ewig düstere Atmosphäre in meiner Familie etwas auf. Außerdem fühlte ich mich durch seine Großzügigkeit wie ein anderer Mensch. Gewöhnt an das ständige Sparen, an jenes fortwährende »Das kostet zu viel, das können wir uns nicht erlauben, was denkt ihr euch? Glaubt ihr, wir sind Millionäre? Geld wirft man nicht zum Fenster hinaus, das tut man nicht, das haben wir nie getan«, fand ich es wahrhaft erfrischend, daß es jemandem gefiel, Geld zum Fenster hinauszuwerfen. Dieses Geldausgeben für nichts und wieder nichts war in meiner Familie, unter unseren Freunden, Verwandten und Bekannten eine unbekannte Gewohnheit. Mit Giorgio ging es mir ein wenig besser, aber nur zu Anfang.

Zu Hause behaupteten sie sofort, daß dieser Tullio mir des Geldes wegen gefiel. Was nicht stimmte, jedenfalls nicht so, wie sie es meinten. Er brachte mir Geschenke, Blumen, Schals, Parfums, das hatte noch nie jemand getan. Vom ersten Tag an behandelten sie ihn so schlecht – besonders Papa –, daß ich ihn nehmen mußte. Sie heuchelten Freundlichkeit, so daß er ihre Unhöflichkeit vielleicht nicht einmal bemerkte, aber ich, die ich sie kannte und wußte, wie sie *ihre* Gäste, *ihre* Freunde, *ihre* Bekannten behandelten, war mir klar über das unmögliche Benehmen, das sie *meinem* Gast vorbehielten. Mehr als Unhöflichkeit war es Verdruß, vielleicht Verachtung, womit sie ihn von seinen Absichten abzubringen versuchten. Denn er zumindest hatte Absichten. Ein Teil der Behandlung wurde auch mir zuteil: Sie hörten nicht auf, seine Fehler zu betonen, vor allem den, daß er anders war als wir, wozu noch verschlimmernd hinzukam, daß er mit Politik zu tun hatte, die mit dem ganzen Trubel von Schwarzhemden, Uniformen, Versammlungen und großen Reden für vulgär gehalten wurde. Ich wäre mit ihnen einer Meinung gewesen, wenn sie ihn nur nicht so schlecht behandelt hätten. Ich mußte ihn heiraten oder besser mit ihm fortgehen, um ihr unmögliches Benehmen wiedergutzumachen, um einen Ausgleich für die nicht gesagten Worte, die nicht erwiesenen Freundlichkeiten, die nicht ausgesprochenen Einladungen, das verweigerte Lächeln zu schaffen.

Fortzugehen war nicht leicht, und je mehr Gegenargumente sie vorbrachten, desto stärker wuchs in mir, was ich für Liebe hielt. Sie sagten: »Du bist verrückt. Du weißt nicht, was du tust. Du machst dich unglücklich, er paßt nicht zu dir. Nimm Vernunft an! Vergiß nicht, wer du bist!« Tagelang Reden über Reden, aber niemand, der mich zur Seite genommen und mit einer Spur von ehrlichem Interesse oder gar Zuneigung gesagt hätte: »Bleib bei uns, geh nicht fort!« Ich glaube, das hätte genügt, ich wäre geblieben, trotz des Schweigens im Haus, trotz der Atmosphäre, trotz des ewigen Sparens.

Tanten und Freunde der Familie kamen, um es mir auszureden. Auch Tullio wurde abgeraten. Wahrscheinlich hätte er aufgegeben, denn er wollte mich nicht gegen den Willen aller haben; aber ich blieb dabei. Giorgio wurde zu Hilfe gerufen, ihm war die ganze Angelegenheit jedoch nicht weiter wichtig. Er erbot sich, eines der Kinder mitzunehmen, den Großen, da er trotz der Behauptungen meiner Schwiegermutter fand, der andere sehe ihm nicht sehr ähnlich. Aber ich ließ es nicht zu. Als das Thema, Tullio sei anders und ich würde mit ihm unweigerlich unglücklich werden, erschöpft war, begannen die Diskussionen über Moral oder besser über das, was man tut und nicht tut. Die einzig akzeptable Lösung wäre für sie gewesen, ich wäre für immer zu Hause geblieben, ohne irgend jemanden, und hätte meine Kinder versorgt oder, als Alternative, ich hätte einen gleichartigen, am besten auch noch reichen Mann gefunden. In dem Fall hätte die Moral weniger gelitten.

In diesen Wortgefechten verwickelte ich mich immer mehr in Beteuerungen meiner Liebe, Erklärungen meiner Freiheit und meines Bedürfnisses nach Unabhängigkeit, bis ich schließlich darin verstrickt war. Man kann von einem Leben nichts mehr wissen und doch unbedeutende Einzelheiten in Erinnerung haben. Ich sehe mich noch am Tag der Abreise, sehe, wie ich gekleidet war, wie das Wetter war. Ich trug ein graues Kleid mit langen Ärmeln, aus Flanell und eng anliegend. Zu eng, fand Mama. Das hatte sie mir bei anderer Gelegenheit gesagt, denn an dem Tag kam sie nicht, um sich von mir zu verabschieden, die anderen aus der Familie übrigens auch nicht. Ich sah Mama aus dem Fenster schauen, vielleicht weinte sie: Es war ihr nicht erlaubt worden, herunterzukommen und mich zum Auto zu begleiten. Meine Schwester war seit dem Morgen zusammen mit unserem Vater verschwunden. Irgend jemand, vielleicht der Gärtner, half mir, die Koffer hinauszutragen.

Der Sohn, der dann kam, machte Tullio verliebt – in mich, meine ich –, und auf der Welle dieser Begeisterung und unserer Überzeugung, nun endlich in meinem Elternhaus gut aufgenommen zu werden, fing ich wieder an, meine Familie von Zeit zu Zeit zu besuchen.

Nicht glücklich, das ist etwas anderes, aber heiter, ja, das war ich, und diese Heiterkeit hat meine Schwester mir vielleicht geneidet. Denn sie war es, sie fast ausschließlich, die mir mit kleinen Hieben meine Heiterkeit zerstörte. Sie behandelte Tullio weiterhin mit ostentativer Distanz: Sie ging in ihr Zimmer, wenn wir ankamen, erschien nicht zu Tisch, weil sie sich angeblich nicht wohl fühlte, und zog sich abends sofort zurück, weil sie – angeblich – zu müde war. Nur daß man sie dann in der Küche oder in der Kleiderkammer sitzen und mit Beppina plaudernd fand. Wenn wir ein Geschenk mitbrachten – Tullio dachte immer daran –, nahm sie es mit einem gezwungenen Lächeln entgegen, ohne jemals das Päckchen zu öffnen; oft reichte sie es dann an das Dienstmädchen weiter. Heimlich, aber nicht heimlich genug, als daß ich es nicht bemerkt hätte. Ein andermal gab sie es den Nonnen für die Wohltätigkeitslotterie. Bis sie mir eines Tages sagte, ich solle damit aufhören, es sei nicht angebracht, daß ich so viel Geld ausgäbe.

Unsere Verbindung war nicht so eindeutig fest, daß sie die Familie überleben konnte. Üble Nachreden in beide Richtungen rieben uns auf, und wenn die Tullio erwiesene Behandlung früher dazu beigetragen hatte, uns zu verbinden, führte sie von einem bestimmten Moment an zum entgegengesetzten Resultat. Jetzt begann er, es übelzunehmen, und ertrug es nicht mehr, daß er wie ein lästiger Fremder behandelt wurde, den man nur widerwillig aufnahm und in der Unterhaltung ignorierte wie einen ungebetenen Gast. Er fing an, mir gegenüber über sie herzuziehen, über ihr schlechtes Benehmen, ihren Geiz, ihre Kälte. Das diente nicht dazu, mich von ihnen zu entfernen, sondern brachte mich ihnen im Gegenteil wieder näher. Und gleich danach mußte ich mir erneut ihre Boshaftigkeiten über Tullio anhören. Über seine Vergangenheit, über seine Frau, die er verlassen hatte, über gewisse finanzielle Unregelmäßigkeiten, über seine Untreue. Was alles zutraf, wie ich später erfuhr. Clara verstand es meisterhaft, uns die täglichen kleinen Dosen Gift zu verabreichen, die die Beziehung zugrunde richteten. »Ich sollte es dir nicht sagen, aber...«, »Wußtest du, daß...? Wahrscheinlich stimmt es nicht, aber es ist gut, wenn du es weißt.« Sie redete lächelnd mit mir, ohne Bosheit, zeigte vielmehr, daß sie auf meiner Seite stand und dem, was erzählt wurde, keine Bedeutung beimaß, als wären es alberne Scherze, die die Leute in Umlauf gebracht hätten. So daß ich nicht sagen konnte: »Jetzt reicht's, ich will nichts mehr hören, ich glaube nichts davon.« Sie, die immer melancholisch gewesen war, schien wieder fröhlich und guter Dinge zu sein, nur weil sie mein Unglück sah. Und sie hörte nicht auf, meinen Vater, meine Mutter und die Verwandten gegen Tullio aufzubringen.

Kleine Nadelstiche, die zu schweren Schlägen wurden: zum Beispiel als mein Vater zur Erstattung von Beträgen, die mir angeblich irgendwann vorgeschossen worden waren, Geld von Tullio zu fordern begann. Noch heute, wo sie tot sind, noch heute nach so langer Zeit werde ich rasend, wenn ich daran denke. Oder wenn sie sich mit dem Jungen anlegten. »Die Hände aus den Taschen!« fuhr mein Vater ihn an, als er vier oder fünf Jahre alt war. Oder: »Halte dich gerade!« »Nicht anfassen!« »Nicht kaputtmachen!«

Statt möglichst fernzubleiben, kehrte ich wieder und wieder in mein früheres Zuhause zurück mit dem unbewußten, unabsichtlichen Bestreben, mich weniger fremd zu fühlen und noch dazuzugehören. Ich versuchte, mich ihnen anzugleichen, ihnen so ähnlich wie möglich zu werden. Mein Vorbild waren die unzähligen Photographien von Freunden, Verwandten, Tanten und Cousinen, die, streng und ansgespannt, selten lächelnd und sehr blaß, in jedem freien Winkel des Hauses zu sehen waren. Einige auch schön, liebevoll, mit Kindern an der Hand, aber wachsam, kontrolliert und stets darauf bedacht, daß das Kleid nichts vom Körper erkennen ließ, daß Arme und Hände sich nicht zuviel bewegten, daß die Haare weder zu ordentlich noch zu unordentlich waren. Wie Clara es von Anfang an so gut gelernt hatte. In jene Photos wollte ich Eingang finden – ich, die ich immer einen Horror vor ihnen gehabt hatte –, und ich zwang auch Tullio und das Kind mit hinein. Aber es gelang mir nicht, irgendwer oder irgendwas war immer nicht am rechten Platz.

Es kam zu einem allmählichen Verfall unserer Verbindung, während sie zusahen und urteilten. Kleine Sätze, Blicke, ein Gesichtsausdruck, Worte, die bedeuten sollten: Wir hatten es dir ja immer gesagt, daß dieser Mann nicht der Richtige war. Jetzt rächt es sich, die Gesetze des Lebens ändern sich nicht, und es ist nur recht und billig, daß es so kommt. Auf der anderen Seite aber hatten sie Angst, daß ich mich trennen und erneut im Haus einnisten könnte; deshalb waren sie vorsichtig mit ihren Äußerungen und behutsam und zögernd in ihrem Verhalten.

Mit einem Schlag hörte alles auf, die üblen Nachreden, die strengen Urteile, die gelinde Verachtung und die schlecht verhehlte Angst, denn gegen Kriegsende, nachdem er sich schon eine Weile versteckt gehalten hatte, starb Tullio. Nicht durch Krankheit oder ein anderes natürliches Ereignis, sondern er wurde umgebracht, verraten und umgebracht. Von wem? Ich wußte es nicht. Vielleicht von jemandem, dem er in der Vergangenheit etwas Böses angetan hatte. Oder von jemandem, den er gar nicht kannte, irgendeinem unbedeutenden Kerl, der zufällig vorbeigekommen war, ein dummer Fanatiker, den das Schicksal ihm über den Weg geschickt hatte. Ich zog auch die Möglichkeit in Betracht, daß es jemand aus meiner Familie gewesen sein könnte ... Aber nein. Ich verscheuchte den Gedanken, zog die Vorstellung zurück und schämte mich. Ihr System sah vor, ohne Waffen und Blutvergießen zu töten, und zu töten nur in dem Sinn, daß sie einem durch Einengen und allmähliches Ersticken das Leben nahmen.

Zu Großem war meine Familie nicht imstande, auch nicht im Bösen. Große Untaten, großes Leiden, großer Haß, nein, das ist nicht unsere Art. Aus dem einzigen Grund, weil auch diese Exzesse nicht vornehm sind: Das tut man nicht, das steht uns nicht an. Wir sind zu durchschnittlichen Leiden, kleinen Verletzungen, kaum sichtbaren Kümmernissen verdammt, die man von außen nicht sehen darf. Die jedoch ewig dauern, wie eine chronische Krankheit, mit kurzen Verschlimmerungen, aber dann wieder jahrelang das tägliche erträgliche Unbehagen. Nein, aus der Familie konnte niemand Tullio angezeigt haben. Auch weil sie nur Schaden davon gehabt hätten, finanziellen vor allem: Nach seinem Verschwinden hätten sie mich mit den Kindern wieder im Haus aufnehmen müssen. Oder hatten sie sich vielleicht eingebildet, daß er, wenn sie ihn anzeigten, nur eine Zeitlang ins Gefängnis käme? Nur eine kleine Strafe wie für einen unartigen Jungen? Aber sie waren nicht so weltfremd, daß sie nicht wußten, wie eine Anzeige gegen einen Faschisten, der sich versteckt hielt, ausgehen konnte.

Es war ein großer Schmerz für mich. Obwohl er als »Ehemann« nichts Besonderes gewesen war, liebte ich ihn, nachdem er ein solches Ende gefunden hatte, in der Erinnerung. Armer Tullio, wenn man bedenkt, daß er diese Uniform aus Eitelkeit angezogen hatte, weil er fand, daß sie ihm gut stand.

Und doch habe ich sein Photo bald aus meinem Zimmer entfernt. Inzwischen besitze ich nicht einmal mehr die Photos meiner Kinder aus der Zeit, als sie klein waren – sie haben sich im Laufe der Jahre zu sehr verändert –, noch die von anderen, die mir lieb waren. Ich will mich an nichts Schönes erinnern, sonst würde ich es in der jetzigen Situation vor Sehnsucht nicht aushalten. Und auch weil ich spürte, als ich – nun ebenfalls mit braven Familienphotos – in dieses Haus zurückkam, daß sie ihn, meinen eleganten Mann in Uniform, allzu scheel ansahen. Ich spürte, wie ihre Blicke ihn trafen, und sie taten auch mir weh. Erst legte ich das Photo umgedreht in eine Schublade, mit der Zeit habe ich es dann unter Büchern und Papieren vergraben, die ich nicht mehr hochheben werde. Dennoch spüre ich ihre stechenden Blicke.

Diese Augen erinnern mich daran, daß ich hier nur Gast bin, daß nichts mehr mir gehört, daß ich die Sachen benutzen muß, ohne sie abzunutzen, mich setzen, gehen, mich hinlegen oder aufstützen muß, ohne etwas zu verschleißen. Was sollte sonst auf die Enkelkinder übergehen? So werden sie sich heftig um dieses Haus streiten, auch wenn niemand es wirklich braucht. Anders als ich damals, als ich nichts mehr hatte, nachdem Tullios Haus, die Möbel, der Schmuck, die Bilder verkauft worden waren, damit ich mit den Kindern etwas zum Leben hatte.

Nach dem Tod unseres Vaters bat ich Clara, etwas vom Erbe zu verkaufen, ein Feld oder auch das Haus, aber sie wollte nichts davon wissen. Ein wenig verstand ich sie, sie hatte immer dort gelebt: Ich verkaufte also meinen Anteil am Land. Und als auch dieses Geld zu Ende ging, bat ich meine Schwester wieder, etwas mit dem Haus zu unternehmen. Mama wäre einverstanden gewesen; mit Clara dagegen war nichts zu machen. Da ich wirklich nicht weiter wußte – das Geld ist mir immer zwischen den Fingern zerronnen, ohne daß ich es merkte –, kaufte mir meine Schwester schließlich meinen Teil des Hauses ab. Mama überredete sie dazu. Sie überredete sie, konnte aber nicht verhindern, daß Clara mir für das halbe Haus einen Spottpreis bezahlte. Mir wurde gesagt, sie verfüge nicht über Geldmittel, ich müsse mich begnügen. Heimlich steckte mir Mama etwas zu, um den Betrag aufzurunden, doch auch sie besaß nicht viel, da die Verwaltung in der Hand meiner Schwester lag.

So kamen wir über die Jahre, und als ich erneut in Bedrängnis geriet, versuchte ich Möbel zu verkaufen, aber Clara hinderte mich daran. Sie behauptete, daß die Einrichtungsgegenstände nach dem Willen unseres Vaters ihr allein gehörten. Diesmal ließ ich sie nicht gewähren, und wir landeten vor Gericht; jahrelang zog sich der Prozeß hin, und ihr Dienstmädchen, unsere Beppina, die für uns beide eine Schwester gewesen war, machte eine

Falschaussage. Für Geld vermutlich oder aus völliger geistiger Verwirrung. Sie sagte aus, unser Vater habe immer erklärt, alle Möbel gehörten Clara. Für Papa jedoch war es nur eine Redensart gewesen, weil meine Schwester immer mit Putzlappen und Polierwachs hinter den Möbeln her war wie er. Und selbst wenn er es ernst gemeint hätte, stand es Beppina als Dienstmädchen nicht zu, zuzuhören und seine Worte vor Gericht wiederzugeben.

Für Beppina war ich eine Nahestehende, Freundin und Vertraute gewesen; und wie viele Dinge, wie viele Kleider hatte ich ihr geschenkt. Aber sie machte eine Falschaussage zu Claras Gunsten. Sie ging sogar so weit zu behaupten, daß nach dem Willen unseres Vaters der größte Teil der Felder mir zufallen sollte und meiner Schwester das ganze Haus, das natürlich weniger wert sei, denn ein altes, zu großes und schlecht instandgehaltenes Haus, wer kaufe das schon. Und daß Clara schon über Gebühr großzügig gewesen sei, als sie mir das Geld für den Teil des Hauses gegeben habe, der bereits ihr gehörte. Ich dachte, sie könnten den Prozeß verlorengehen lassen, weil es letztlich nur recht und billig war. Doch es wurde eine jahrelange Streitsache daraus, Briefe gingen hin und her, die immer kühler, immer fremder wurden, als wären wir tatsächlich zwei Fremde, die sich vor Gericht getroffen hatten. Niemals lautstarke Auseinandersetzungen oder ein erregter Ton: Nach außen hin waren wir freundlich, korrekt, kontrolliert und wohlerzogen.

Dabei wäre es besser gewesen, sich aufzuregen, den Groll eines Lebens hinauszuschreien, sich nach all der Zeit die Wörter an den Kopf zu werfen, statt sie sich zu schreiben, denn einmal geschrieben, kommen sie nicht mehr zurück und wiegen schwer auf dem Papier und im Herzen. Mündlich gesagt, hätte man alles am nächsten

Tage wieder wegwischen können, während auf dem Papier alles, in Schubladen aufbewahrt und wohlgeordnet, über die Jahre hin erhalten geblieben ist. Bei Clara zumindest, die alles aufhebt; ich habe vieles weggeworfen, um mich zu erleichtern, um nicht diese Last wie einen Stein in der Tasche des Kleides zu spüren.

So war meine Familie – ich eingeschlossen: Während wir vor Gericht heftig stritten, Briefe und Dokumente hin und her schickten, während einerseits um jeden Stuhl und jedes Tischchen Krieg geführt wurde, saßen wir andererseits im Wohnzimmer, wir drei Frauen, und plauderten, und wer uns gesehen hätte, hätte es nicht gedacht. Er hätte sich gesagt: Was für eine schöne Atmosphäre, drei Frauen in trautem Miteinander in ihrem alten Haus. Und paradoxerweise waren es nicht einmal besonders unglückliche Zeiten, im Gegenteil. Als hätte es sich bei jenen Gerichtsgeschichten, jenen Streitereien um Kommoden und Schränke, um andere Menschen gehandelt.

Ich sagte, daß wir drei, Clara, Mama und ich, abends im Wohnzimmer saßen und plauderten, aber zu der Zeit war hin und wieder auch noch ein Mann da, ein Arzt, der Clara gefiel und den sie während des Krieges kennengelernt hatte. Auch mir war er sympathisch, nicht aber Mama, aus den gleichen Gründen, weswegen auch Tullio nicht der Richtige gewesen war. Genau die gleiche Geschichte wie mit mir und Tullio: Auch der Arzt hatte irgendwo eine Frau, auch er hatte andere Umgangsformen als wir, auch er war in die Politik verwikkelt. Und doch saßen wir, obwohl Mama den Mund verzog, abends zusammen und plauderten wie Freunde, als gehörte auch er zur Familie. Ganz genauso wie mit Tullio und doch anders. Mit ihm hatte meine Familie nie plaudernd im Wohnzimmer gesessen.

Er hatte immerhin große Verdienste, dieser Herr: Er gefiel Clara und machte sie zum erstenmal seit Jahren gut gelaunt, weshalb das Haus anders wirkte, weniger düster, wie durch die Fröhlichkeit der Hausherrin erhellt.

Ein Verdienst des Doktors war auch, daß dank der guten Laune meiner Schwester der Prozeß wegen der Möbel einschlief. Clara ließ sich zu einem Vergleich herab und akzeptierte, daß die Möbel uns beiden gehörten, die Hälfte ihr, die Hälfte mir, und daß ich also meinen Anteil verkaufen könnte. Was ich schließlich nur mit den wenigsten tat: nicht weil ich kein Geld mehr gebraucht hätte, sondern weil es zu der Zeit schwierig war, günstig zu verkaufen. Hinzu kam noch, daß ich nach Tullios Tod gewissermaßen wieder fest in unserem alten Haus wohnte und deshalb keine Lust mehr hatte zu verkaufen. Noch ging es mir nicht wie Mama und meiner Schwester, auf die jedes Bildchen weniger, jedes fehlende Tischchen, die gleiche Wirkung hatte wie das Herausreißen eines gesunden Zahns, doch auch ich fühlte mich sicherer, wenn die häusliche Landschaft sich nicht allzusehr veränderte und jedes Ding blieb, wo ich es zu sehen gewohnt war. Ich, die ich früher alles weggeworfen, verändert und jedes Stück der ehrwürdigen Stilmöbel durch glatte Möbel mit geraden Flächen, geraden Beinen ohne Adlerklauen und Löwenfüße ersetzt hätte.

Feindlich waren früher alle diese Gegenstände gewesen, Symbole der Unechtheit meines Lebens, der künstlichen Fiktion, die uns beherrschte. Kultgegenstände, die meinen Tag füllten, mich in meiner Freiheit einschränkten, mit steifer Würde mein Dasein bevölkerten: nicht berühren, nicht anstoßen, nicht naß machen, paß auf, daß sie nicht kaputtgehen, gib acht, laß dich nicht auf den Stuhl fallen, hinterlaß keine Fingerabdrücke auf dem Tisch. Das war die Litanei, das waren die Gebete, die jene heiligen Stücke begleiteten. Warum mußte ich – als Kind – in einem anderthalb Meter hohen Bett schlafen, das dunkel, verziert und schwer wie das Bett eines Monsignore war? Nach jahrelangen Bitten um ein normales Bett bekam ich einen vom Boden heruntergeholten Sprungrahmen, der mich glücklich machte. Er ist mir geblieben, und jetzt trauere ich dem großen Bett nach, das mir vor vielen, vielen Jahren durch meine Schuld verlorengegangen war und schließlich, glaube ich, in Beppinas Zimmer gelandet und dann, vielleicht im Krieg, verschwunden ist.

Es ist, als wäre ich an den Anfang meiner Kindheit zurückgekehrt, bevor ich anfing zu denken, als für mich alles um mich herum richtig, normal, vollkommen an seinem Platz und unersetzbar war. Als ich nichts anderes kannte als das Alte, vielmehr das Antike, und noch nie etwas Modernes gesehen hatte. Als hätten mich die Ungewißheiten all dieser Jahre, die zahlreichen Veränderungen, die es in meinem Leben gegeben hat, zurückgetrieben und mich glauben gemacht, daß die einzige Sicherheit mein Zuhause von früher ist. Und siehe da, schon ärgern mich die Löwenfüße, die unter der Kommode hervorgucken, und die Adlerklauen einiger Tischchen gar nicht mehr, sondern erscheinen mir im Gegenteil als die einzig möglichen. Ich finde sie nicht schön, nein, noch immer nicht, aber ich bin sicher, daß sie mir über kurz oder lang schließlich doch gefallen werden. Ich spüre, daß ich erneut eine Gefangene des Alten bin, das mich mein Leben lang verfolgt hat und vor dem ich jahrelang geflohen bin; es hat mich eingeholt, mich in der Belagerung eingeschlossen und den Wunsch nach dem Neuen ausgelöscht.

Es ist eine allmähliche Perversion, die sich meiner bemächtigt hat und mich die guten, rebellischen Zeiten verleugnen läßt. Pervers ist es in der Tat, daß ich jenem großen dunklen Bett nachtrauere, in dem ich mit niemandem geschlafen habe, und pervers ist auch, daß ich Anspruch auf die Hälfte dieser Stühle, Tische, Schränke, Konsolen und Kommoden erhoben habe, ohne sie dann zu verkaufen. Dabei ist unbestritten, daß mir die Möbel in meinem Zimmer in den Nächten meiner Kindheit als Ungeheuer erschienen waren: als kriechendes Krokodil jene lächerliche Dormeuse – passend für das Wohnzimmer einer müden Tante –, die sich im zitternden Mondlicht zu bewegen schien; als gedrungenes Tier auf der Lauer, solange ich sie betrachtete, die Kommode neben dem Bett, die jedoch jedesmal, wenn ich wegsah, mit einem leisen Knarren ein Stück näher rückte; als Wölfe die Stühle mit ihren Windungen, von denen die Erwachsenen sagten: »Welch graziöse Linie«; als Skorpione und Schaben die Blumen auf der Tapete, die ich nicht berühren durfte, weil sie aus Ur-, Ur-, Urzeiten stammte, und die ich heimlich an einigen Stellen angefangen hatte abzureißen, bis es auffiel; ich wurde bestraft und die Tapete ausgebessert.

Heute gibt es sie nicht mehr, denn sie ist in der Kriegszeit – als das Haus unbewohnt war – vom Regen, der durch das undichte Dach eingedrungen war, zerstört worden, und perverserweise trauere ich ihr nachts nach. Wenn ich aufwache, suche ich sie mit den Augen an der Wand, und das gleichförmige Weiß, das ich finde, erscheint mir fremd, feindlich und nicht mir gehörig.

Unter den vielen alten Stücken wirkte ein neues Stück wie der Doktor unpassend: durch sein Benehmen, seine Kleidung, seine Art zu reden und sich zu bewegen. Vor allem aber durch seine Ansichten, die so anders waren als unsere. Er dachte nicht wie wir an die gute alte Zeit. Kein Bedauern, keine Melancholie, keine Pflege der Vergangenheit. Und doch saß er mit uns zwischen den Familienporträts, den Photos der strengen Damen, eleganten Hunde, posierenden Pferde, der Offiziere in schönen Uniformen und fühlte sich absolut wohl. Sicher, er ließ sich mit vollem Gewicht auf den Louis-quinze-Stühlchen nieder, und mein Vater wäre zusammengezuckt, wenn er es gesehen hätte; immer ließ er Wasser oder Wein auf den blankpolierten Tisch tropfen, wenn er sich zu trinken eingoß, und statt die Tropfen aufzuwischen, verrieb er sie mit der Hand; er kam auch vom Garten herein, ohne sich die Schuhe auf der Fußmatte abzuputzen, so daß er die Treppen, die blankgewienerten Holzfußböden und die Teppiche mit Erde beschmutzte. Und dennoch schien er sich in unserem Haus wohl zu fühlen und bewegte sich, als wäre er schon lange dort, vertraut, entspannt, familiär, trotz seiner schrecklichen Hemden, seiner zu engen oder zu weiten Hosen und dem etwas unzivilisierten Bart.

Erneut versetzte mich meine Schwester in Erstaunen. Seinerzeit mit ihrem so wenig zu ihr passenden Verlobten, diesmal mit diesem seltsamen Doktor, der nichts mit ihr gemein hatte. Wie konnte sie, Clara, die so konformistisch und den überkommenen Regeln unterworfen war und so sehr an der alten Welt mit all ihrer Starrheit hing, glauben, einen Mann zu lieben, der von all dem nichts wußte und auch nichts wissen wollte? Worüber konnten sie reden, was hatten sie gemeinsam? Ich ja, ich vielleicht, aber sie? Unterhielten sie sich etwa über Bücher, Bilder oder Musik? Nein, denn über diese Dinge wußte Clara nicht mehr als ich. Über Geschichten aus der Vergangenheit, über bessere Zeiten oder den Weinanbau? Mir schien der Doktor mehr am Geschehen der Gegenwart und an zukünftigen Zeiten interessiert zu sein. Sie still, melancholisch, unauffällig, eher alt als jung; er laut, redselig, jung – zumindest dem Anschein nach – und auch ansehnlich, mit großem Mund und großem Körper.

Es kann keine ruhige Liebe gewesen sein, denn er kam und ging, dieser Doktor, verschwand für Monate, kam dann wieder, und sein Kommen und Gehen prägte die Stimmung meiner Schwester. Wie eifersüchtig sie war! Nicht nur auf andere Frauen, sondern, so schien mir, auch auf uns drei. Auf Beppina, die so alt wie Clara, ja, sogar noch einige Jahre jünger war, mit ihrer frisch gebliebenen Haut und dem langen, dichten kastanienbraunen Haar, das in einem schönen Zopf aufgerollt war, so daß man ihre große Nase vergaß. Aber sogar auf Mama war Clara eifersüchtig, denn ihr gegenüber versuchte der Doktor so charmant wie möglich zu sein, mehr als den anderen gegenüber. Er wußte, daß er sie erobern mußte, weil sie seine größte Gegnerin war. Mit Blumen bei jedem Besuch, mit Spaziergängen durch den Garten, wobei er die Beete und die Rosen lobte, mit langen Gesprächen über Medizin, Reisen und Astronomie – unbekannte Themen für Mama, aber gerade deshalb hörte sie zu – versuchte er, sie zu gewinnen. Und Clara wollte sich einmischen, bewegte sich um sie herum, um die Aufmerksamkeit des Doktors, der tat, als sehe er sie nicht, auf sich zu ziehen.

Meine Schwester nahm es ihm sofort übel, sah ihn

scheel an und zeigte ihm, da sie kaum oder keinerlei Vertrautheit im Umgang mit Männern hatte, ein düsteres Gesicht. Noch düsterer wurde sie, wenn der Doktor sich gelegentlich mit mir beschäftigte. Aber »beschäftigen« ist schon zuviel gesagt, denn unsere Beziehungen gingen nicht über ein paar Sätze oder ein Lächeln hinaus. Clara durfte nicht dabeisein, wenn wir miteinander redeten, und sei es auch nur, um zu fragen: »Wie haben Sie geschlafen?« oder: »Denken Sie daran, daß wir heute abend etwas früher essen.« Sie sagte nichts, meine Schwester, aber sie sah mich mit einem bestimmten Blick an, der mich in die Flucht jagte, als hätte ich mich irgendwie schuldig gemacht, als wäre ich bei einem Fehltritt ertappt worden. Dabei hätte ich gern mit dem Doktor geredet. Die Anwesenheit eines Mannes im Haus stellte wieder ein Gleichgewicht her, es war, als brächte sie die Geschicke von uns vier Frauen wieder ins Lot und das Boot, das sich zu sehr nach einer Seite neigte, wieder ins Gleichgewicht.

Durch ihn waren wir alle vier wieder zu Frauen geworden, nicht mehr nur Schwestern, Töchter, Mutter oder Dienstmädchen. Ich merkte es daran, daß ich morgens länger vor dem Schrank stand und überlegte, was ich anziehen sollte, und auch länger vor dem Spiegel, um mir die Haare zurechtzumachen. Die gleichen Symptome sah ich bei den anderen. Ich rede gar nicht von Clara, für die es eine Pflicht war, auch wenn es mir gelegentlich das Herz zusammenpreßte, wie unpassend sie sich manchmal herrichtete, wie eine, die sich seit langem nicht mehr für jemanden schöngemacht hatte: Ich erinnere mich zum Beispiel an einen zu violetten Lippenstift, für den sogar sie sich nachher schämte. Nein, ich rede von Mama, von den Ohrringen, die sie auf einmal täglich zu tragen beschlossen hatte, von dem Puder, den sie nach Jahren des Vergessens wieder aufzulegen begann.

Und ihr Gesicht wirkte ungleichmäßig gepudert, aber sie machte einen fröhlichen Eindruck. Warum, fragte ich mich, legen die Alten Puder auf? Soll er sie verschönern? Und die Ohrringe? Und das Parfum? Glauben sie zu gefallen, die Alten? Es kam mir nicht in den Sinn, daß auch ich bereits alt war.

Auch Beppina, jünger als wir alle und deshalb mit größerem Recht noch eitel, machte sich besser zurecht als sonst, wirkte ordentlicher, ohne daß man wirklich sah, was anders war. Wahrscheinlich hat der Doktor unsere Bemühungen nicht einmal bemerkt, aber wer die dumpfe Trägheit vorher miterlebt hatte, mußte es zwangsläufig sehen: Clara vor allen anderen, und deshalb war sie so beunruhigt.

Stark spürte ich ihre Eifersucht mir gegenüber, so daß ich gezwungen war, den Doktor schlechter zu behandeln, als ich es gewünscht hätte, und einen mürrischen, unhöflichen, merkwürdigen Eindruck machte, nur um meine Schwester zufriedenzustellen.

Doch es kam auch vor, daß nur ich da war und sie nicht, stets beschäftigt, wie sie war, mit Haus und Feldern oder unterwegs, um die Bauern zu besuchen und den Stand der laufenden Arbeiten zu kontrollieren, und bei diesen Gelegenheiten konnte ich dem Doktor gegenüber ich selbst sein und zwanglos reden, scherzen und erzählen. Nur dies und weiter nichts, als wäre er ein Verwandter – was sage ich! –, weit weniger als ein Verwandter, jemand, den man in einem Zugabteil kennengelernt hat und dem gegenüber man sich nicht unfreundlich zeigen will. Niemals ein persönliches Gespräch, niemals etwas Intimes, nicht ein Wort, das jemand anders nicht hätte hören dürfen.

Aber warum muß ich mich rechtfertigen, Tatsachen klären, die bereits vollkommen klar sind? Wegen allem, was später geschehen ist. Als wäre der Ablauf der Ereignisse schon seit langem starr und unausweichlich vorgezeichnet gewesen. Alle schienen von mir nichts anderes zu erwarten, als daß ich als fast schon alte Frau meiner Schwester auch diesen Freund wegnähme. Aber warum sage ich »auch«? Hatte ich ihr denn etwa den anderen weggenommen? Hatten wir uns etwa geküßt, liebkost, umarmt, wie es unser Wunsch gewesen wäre?

Aber diesen Freund wollte ich nicht, und ich fürchtete im Grunde jede Freundlichkeit von ihm, jedes Lächeln, das mir galt, wenn Clara dabei war. Ich antwortete einsilbig, wenn sie uns beobachtete, mit Unfreundlichkeit und Ungeduld, wie ich es von meinem Wesen her nicht getan hätte. Ihr genügte es nicht, im Gegenteil, meine Zurückhaltung muß sie in ihren Verdächtigungen bestärkt haben. Und wenn ich das Thema anzusprechen versuche – wie oft habe ich es in der Vergangenheit schon getan –, bekomme ich immer nur einzelne Laute zur Antwort, auch wenn ich mich in klaren Worten ausgedrückt habe. Clara ist die Gekränkte, die, die Unrecht erlitten hat; ich bin die Schuldige. Das war meine Rolle von Anfang an, die Rolle, die das Leben mir zugewiesen hat, inzwischen empfinde auch ich sie als meine. In dieser Rolle hat meine Schwester mich gebraucht, um sich gerecht und anständig und fürs Paradies bestimmt zu fühlen. Für das Gleichgewicht im Haus und im Leben.

Es war, als hätte Clara es geschickt so gesteuert, daß ich ihn in seinem Haus in der Stadt aufsuchte, um ihre Eifersucht vorher und ihren Groll hinterher zu rechtfertigen. Einerseits konnte ich nicht das Wort an ihn richten, wenn sie dabei war, aus Angst, daß es ihr mißfiele; andererseits schien es, als würden unsere Begegnungen begünstigt. Geht hierhin, geht dorthin, nehmt, holt, macht; es fehlte nicht viel, wenn ich mich recht erinnere, und sie hätten mich mit ihm auf Urlaub geschickt. In einem Sommer war meine Schwester nicht da, und in jenen heißen Monaten floh der Doktor manchmal aus der Stadt zu uns in unser kühles Haus. Aber auch Beppina war da und einer meiner Söhne, nie wir beide allein.

Ich freute mich, Besuch zu haben, noch dazu von einem Mann, war aber auch besorgt, was Clara dazu sagen würde. Der Doktor dagegen war seelenruhig, erzählte von den Briefen meiner Schwester, von ihren Urlaubsunternehmungen mit Mama: Sie haben dies gemacht, sie haben das gemacht, heute fahren sie dorthin, in drei Wochen kommen sie zurück. Und bevor sie zurückkamen, fuhr ich einmal zu ihm in die Stadt; auf seine Einladung hin, die er nur aus Freundlichkeit ausgesprochen hatte. Vielleicht mußte ich einen Sohn begleiten, Verwandte besuchen, oder vielleicht aus einem nichtigeren Grund, wegen einer Veranstaltung, einer Besorgung oder vielleicht auch einfach nur so, um mich zu zerstreuen. Ich erinnere mich nicht mehr an den Grund, es ist schon so lange her, ich will mich nicht daran erinnern: Zu unangemessen waren die Folgen dieser Reise. Wenn ich wirklich nur einfach so hingefahren wäre, ohne einen wirklichen Grund, nur um mich zu zerstreuen, könnte ich es mir nicht verzeihen. Er bot mir an, mich zu beherbergen, und ich nahm es an. Ohne dieses Angebot hätte ich die Reise wahrscheinlich nicht gemacht, ich hätte meinen Sohn allein geschickt, wenn es wirklich darum ging, einen Sohn zu begleiten. In den schönen Hotels gab man zuviel Geld aus, und in eine Pension wollte ich nicht gehen: Es hätte unnützerweise meine Situation als alleinstehende Frau mit wenig Geld bestätigt.

Dort in seiner Wohnung fand ich die Spuren meiner Schwester, einige Kleider von ihr, Bücher, auch Photographien, in der Kommode ein Parfum – ein Parfum, was sage ich! –, ein Kölnisch Wasser mit einem zusammengefalteten Taschentuch daneben, Haarnadeln in der Schublade des Nachtschränkchens, ein getrocknetes Kleeblatt zwischen den Seiten eines Buches, in der Küche eine weiße Papiertüte mit Lindenblüten, von unserer Linde, für den abendlichen Tee, einige unserer Marmeladen, aus unseren Kirschen, unseren Erdbeeren, unseren Johannisbeeren gekocht, auf dem Etikett die spitze Handschrift von Mama, die die Frucht und das Jahr daraufgeschrieben hatte. Offenbar mochte er unsere Marmeladen, Claras Doktor.

In jenen Stunden spionierte ich meiner Schwester nach und spürte Unbehagen dabei, denn die, die ich fand, war anders als die, die ich kannte. Ich fand die Person, die Clara sich einbildete zu sein, gutherzig, liebevoll, häuslich, zärtlich, voller Aufmerksamkeiten. Die Marmeladen, die er mochte, der Tee, damit er nachts ruhig schlief, die Photographien von Mama und Papa, meinen Kindern und auch von mir, damit sie sich nicht fremd fühlte, und das Taschentuch, groß und weiß wie das eines Mannes, das, an sich bedeutungslos, mir aber das Herz rührte, wie es dalag, zusammengefaltet, frisch, akkurat und nach Kölnisch Wasser duftend. Mir war, als sähe ich es zwischen ihren Händen, die lang, sauber und ein wenig trocken waren wie die einer Nonne, aber immer in Bewegung, nicht so ruhig und zufrieden wie die der Nonnen.

Ich empfand es wie ein Symbol von ihr, ordentlich, streng, ohne Kinkerlitzchen: frisch, aber nicht schön, strahlend, aber nicht fröhlich, und jene Tropfen Kölnisch Wasser sagten, daß sie verführerisch sein wollte, ohne daß es ihr gelang. Ich fühlte mich unwohl, während ich die Spuren untersuchte, die sie mir hinterlassen hatte. Zarte, aber für mich beredte Spuren: Sie beunruhigten mich, weil sie mir den Gedanken nahelegten, daß Clara am Ende vielleicht doch genauso war wie dieser Schatten, den ich von ihr fand, zuvorkommend, freundlich, zurückhaltend, liebevoll, und daß alles andere nur eine Ausgeburt meiner Phantasie war.

Auch der Doktor nahm sie gewiß so wahr, wie diese in der Wohnung verteilten Gegenstände sie zeigten: ein Segen, solch eine Frau, eine starke, verläßliche Gefährtin, unschuldig wie das Taschentuch, der Lindenblütentee, die Kleider, die ordentlich und diskret in seinen Schrank gehängt waren, neben, aber nicht zwischen seinen Hosen und Jacken, mit einem kleinen Abstand, wie um nicht zu stören. Ein wenig wütend machten mich die Marmeladen, weil sie zu Hause immer sparsam damit umging und damit haushielt wie mit kostbaren Vorräten, und siehe da, hier gab es sie im Überfluß. Von Mama, von Beppina, von Clara, aber auch von mir gekocht, eines der wenigen Dinge in der Küche, die ich besser konnte als sie, und ich konnte es mir nicht verkneifen, dem Doktor zu sagen, ich hätte diese Gläser mit Kirschmarmelade wiedererkannt, denn sie seien von mir gekocht.

Warum habe ich den Morgenrock und die Pantoffeln

in seinem Schrank vergessen? Gewiß nicht, um ein erobertes Terrain zu markieren, wie es mir jahrelang das eisige Schweigen meiner Schwester zu verstehen gab; auch hatte nicht ich sie in den Schrank geräumt. Seine Haushälterin oder sein Dienstmädchen wird es getan haben, weil sie sie für Kleidungsstücke meiner Schwester hielt. Auch er hat vermutlich nie etwas davon erfahren.

Morgenrock und Pantoffeln habe ich vergessen, weil ich überstürzt abgereist bin und ihm auch nicht einen Moment mehr ins Gesicht sehen wollte. Wie von einem Mörder verfolgt, habe ich meinen Koffer genommen und eilig das Kleid, die Sandalen, die Wäsche hineingeworfen, alles durcheinander, da ich meinte, er käme schon die Treppe herauf. Mir lag auch nichts an den Sachen. Fort, nur fort, ich floh aus der Stadt, und ich erinnere mich, daß ich allein war, keiner meiner Söhne war bei mir, es war besser so, ich brauchte nichts zu erzählen.

Ich hatte zu sehr den Spuren einer imaginären Schwester nachspioniert. Als ich schließlich atemlos im Zug saß und keine Angst mehr haben mußte, ihm noch wiederzubegegnen, hatte ich Zeit nachzudenken. Ich hatte die Schränke geöffnet, Claras Kleider berührt, ihr Parfum, die Marmeladen und den Tee gefunden. Dann war ich zu den Schubladen mit den wohlgeordneten Hemden, Hosen und Pullovern übergegangen. Aber nicht seine Sachen interessierten mich, ich suchte die Anwesenheit meiner Schwester, oder besser, den Beweis, daß sie mit ihm schlief, beide zusammen in einem Bett, als Liebende. Was ich nicht glauben, mir nicht vorstellen konnte. Sie, die so hölzern und nonnenhaft, so unempfänglich für körperliche Berührungen war, daß sie von Kind an niemals jemanden umarmt oder geküßt hatte, nicht einmal Mama. Die sich, wenn man ihr zu nahe kam, sofort wieder erschrocken oder leicht angewidert zurückgezogen hatte.

Es gelang mir nicht, sie in den Armen des Doktors zu sehen, wie sie sich hingab mit ihrem zu weißen, zu trokkenen Körper. Und was für Liebkosungen vermochten ihre mageren, vornehmen und etwas ungeschickten Hände wohl auszuführen? Ich suchte also etwas, ein Zeichen, das mir sagte, ob sie als Freundin, Krankenschwester, Schwester, Gefährtin oder als Geliebte in jene Wohnung kam: was weiß ich, einen Büstenhalter von ihr zwischen seiner Unterwäsche, einen mit der Gleichgültigkeit der Intimität irgendwo vergessenen Schlüpfer oder einen Unterrock zwischen den Schlafanzügen, dessen Spitze und Seide auf dem robusteren gestreiften Stoff lagen, so wie sich ihre weiche Haut mit seiner rauhen berühren mochte. Ich suchte ein Zeichen, um endlich Gewißheit zu haben. Zu oft hatte ich nachts wach gelegen und auf das Hin und Her der Schritte draußen vor meinem Zimmer gewartet, auf das Knarren des Holzes gelauscht und mich gefragt, was das sei. Meine Phantasie, der Wind oder tatsächlich jemand, der aufgestanden war, aber vielleicht nur, um etwas trinken zu gehen? Dabei fühlte ich mich alt und beiseite geschoben, allein dort, in meinem Bett, ich, die ich mir so viel versprochen und so viel erwartet hatte. Nie hatten sie sich vor meinen Augen die Hand gegeben, nie ein Kuß oder eine Liebkosung, die es mich hätten erkennen lassen.

Ängstlich erregt und besessen hatte ich gestöbert, um Spuren von beiden gemeinsam zu finden: Eifersucht war es, die mich trieb, nicht Eifersucht auf ihn, sondern auf sie, die noch jemanden hatte, mit dem sie ihre Kleider im Schrank vermengen konnte. Ich hatte mich auf das große Bett gelegt, in dem der Doktor schlief, um die Form der beiden Körper auf der Matratze zu finden, um mir besser vorstellen zu können, ich wäre meine Schwester. Noch nicht zufrieden, hatte ich das Nachtschränkchen geöffnet und die Haarnadeln gefunden; dann hatte ich unten in den Fächern, immer weiter auf der Suche nach einem Zeichen ihrer Liebe, eine Holzschachtel voller Papiere gefunden: die Briefe, die sie ihm geschrieben hatte? Der Beweis dessen, was ich suchte, Liebesworte, kühne Worte, Worte, die mir Gewißheit gegeben hätten? Nein, alte Papiere des Doktors aus dem Krieg, Dokumente, Briefe, Photographien, Briefumschläge, Zettel, Erinnerungsstücke, gekritzelte Befehle auf Papier, das jetzt fast verschlissen, in den Kniffen schon zerrissen war, Passierscheine, Lebensmittelkarten, Adressen, Hinweise, faschistische Parteiausweise von Personen, die ich nicht kannte, zwei, drei, vier, eine abgenutzte kleine braune Lederhülle, die ich kannte, mit einigen dunkelbefleckten Zetteln darin, dicht beschrieben in einer Schrift, die mir plötzlich vertraut war. Und dazwischen noch ein faschistischer Parteiausweis – von Tullio, meinem Tullio.

Die Brieftasche, die weder bei dem Toten noch in dem Haus, wo er sich versteckt gehalten hatte, zu finden gewesen war. Er wird sie aus Angst vor Entdekkung vergraben oder weggeworfen haben, hatte ich mir damals gesagt, oder ob ein Leichenfledderer, der sie für ein Portemonnaie gehalten, sie dem Toten weggenommen hatte? Ja, sicher, das war die Erklärung, denn ich hatte Tullio diese Brieftasche immer bei sich tragen sehen, Tag für Tag, in jeder Kleidung. Doch es war kein Dieb, sondern der Doktor meiner Schwester, der dem blutenden Leichnam die Brieftasche abgenommen hatte. Als Trophäe, als Beweis für einen ausgeführten Befehl oder für seine persönliche Kriegsbuchführung? Und hatte er ihn selber gefunden, den faschistischen Feind, oder hatte jemand – meine Schwester? – ihn darauf hingewiesen? Mit einer herausgerutschten Bemerkung über den faschistischen Schwager, der sich auf dem Lande versteckt hielt, oder weil sie ihn ausliefern wollte als Sühne für das Böse, was ihr von mir widerfahren war?

Danach nichts mehr, nur ein flaches, zähflüssiges Meer, in dem man sich weder vor noch zurück bewegen konnte; jede in ihrem Boot, nebeneinander, als gäbe es nur noch uns zwei Schwestern, und alle anderen wären verschwunden. Es gelang uns, niemals darüber zu sprechen, obwohl ich jahrelang an nichts anderes dachte und mir Nacht für Nacht das Geschehen rekonstruierte: War sie es gewesen, die das irgendwie aus meinen Worten erratene Versteck aufgedeckt hatte? Oder hatte der Doktor alles allein gemacht, und sie hatte sich auf das Zusehen beschränkt, ohne mich vor der Gefahr zu warnen? Oder aber hatte sie, ebenso nichtsahnend wie ich, mehr noch als ich, nichts davon gewußt? Ich habe sie nicht gefragt und werde sie auch nicht mehr fragen. Ich denke – und ich könnte nicht mehr hier leben, wenn ich es nicht dächte –, daß sie nicht auf dem laufenden war, es aber hinterher erfahren hat, irgendwann, ohne deshalb die Beziehung zu jenem Doktor abzubrechen. Ich habe es so entschieden, um besser mit meinem Groll umgehen, ihn kontrollieren, im Zaum halten zu können, um zu überleben. Und ich habe mich mit anderem beschäftigt, habe mir lieber den Kopf mit den geringfügigen alltäglichen Unfreundlichkeiten, den bissigen Worten, dem Mangel an Verständnis, den Bosheiten, den eingebildeten Vergeltungen gefüllt. Auf diese Weise ist es mir gelungen, die Gespenster jener Vergangenheit unter Verschluß zu halten.

Erst jetzt, da ich uralt und gebrechlich bin, bin ich nicht mehr recht dazu imstande: Nachts entschlüpfen sie mir bisweilen, und morgens bin ich dann zerschlagen und müde wie nach einem Kampf. Wenn ich nicht mehr kann, tröste ich mich mit dem Gedanken, daß es nicht mehr lange dauern wird. Ich will als erste gehen, wie es einer korrekten Totenbuchführung entspräche, denn ich bin die Ältere. Ich bilde mir ein, es könnte eine Rache sein, und sie wäre, wenn ich sie allein ließe, vielleicht gezwungen, in der Erinnerung Erbarmen mit sich und mit mir zu haben und mich ein wenig zu lieben.